Midwinter

W0251407

Van dezelfde auteur

All-inclusive
De vlucht
Zomertijd
Cruise
Après-ski
De suite
Zwarte piste
Bella Italia
Noorderlicht
Bon Bini Beach
Het chalet
Route du soleil
Winterberg
Goudkust
Mont Blanc
Costa del Sol
Sneeuwengelen
Hittegolf
Lawinegevaar
Het paradijs
Winternacht
Super de luxe
IJskoud
Het strandhuis
Zuidenwind
De eilanden
Sneeuwexpress
Lentevuur
Souvenir
Waterland

Volg Suzanne Vermeer op:
Facebook.com/SuzanneVermeerFanpage
www.suzannevermeer.nl
www.awbruna.nl

Deel 1
Heden

1

Uit: *Dagboek van een fotograaf*

Ik houd van fotograferen. Het staren in de zoeker, speurend naar het perfecte plaatje. Inzoomen, uitzoomen, scherpstellen en de sluitersnelheid aanpassen. Net zo lang totdat ik heb gevonden wat ik zoek. Mijn vinger op de ontspanknop, klaar om af te drukken. Als een scherpschutter adem ik in en houd mijn adem vast. Mijn lichaam volmaakt stil. Op dat moment waan ik me een soort god. In staat om iemands leven stil te zetten, het tafereel in mijn zoeker voor eeuwig te bevriezen. Ach, laat ik ophouden met algemeenheden. Het gaat me tenslotte alleen om jou. Het is me altijd om jou gegaan, vanaf de eerste dag dat ik je zag. Als ik je fotografeer zonder dat je er erg in hebt, dan voel ik me een dief. Ik steel momenten van je, maar ik beloof je dat ik ze eens aan je teruggeef. Een collage in een mooi album met zo'n harde kaft die tegen een stootje kan. Kleurig papiertje eromheen en een zoen van de meester. De dag dat je er klaar voor bent, zal zich vanzelf aan me openbaren.

Ik denk niet dat er iemand is die je beter kent dan ik. Je stemmingen, je gezichtsuitdrukkingen, ik heb ze in de loop der jaren allemaal ontelbare keren vastgelegd. Het valt me op dat je er de laatste tijd moe uitziet. Dat de eenzaamheid waar je jezelf toe veroordeeld hebt je steeds meer parten speelt. Misschien is het tijd dat ik me ermee ga bemoeien? Je een beetje in de goede richting stuur? Zonder mij zul je nooit gelukkig worden. Dat zul je moeten gaan inzien. Het is de eerste stap naar een ander leven. Het leven dat je verdient en dat je jezelf ontzegt om de verkeerde redenen. Ik weet hoe het echt zit, maar dat kan ik je nu nog niet vertellen. Misschien wel nooit, de tijd zal het leren. Eerst maar eens zorgen dat ik dichter in je buurt kom. Dat je je ogen opent en me gaat zien. Er heeft zich onverwachts een gelegenheid voorgedaan die te mooi is om te negeren. De eerste stap van samen alleen naar alleen samen is gezet. Inzoomen, scherpstellen, een beetje meer licht en... daar is die klik tussen jou en mij.

2

'Ik heb de droom weer gehad.'

Ze spreekt de woorden nauwelijks verstaanbaar uit terwijl ze haar handen, die krampachtig verstrengeld in haar schoot liggen, bestudeert.

'Schaam je je daarvoor?'

Ze haalt haar schouders op. 'Ik weet het niet. Moet dat?'

'Vind je zelf dat dat moet?'

'Pff, kun je misschien ook gewoon eens antwoord geven in plaats van alleen maar tegenvragen te stellen? Jij bent toch de deskundige?' Met haar wijs- en middelvingers masseert ze haar slapen.

Jet Beyvoets, sinds een paar maanden haar psycholoog, negeert het kribbige antwoord. 'Hoofdpijn?' vraagt ze belangstellend.

'Ja, ontzettend. Dat houdt altijd de hele dag aan als ik weer zo'n helse nacht heb gehad.' Voor het eerst kijkt ze Jet even aan, maar al snel slaat ze haar donkere ogen, met wimpers die plakkerig zijn van de mascara, weer neer.

'Heb je iets ingenomen?'

'Nee, ik hou niet van pillen.'

Jet begint te lachen. 'Een arts die niet van pillen houdt. Maak je het jezelf nu niet onnodig moeilijk?'

'Misschien, maar ik heb zo mijn principes. Ik schrijf liever pillen voor dan dat ik ze zelf neem. Ik zie op mijn werk dagelijks allerlei medicijnen voorbijkomen, het ene met nog ergere bijwerkingen dan het andere. Als het niet strikt nodig is, wil ik mijn lijf dat niet aandoen.'

'Kom op, Alice, we hebben het hier over een simpel paracetamolletje, niet over een alfa- of bètablokker. Maar goed, aan jou de keuze.' Jet werpt een blik op de klok die aan de lichtgeel gestucte muur achter Alice hangt. 'Laten we weer teruggaan naar de kern, want we dwalen af. We hebben nog drie kwartier en je weet dat tijd de beperkende factor is hier. Wil je me de droom nogmaals vertellen?'

'Alweer? Jij kunt hem inmiddels zelf ook wel dromen.' Ze stoot een zenuwachtig lachje uit.

'Door er veel over te praten gaat de lading eraf. Geloof me, dat geeft verlichting zonder vervelende medicinale bijwerkingen.' Jet knipoogt erbij.

'Oké.' Ze zucht en strijkt een losgeraakte pluk bruin haar achter haar oor. 'Als jij denkt dat het helpt.'

'Dat denk ik niet alleen, dat weet ik zeker.'

Ze schuift wat heen en weer op de met zachte paarse stof beklede zitkubus die bedoeld is om een ontspannen, informele sfeer te creëren. Jet zit schuin tegenover haar op een blauwe variant. Verderop in de ruimte staan nog een groene, een oranje, een gele en een rode kubus. De eerste keer dat ze de behandelruimte binnenstapte, met haar kriskras verspreide kleurige zitkussens en zitzakken, had ze zo haar twijfels gehad. Het contrast met de steriele ziekenhuiskamers waar ze zelf dagelijks in werkte, kon niet groter zijn. Toen ze vervolgens zelf haar 'zitkleur' moest kiezen en ook nog de plaats waar ze het ding in de ruimte neerzette, was ze het liefst linea recta naar huis gegaan. Jet had haar aarzeling gezien en haar aangespoord om zichzelf 'een plek in de ruimte' te geven, en daarna een plek voor Jet te kiezen. Met tegenzin had ze voor zichzelf een zitplaats in de hoek tegen de muur gekozen, bij de verwarming – een warme en veilige plek die haar zenuwen voor het consult met 'de zielenknijper' enigszins deed bedaren. Jet zat schuin tegenover haar, op zo'n anderhalve meter afstand.

Het geschuif met de zitkubussen had haar een beetje het gevoel van controle teruggegeven dat bij het binnengaan van de praktijk was verdampt. Zij was in charge en hoefde geen dingen te doen die ze echt niet wilde of waar ze zich niet senang bij voelde. Inmiddels heeft Jets filosofie haar ook echt weten te overtuigen en zou ze haar eigen behandelkamer ook graag eens een goede metamorfose geven. Weg met die ongemakkelijke harde stoelen, die steriele witte muren, dat bureau met de zoemende computer die de afstand tussen haar en haar patiënten letterlijk en figuurlijk onnodig groot maakt. Ze heeft het een keer aangekaart bij het afdelingshoofd, professor Vonk, maar werd compleet weggehoond.

'Zullen we dan ook maar meteen een corner met gratis snacks, koffie en frisdrank op de poli plaatsen?' De cynische ondertoon in Vonks stem viel niet te missen. 'We zijn een ziekenhuis, Alice, geen snackbar of loungebar. We willen niet dat de mensen het gezellig bij ons gaan vinden en langer blijven dan strikt noodzakelijk is, toch? Dat zou heel slecht zijn voor het zorgplafond.'

Daarna was hij snuivend weggelopen en ze had het niet aangedurfd er nogmaals over te beginnen. Vonk doet zijn achternaam duidelijk geen eer aan, want warmte is bij hem ver te zoeken. Hoe zo'n harteloze man ooit professor in de cardiologie heeft kunnen worden, is haar een raadsel.

Ze schrikt op uit haar gedachten als ze Jets vingers zachtjes op haar knieën voelt tikken. 'Blijf je erbij? Je was even heel ver weg.'

Alice lacht onzeker.

'Ik blijf rustig doortikken terwijl jij je droom vertelt. Je weet waarom ik dat doe, hè?'

‘Ja, om te zorgen dat ik niet te ver wegzak in mijn trauma en het contact met het “nu” verlies. Jouw handen zorgen ervoor dat ik met beide benen op de grond blijf.’

‘Het zorgt er ook voor dat de afleiding van het getik een gedeelte van je werkgeheugen inneemt. Daardoor blijft er minder ruimte over om de nare emoties rond je trauma in volle hevigheid te herbeleven.’

Ze knikt.

‘Goed, probeer dan nu in gedachten terug te gaan naar je droom. Je lag in bed, je deed je ogen dicht en toen? Zijn er beelden of gedachten die meteen oppoppen?’

Alice slaat haar armen voor haar borst en begint zachtjes te trillen als ze de droombeelden van die nacht weer op haar netvlies ziet. Ze zijn net zo erg als de echte beelden van de vreselijke dag die acht jaar geleden haar leven veranderde. Ze begint te vertellen en algauw vlechten droom en werkelijkheid zich in elkaar tot de nachtmerrie waar ze tot op de dag van vandaag nog niet uit is ontwaakt. De spieren in haar middenrif trillen, de behandelkamer vervaagt en verandert in een ruimte vol met sneeuw. Overal dat vreselijke witte poeder waar ze tot die bewuste dag zo gek op was. Ze krijgt het koud, begint te klappertanden en te rillen. De temperatuur is ijzig, zelfs de verwarming in haar rug kan daar niets aan veranderen. Haar ademhaling wordt oppervlakkig en voor haar ogen verschijnt een afgrond. Ze merkt dat Jet steeds harder en sneller op haar knieën tikt, terwijl haar kalme stem blijft zeggen dat ze ‘erbij’ moet blijven, dat ze veilig is en dat ze het hartstikke goed doet. Die laatste woorden brengen haar weer bij de les en ineens komt een enorme woede in haar naar boven.

‘Als ik het allemaal zo goed doe, waarom zit ik hier dan? Vraag Noah maar hoe goed ik het heb gedaan!’

Ze schreeuwt het uit, springt van haar zitkussen en wankelt bij Jet vandaan. De psycholoog volgt haar bewegingen nauwgezet, maar grijpt niet in. Alice strompelt naar het midden van de ruimte en begint zó ongecontroleerd te huilen dat haar benen het begeven. Midden in de behandelkamer zakt ze op de grond. Ze is zo moe dat het lijkt alsof ze nooit meer op kan staan. Ze krult zich op in de foetushouding. Jet doet nog steeds niks en laat haar huilen totdat ze geen tranen meer overheeft. Een bevrijdende leegte valt als een deken over haar heen, kapselt haar in, en voor het eerst in lange tijd ervaart ze een beetje rust. Haar ademhaling wordt dieper en bereikt haar buik. Jet staat op en gaat gehurkt achter haar zitten. Ze legt een warme hand op haar hoofd, dat bijna uit elkaar knalt. De spieren in haar nek ontspannen langzaam maar zeker en het gebonk wordt zachter. Als het een acceptabel niveau heeft bereikt, komt ze met hulp van Jet overeind. Het lukt haar niet om een geeuw te onderdrukken.

'Vermoeiend, hè?' Jet wrijft bemoedigend over haar schouder. 'Je hebt het fantastisch gedaan. Dit is de eerste keer dat je hebt gehuild, een heel mooie doorbraak waar we op verder kunnen. Je hebt nog een lange weg te gaan, maar je komt er wel. Je moet zelf het meeste werk doen, maar ik ben er om je te helpen.'

'Ik dacht altijd dat psychologen er waren om dingen op te lossen.'

'Dat is een misvatting die we graag in stand houden om mensen over de drempel van onze praktijk te helpen,' zegt Jet lachend. 'De waarheid is dat mensen hier keihard zelf aan de bak moeten om hun problemen op te lossen en dat wij slechts de schep aangeven om de rotzooi op te ruimen.'

'Mooie beeldspraak.' Er verschijnt een voorzichtig lachje op het gezicht van Alice, gevolgd door een tweede geeuw.

'Kom, naar huis jij. Eten, warm douchen en met een kruik je bed in. Je hebt een nachtje slaap in te halen.'

'Ik denk dat ik dat inderdaad maar eens ga doen.' Alice trekt haar dikke oranjerode parka aan en knoopt haar fijngebreide beige sjaal losjes om haar nek. Voordat ze haar handschoenen aantrekt, geeft ze Jet een hand. 'Dank je wel. Voor alles.'

'Tot volgende week, Alice. Ik wens je een droomloze nacht toe.'

Jet houdt de deur voor haar open en Alice stapt met tegenzin naar buiten. Weer terug de 'gewone' wereld in. De kou is als een klap in haar gezicht en het is precies de wakeupcall die ze nodig heeft voordat ze in de auto stapt.

Deel 2
Acht jaar geleden

3

'Ik ben ingeloot! Eindelijk!'

Jubelend springt Alice door de kamer en vliegt Olga gillend om de hals. Haar verbaasde huisgenote weet zich na enige tijd met moeite uit de enthousiaste wurggreep los te wurmen en kijkt Alice met grote ogen aan.

'Dat meen je niet? Echt? Daar moet op gedronken worden!' Ze rent naar de keuken en komt terug met twee limonadeglazen en een fles prikwijn die de naam prosecco niet mag dragen. Vakkundig ontkurkt ze de fles zonder een druppel te verspillen en giet de glazen vol.

'Proost!' gilt Alice.

Met een harde tik ketsen de glazen tegen elkaar en dan nemen ze allebei een flinke slok. Alice voelt haar kaken samentrekken van het zure bocht en aan het verwrongen gezicht van haar vriendin te zien ervaart zij hetzelfde.

Olga draait het glas rond in haar hand. 'Eens komt er een tijd dat we echte champagne kunnen betalen.'

Alice grinnikt. 'En die drinken we dan uit kristallen glazen.'

'Als je dan tenminste nog tijd hebt voor een glaasje met een oude vriendin.' Olga geeft haar een speels duwtje.

'Natuurlijk. Geef me één goede reden waarom dat niet zo zou zijn.'

'Ik kan er wel meer dan één bedenken. Wat dacht je van "artsen werken tachtig uur in de week", of "artsen mogen niet drinken als ze dienst hebben", of...'

'Ja, ja, hou maar op. Bij dezen beloof ik je plechtig dat ik altijd tijd maak of vind om met mijn beste vriendin een glaasje te drinken. Wat er ín dat glaasje zit, laat ik even in het midden.'

'Zolang het maar niet lijkt op dit bocht. Je zou er een maagzweer van krijgen.'

'Die ik dan wel weer zou kunnen behandelen.'

'Ja, hoe meer ik erover nadenk, hoe meer ik het zie zitten. Altijd handig, zo'n dokter *in da house*. Zal Ilse ook wel prettig vinden.'

'Hoe is het met haar?'

'De gebruikelijke ups-and-downs maar altijd vrolijk en positief. Je kent haar.'

'Ik heb zo'n bewondering voor hoe ze in het leven staat. Zij staat eigenlijk aan de basis van mijn wens om dokter te worden.'

'O, echt? Dat heb je nooit verteld.'

'Ik wist niet of Ilse dat als een compliment op zou vatten of juist niet. Ik weet dat ze er een hekel aan heeft om als zielig te worden gezien en dat ze het liefst normaal behandeld wil worden, en dat snap ik maar al te goed. Ze is ook niet zielig, ze is juist extreem stoer. Hartziekte of niet.'

'Ja, dat is ze, hè? Ik ben ook zo trots op mijn zusje. Ze is echt een enorme doorzetter.'

'En ik heb daar altijd een voorbeeld aan genomen. Niet opgeven, maar doorgaan. Daarom heb ik me ook gewoon opnieuw ingeschreven, *et voilà*, met resultaat!'

'De hoeveelste poging was dit nou?'

'De derde. De aanhouder wint, en dat geldt voor mij én voor Ilse.'

Olga's gezicht krijgt een trieste uitdrukking.

'Wat is er, maak je je zorgen?'

'Soms. Ze heeft het gewoon erg zwaar en ik zie dat het haar grote moeite kost om in de pas te blijven met haar leeftijdsgenoten.'

'Ze is een knokker, hè, dat weet je. Die laat zich door niets en niemand tegenhouden.'

'Ja, maar ik ben bang dat ze roofbouw op haar lichaam pleegt door continu zo op haar tenen te lopen, en dat dat onherstelbare schade oplevert. Ik bedoel, het is niet een of ander virusje dat vanzelf wel weer overgaat. Af en toe zou ik haar wel in haar kamer willen opsluiten.'

'Maar zou ze daar gelukkig van worden? Nee toch zeker? Leven met de handrem erop is niets voor haar, ik denk dat ze liever wat korter leeft en alles eruit haalt dan dat ze zich inhoudt voor een paar jaar extra.'

'Dat denk ik ook, of eigenlijk weet ik het wel zeker, maar het idee dat ik haar misschien ga verliezen maakt me zo verdrietig.' Olga's stem wordt dik en er rolt een traan over haar wang, die ze geërgerd met de rug van haar hand wegwrijft.

'Ilse is niet gek, hoor. Haar kennende denkt ze goed na over de risico's die ze neemt. Ik denk dat je haar daar een beetje in moet vertrouwen.'

'Ik weet zeker dat jij de beste dokter van Nederland wordt, Alice. Nu al trots op je. Maar je moet me één ding beloven: dat we elkaar niet uit het oog verliezen als de mallemolen van het leven ons in de toekomst opslokt. Ik ben bang om Ilse te verliezen, maar ik zou het niet verdragen als ik jou ook kwijtraak.'

'Natuurlijk blijven we elkaar altijd zien. Er is niets wat tussen ons in komt. Geen studie, geen andere woonplaats, geen drukke baan.'

'Geen man?'

'Ook geen man. Noah vindt het net als ik heel belangrijk

om naast een relatie ook vriendschappen te onderhouden. Daar hebben we elkaar vanaf het begin vrij in gelaten en dat zal in de toekomst niet veranderen. Hij gaat regelmatig op stap met Jurre en Loek, net zoals ik op pad ga met jou en Yasmijn.'

'*Speaking of*, daar zul je haar hebben.'

'Zijn jullie over me aan het roddelen?' Yasmijn komt hijgend en met een rood hoofd de gezamenlijke woonkamer binnen. Haar rossige krullen staan alle kanten uit en vormen een schril contrast met Olga's steiler-dan-steile hoogblonde haar.

'We zouden niet durven. Hier, neem een slok, we hebben wat te vieren. Alice is ingeloot!'

'Wat goed!'

Olga geeft haar glas aan Yasmijn, die gretig een paar slokken neemt zonder een vies gezicht te trekken. Daarna houdt ze haar glas omhoog. 'Vul nog maar een keer bij.'

'Serieus? Vergeleken met dit spul smaakt een citroen nog zoet.'

'Valt best mee, toch?'

'Yasmijns smaakpapillen zijn zo dood als een pier omdat ze altijd zoveel rode pepers in haar eten doet,' zegt Alice grinnikend.

'Dat moet haast wel, ja.'

Olga pakt de fles en giet een flinke scheut in Yasmijns glas. Ook die heeft ze in een mum van tijd achterovergetikt. Yasmijn loopt naar Alice toe en slaat een arm om haar heen. 'Jij gaat het dus heel druk krijgen de rest van je leven. Dan moeten we nog maar even flink van je genieten, nietwaar, Ootje?'

Olga's gezicht begint te stralen. 'Dokters *under construction* hebben toch ook kerstvakantie?'

'Het eerste studiejaar in elk geval,' beaamt Alice.

'Vertel op, Ootje, wat heb je voor wilde plannen?' vraagt Yasmijn gretig.

'Wat zouden jullie ervan vinden als we een weekje gaan skiën in Val Thorens?'

'Ja, en dan nemen we Noah en zijn vrienden ook mee,' roept Yasmijn enthousiast. 'Huren we een busje om erheen te rijden.'

Yasmijn heeft de laatste tijd niet onder stoelen of banken gestoken dat ze een oogje heeft op Noahs huisgenoot Loek en ze ziet duidelijk een kans op toenadering.

'Ik bedoelde eigenlijk een week met zijn drietjes, Yasmijn Pellens,' sputtert Olga nog wat tegen, maar ze gooit al snel de handdoek in de ring als ze ziet dat het twee tegen één is.

'Ik ga het straks meteen voorleggen aan Noah. Hij neemt me mee naar de pizzeria om te vieren dat ik ben ingeloot.' Alice kijkt op haar horloge. 'Shit, ik heb nog maar een halfuur om me om te kleden en op te tutten.'

'Ik doe je haar wel,' biedt Yasmijn aan.

'En ik je make-up,' valt Olga haar bij. Met z'n drieën rennen ze naar Alice' slaapkamer.

4

De blauwe Opel Vivaro Combi zoeft stabiel over de Franse snelweg. Noah heeft één hand aan het stuur, de andere rust, verstrengeld in die van Alice, op haar knie. Op de stoel naast haar zit Jurre dicht tegen haar aan. Ze kan zich niet aan de indruk onttrekken dat hij meer ruimte in beslag neemt dan nodig is. Zijn hand ligt tegen haar been en haar knie en enkel raken die van hem omdat hij zo wijdbeens zit. Al een paar keer is ze wat dichter naar Noah toe geschoven, maar de ruimte tussen haar en Jurre wordt niet groter, omdat hij met haar meebeweegt. Het is lastig te zeggen of dat per ongeluk is of niet.

Alice werpt een blik in de achteruitkijkspiegel en ziet dat Yasmijn en Loek tegen elkaar aan zitten en zachtjes met elkaar kletsen. Af en toe lacht Yasmijn wat nerveus. Ze adoreert Loek al maanden zonder dat ze ook maar één poging heeft gedaan om hem dat te laten weten en nu ze zo dicht bij hem zit, maakt dat haar duidelijk onzeker. Olga zit in de andere hoek met haar rug naar Yasmijn en Loek toe uit het raam te staren. Op haar hoofd een grote koptelefoon waar bas- en drumgeluiden uit klinken – ze heeft zich overduidelijk afgesloten en zit helemaal in haar eigen wereldje. Ze maakt een wat verloren indruk. Als het aan haar had gelegen, waren ze nog steeds met z'n drieën gaan skiën, zonder de mannen. 'Jij hebt Noah, Yasmijn stort zich op Loek en dan mag ik me zeker vermaken met Jurre,' heeft ze meermalen verongelijkt gezegd. Jurre en Olga hebben al vanaf hun eerste kennismaking een soort haat-liefdeverhouding die meestal tot een hoop gekibbel leidt. Jurre laat geen mogelijkheid onbenut om Olga op de kast te jagen, waarna Alice regelmatig moet optreden als vredesduif. In aanloop naar deze korte vakantie leek de stemming tussen de twee zelfs nog wat verslechterd en Alice hoopt maar dat ze zich de komende week allebei een beetje inhouden om de sfeer in de groep niet te verpesten.

Ze richt haar blik weer naar voren. Het eentonige ritme en geklik van de ruitenwissers doet haar denken aan de metronoom die haar moeder gebruikt tijdens het pianospelen. Het sneeuwt een beetje. Kleine, droge vlokjes dwarrelen uit de grijze lucht. De zon is nergens te bekennen, nog geen streepje. Het gebrek aan het warme gele licht geeft het landschap een sombere aanblik, maar dat kan Alice' opwinding niet temperen. Ze kan niet wachten tot ze weer op de latten staat en de sneeuwvlokken haar om de oren vliegen. Als kind was ze er al gek op. Dat magische poeder dat een landschap in no time wit kon toveren fascineerde haar mateloos. Sneeuwpoppen maken, eindeloos ballen gooien en zich gierend in de sneeuw laten vallen om een engel te maken: ze kon er geen genoeg van krijgen. Toen ze op haar zevende voor het eerst een paar ski's onder haar voeten kreeg, was het duidelijk dat ze haar grote passie had gevonden. Haar Franse skileraar had tijdens de vakantie tegen haar ouders gezegd dat ze een natuurtalent was zoals hij nog niet eerder had gezien. Alice was niet zo onder de indruk van die lovende woorden, wel van de hellingen waar ze soepel en steeds sneller vanaf gleed. De snelheid die ze kon maken en de koude wind die om haar gezicht floot gaven haar, zo jong als ze was, een ongekend gevoel van vrijheid. Ze voelde zich fantastisch!

In de daaropvolgende jaren werd pas echt duidelijk hoe getalenteerd en gedreven ze was. Al heel snel ontwikkelde ze de wens om op hoog niveau te skiën en ze mocht van haar ouders lid worden van de Nederlandse Ski Vereniging. Twee keer in de week trainde ze bij Skiteam Nieuwegein en in de weekenden deed ze mee aan wedstrijden om zo veel mogelijk punten te halen voor het eindklassement van de Kids Cup Sneeuw. Met resultaat. Aan het eind van het seizoen mocht ze zichzelf Nederlands juniorkampioen noemen in de categorie 'aspiranten alpineskiën indoor'. Daarna reeg ze de jeugdkampioenschappen aaneen en werd voor iedereen duidelijk dat er in Nederland geen leeftijdsgenoot was die zich met haar kon meten. Sterker nog, zelfs talenten uit landen als Oostenrijk en Italië moesten regelmatig het onderspit delven. Een internationale topsportcarrière lonkte en haar ouders legden haar geen strobreed in de weg. Maar een ernstige blessure op haar vijftiende deed dat wel. Gedurende een lange periode was ze uitgeschakeld. Geen trainingen. Geen wedstrijden. Ze liep een achterstand op de andere talenten op en die werd steeds groter. Toen ze eindelijk was hersteld, was het te laat. Ze trainde zich het snot voor de ogen om nog terug te komen, maar na verloop van tijd was er nog maar één conclusie: ze was nog steeds ongekend getalenteerd, maar ze zou nooit meer de beste worden. Het was een bittere pil. Alice nam met minder geen genoegen en ze zag dan ook geen andere optie dan haar beginnende sportcarrière aan de wilgen te hangen. Het was alles of niets geweest en het was niets geworden. Over en uit.

Ze bleef wel skiën, als recreant, en op een bepaalde manier schonk dat haar net zoveel voldoening. Als ze op haar ski's stond, dacht ze aan niks anders, was ze simpelweg gelukkig. Dat was altijd al zo geweest en dat zou ook nooit veranderen, dat wist ze zeker. Het voorstel van Olga om een weekje te gaan skiën voordat haar studie haar helemaal zou opslokken, greep ze dan ook met beide handen aan. Ze had het afgelopen jaar vaak genoeg tegen de muren van SnowWorld aan geskied en wilde nu wel weer eens over echte verse sneeuw en eindeloze vlaktes racen.

Er verschijnt een gelukzalige glimlach op haar gezicht als Val Thorens wordt aangegeven op de bewegwijzeringsborden boven de snelweg. Ze kan niet wachten tot ze haar koffers in het appartement van hostel Les Menuires kan neersmijten en haar ski's kan aandoen. Ze werpt een blik opzij, naar Noah. Zou hij er ook zoveel zin in hebben? Ze bestudeert de contouren van zijn knappe, hoekige gezicht en haar hart maakt een sprongetje. Noah en zij zijn nu ruim een jaar samen en ze is nog net zo verliefd op hem als toen ze hem voor het eerst in zijn groene ogen keek. Het was in de Winkel van Sinkel in Utrecht. Zij was daar voor een besloten feestje en hij zat samen met Jurre in het restaurant te eten. Toen ze uit het toilet kwam en half aangeschoten tegen hem op botste, ving hij haar op in zijn armen. Zijn sterke armen. Verbaasd was ze even blijven hangen voordat ze zichzelf met een rood hoofd binnensmonds had geëxcuseerd. Hij had haar hand gepakt en er elegant een kus op gedrukt, haar geamuseerd aangekeken en toen gezegd dat het genoegen geheel aan zijn kant was. Toen ze weg wilde lopen, hield hij haar tegen en vroeg naar haar naam. Pas toen ze die over haar schouder riep, liet hij haar los. Ze was zo beduusd weggelopen dat ze was vergeten naar zíjn naam te vragen.

Olga en Yasmijn hadden het onbegrijpelijk gevonden dat ze die jongen had laten staan en haar meegesleept naar het restaurant om hem te zoeken. Het tafeltje waar hij samen met zijn vriend had gezeten, was leeg. Op de tafel waren de restanten zichtbaar van een uitgebreid diner: lege borden met restjes saus, glazen met het schuim van tapbier aan de randen. Navraag bij de bediening bevestigde dat de vogel inderdaad gevlogen was. Maar Alice zou Alice niet zijn als ze het zomaar opgaf. Elke vrijdagvond at ze met Olga en Yasmijn bij de Winkel van Sinkel in de hoop dat de mysterieuze jongen en zijn vriend er ook weer zouden zijn. Hoe meer weken er verstreken en hoe onbereikbaarder de jongen werd, hoe harder de vlinders in haar buik fladderden. Haar vriendinnen echter waren na zes weken de etentjes wel zat. Ze hadden al aangegeven dat ze hun vrijdagen wel weer eens ergens anders wilden doorbrengen, toen Alice voor de tweede keer in haar leven tegen de jongen op botste; toen ze in gedachten verzonken over de markt op Vredenburg struinde. In eerste instantie was ze geërgerd geweest, totdat ze een geamuseerde stem hoorde.

'Je maakt er wel een gewoonte van om tegen me aan te lopen, Alice. De volgende keer ben je me een drankje verschuldigd.'

Ze herkende zijn stem meteen en de schok die door haar buik ging was zo hevig dat ze stond te tollen op haar benen. 'O, hoi. En sorry,' murmelde ze toen ze zichzelf weer een beetje onder controle had. Haar hart bonkte zo hard dat ze bang was dat hij het kon horen. Het was nu of nooit. 'Eigenlijk vind ik dat ik je nu al een drankje verschuldigd ben. Kun je me meteen vertellen hoe je heet.'

Hij had zijn hand naar haar uitgestoken. 'Noah.'

De hand voelde krachtig, droog en warm en ze wilde hem eigenlijk niet loslaten.

'Bakkie doen bij 30ML Vredenburg?'

Dat ene bakkie in de koffiebar werden er al snel twee en toen drie, en uiteindelijk ging ze met zijn telefoonnummer en een bioscoopdate voor die vrijdagavond naar huis. Van de film, *Intouchables*, hadden ze allebei niet veel meegekregen en sindsdien waren ze een setje. Het voornemen om *Intouchables* nog eens goed te kijken stond nog altijd op hun to-dolijstje, maar vooralsnog lonkte een avond samen in bed of de kroeg meer dan de met lovende kritieken overladen film.

'We hebben nog ons hele leven de tijd om hem te kijken,' was Noahs steevaste antwoord en Alice kon dat alleen maar beamen.

Noah stuurt de Vivaro het parkeerterrein op dat vlak bij het hostel ligt. Alice klikt tegelijk met hem haar veiligheidsgordel los en snuift verlangend de koude lucht op die de auto in waait als Noah zijn portier opendoet. Ze spoort Jurre, die met zijn grote lijf haar uitgang blokkeert, aan om hetzelfde te doen, maar die reageert uiterst traag. Yasmijn en Loek staan buiten al sneeuwballen naar elkaar te gooien als Alice eindelijk het busje kan verlaten. Ze laat zich meteen plat in de sneeuw vallen en Olga – die eerst nog even snel haar iPod opbergt – duikt joelend naast haar. Als twee vissen op het droge bewegen ze hun armen en benen heen en weer tot er twee duidelijke sneeuwengelen in het witte poeder verschijnen.

'Stempeltje gezet,' zegt Noah lachend, terwijl hij hun beiden een hand toesteekt en overeind helpt.

Verse sneeuw druipt in Alice' nek en bezorgt haar een aangename huivering. Met haar blote handen pakt ze een hand van het witte poeder en brengt het naar haar gezicht. Ze snuift de mineraalgeur zo diep op dat er wat sneeuw in haar neusgat belandt.

'Gaat-ie lekker?' vraagt Olga lachend.

'Zalig! Het puurste witte poeder dat er bestaat.'

'In elk geval een stuk zuiverder dan dat smerige witte poeder dat Jurre altijd in zijn neus propt.'

Olga heeft haar afkeer van Jurres recreatieve drugsgebruik nooit onder stoelen of banken gestoken, maar Alice ziet tot haar opluchting dat Jurre haar snedige opmerking nu niet gehoord kan hebben omdat hij te ver weg staat.

'Ik weet dat je hem niet mag, maar misschien kun je dat de komende week even laten rusten?' fluistert Alice haar vriendin in het oor. 'Deze week gooien we alles aan de kant en maken we alleen maar lol, oké?'

'Ik zal mijn best doen, maar geen garanties.'

'Daar kan ik mee leven.' Alice kneedt vliegensvlug een sneeuwbal en gooit hem tegen haar vriendin aan. Olga laat het niet over haar kant gaan en gaat in de tegenaanval. Al snel doet de rest ook mee, tot ze uiteindelijk allemaal druipend van de sneeuw zitten uit te hijgen op het parkeerterrein.

'Selfie!' schreeuwt Jurre. Hij haalt zijn telefoon tevoorschijn. 'Beetje dichter bij elkaar. Ja, goed zo. *Say cheese!*'

Alice lacht tot haar kaken er pijn van doen. Ze voelt nu al dat dit een memorabele vakantie gaat worden, een waar ze nog vaak aan zal terugdenken. Een week die ze zich zal herinneren als een van liefde en vriendschap, sneeuw, skiën en feesten. Ze wil het wel uitschreeuwen van geluk en heeft geen oog voor de donkere wolken die zich boven haar hoofd samenpakken.

5

Ze zitten gezamenlijk in de woonkamer van het knusse achtpersoonsappartement. Iedereen heeft een slaapplek uitgekozen en zijn spullen opgeborgen. Alice en Noah hebben het tweepersoonsbed gekregen omdat zij het enige stelletje zijn, de rest moet genoegen nemen met stapelbedden. De tafel staat vol met pizzadozen en halfgevulde bier- en wijnglazen. Ze hebben de hele middag op de piste doorgebracht en de aangename warmte in het appartement heeft hen allemaal rozig gemaakt. Om die reden hebben ze besloten de eerste avond door te brengen in het appartement, in plaats van in een discotheek of kroeg. Yasmijns wangen zijn het roodst van allemaal en Alice heeft het vermoeden dat Loeks aanwezigheid een extra duit in het zakje heeft gedaan. Waar Yasmijn is, is Loek en vice versa; de aantrekkingskracht tussen de twee is voor iedereen voelbaar. Alice weet bijna zeker dat het niet lang meer duurt voordat ze toegeven aan hun verlangens.

Een beetje afgezonderd van de anderen zit Olga. Ze is stiller dan anders en zelfs de paar wijntjes lijken er niet voor te zorgen dat ze loskomt. Alice heeft al een paar keer bezorgd haar kant op gekeken en als ze ziet dat haar vriendin naar het toilet gaat, glipt ze achter haar aan.

'Gaat het wel goed met je, Ootje? Je bent zo stil. Heb je het niet naar je zin?'

Olga draait zich om. 'Sorry, ik ben er met mijn gedachten niet helemaal bij.'

'Wat is er dan?'

Ze zucht even. 'Ik had Ilse gisteravond in tranen aan de lijn. Haar beste vriendin mag van haar ouders niet meer zoveel omgaan met Ilse.'

'Waarom niet?'

'Ze vinden het niet verstandig dat hun dochter zo close is met iemand die ziek is en een beperktere levensverwachting heeft.'

'Wat? Waar slaat dat nou op?'

'Ze willen niet dat Milou zich te veel hecht aan Ilse, zodat ze er niet te veel last van heeft als Ilse doodgaat.'

'Allemachtig zeg, hoe bedenk je het. En heeft Milou daar zelf ook nog wat over te zeggen?'

Olga haalt haar schouders op. 'Zo leuk als Milou is, zo stom en dominant zijn haar ouders. Ilse is er echt kapot van. Ze voelt zich minderwaardig, alsof zij er als persoon niet toe doet en ze alleen maar een ziekte is.'

'Arm kind.'

'Ze is zo ontzettend verdrietig. Ik voel me gewoon schuldig dat ik hier lol zit te maken terwijl zij me nodig heeft. Ik had eigenlijk gewoon thuis moeten blijven.'

'Ilse kennende wilde ze vast niet dat je voor haar thuis zou blijven.'

'Klopt, daarom ben ik uiteindelijk ook gegaan, maar nu heb ik spijt. Ilse zal nooit iemand vragen om iets voor haar op te offeren, ze houdt zich altijd sterk, maar ik weet dat ook zij weleens níét sterk wil zijn en gewoon verlangt naar een arm om zich heen. Ik had nu die arm voor haar moeten zijn.'

'Laat mij dan nu in elk geval even jouw arm zijn.' Alice pakt haar vriendin vast, drukt haar tegen zich aan en wrijft liefkozend over haar rug. 'Waarom heb je me niks verteld over je dilemma? Als we er samen over hadden gepraat, had je misschien een beslissing genomen waar je meer achter stond. Dan had je je nu niet zo rot gevoeld.'

'Ik wilde jou en Yasmijn niet teleurstellen.'

'Je weet dat Yasmijn en ik dol zijn op jou én op Ilse. Nood breekt wet, Ootje. Je zusje gaat altijd voor, dat snapt iedereen.'

'Ik heb gewoon het gevoel dat ik op het verkeerde moment op de verkeerde plek ben en dat ik jullie allemaal tekortdoe. Ilse zit thuis in haar eentje verdrietig te wezen en jullie zitten hier tegen mijn sippe kop aan te kijken.'

'Wil je naar huis? Er gaat vast wel een vlucht naar Nederland.'

Olga schudt haar hoofd. 'Ilse ziet me aankomen. Die wil gewoon dat ik een leuke week heb.'

'Dat denk ik ook. Misschien moet je proberen de knop om te zetten en er dubbel van te genieten? Voor Ilse? Dan stuur je haar leuke foto's, en je kunt haar elke avond even bellen. Daar fleurt ze vast van op.'

'Misschien heb je wel gelijk.'

'Ik héb gelijk en dat weet jij ook. Kom op, mevrouw Van der Linde, lach op dat gezicht, blik op oneindig en gaan. Kan ik op je rekenen?'

'Als jij nog een wijntje voor me inschenkt, dan kom ik er zo aan.' Met een dapper glimlachje doet Olga de toiletdeur open.

'Is-ie nou alweer op?'

Olga hangt op de bank en kijkt teleurgesteld naar de lege fles wijn in haar hand. Ze lispelt nog wat onverstaanbaars en begint dan met de fles te zwaaien. Alice kan nog net voorkomen dat ze een klap tegen haar hoofd krijgt. De rest van het gezelschap is er al niet veel beter aan toe. Het gebral is niet van de lucht en er hangt een bedompte geur van alcohol en zweet in de woonkamer van het appartement. De sfeer is nog altijd uitermate jolig, maar Alice – die weliswaar aangeschoten is, maar beduidend minder heeft gedronken dan de rest – beseft dat die zo kan omslaan als er nog meer drank in het spel komt. Noah heeft geen kwade dronk, maar van Loek en Jurre weet ze dat niet zeker, en hoewel Olga op dit moment nog heel giechelig is, kan haar vriendin als een blad aan een boom omdraaien als ze haar drankgrens overschrijdt. Alice heeft het vaak genoeg zien gebeuren. Alleen aan Yasmijn is niet zo heel veel te merken; ze praat alleen wat harder dan normaal en lacht meer dan anders. Haar alcoholische innamecapaciteit heeft Alice al vaker versteld doen staan.

'Doe mij nog uns un flessssje.' Olga port Alice venijnig in haar zij.

'Een flesje water kun je krijgen. Morgen als je met een kater op je ski's staat, ben je me dankbaar dat ik je heb behoed voor nog erger.'

'Ah, doennie sow flaaaauww.'

'Ik heb een beter idee.' Alice staat op en tikt met een mes waar ze toastjes mee hebben besmeerd tegen een glas.

'Speech!' brult Jurre.

'Wie doet er mee met een spelletje *truth or dare*?'

'Ikke!' Jurre springt van de bank en steekt zijn hand op. Alle anderen kijken een stuk minder enthousiast, maar knikken uiteindelijk ook instemmend.

'Oké, ik zal beginnen,' zegt Alice. 'Yasmijn. Truth or dare?'

'Dare.'

'Oké, even denken... Bel de dertiende persoon in je contactenlijst en zing dertig seconden een liedje dat wij voor je uitkiezen.'

Yasmijn pakt haar telefoon en scrolt door haar contacten heen. 'Wahaha, nummer dertien is mijn opticien! Een ontzettende saaie sok zonder humor. Daar hoef ik niet meer aan te komen als ik zijn antwoordapparaat vol jodel.'

'Joh, een land vol opticiens, kan jou het schelen,' bralt Jurre.

'Welk liedje moet ze zingen, jongens?' Alice kijkt de groep rond.

'"I will olways lofjoe" en dan het refffrein,' kakelt Olga opgewonden.

'Je hoort het, Yasmijn, ga je gang,' neemt Alice weer de leiding.

'Heeft iemand de songtekst voor me?'

Noah duwt haar zijn telefoon met de tekst onder haar neus.

'*Right*, daar gaan we dan...'

Yasmijn drukt op het telefoonicoontje en zodra de piep van het antwoordapparaat klinkt, begint ze ontiegelijk vals te zingen. Haar uithalen zijn zo snerpend dat Alice haar vingers in haar oren stopt om haar trommelvliezen te beschermen. Jurre houdt intussen de tijd bij en na exact dertig seconden geeft hij een seintje. Er gaat een zucht van verlichting door de kamer als het kattengejank abrupt stopt.

'Zo, die zit!' Yasmijn slaat een kwart flesje bier achterover om haar keel te smeren. 'Nou mag ik iemand kiezen. Eh... Olga!'

Olga kijkt haar lodderig aan en roept dan: 'Dare!'

'Tongzoen een minuut met de persoon links van je.'

Alice houdt haar adem in en wacht gespannen op Olga's reactie. Links van haar zit Jurre, ongeveer de laatste persoon op aarde met wie Olga wil zoenen. Ze trekt een moeilijk gezicht, maar Jurre lijkt er minder moeite mee te hebben en buigt zich met getuite lippen naar haar toe terwijl hij smakgeluidjes maakt.

'Jezus, man,' zegt Yasmijn. 'Je lijkt wel een vis.'
Olga duwt Jurres hoofd in eerste instantie opzij.
'Kom op, Olga, je komt er niet onderuit.'
'Okeeee. Kommaarop... Nemo.' Olga legt haar handen in Jurres nek en trekt hem ruw naar zich toe. Ze zet haar lippen op de zijne.
'Tijd loopt,' roept Noah.
In een vlugge beweging trekt Jurre Olga op zijn schoot en propt zijn tong in haar mond. Olga is eerst nog terughoudend, maar geeft zich uiteindelijk gewonnen. Na vijftig seconden trekt ze zich naar adem happend terug. 'Denk da'k moe kotse.'
Jurre duwt haar meteen van zijn schoot en Alice reikt haar een glas water aan, dat ze dankbaar accepteert. Ze neemt een slok, spoelt met een overdreven gorgelend geluid haar mond en spuugt het water daarna terug in het glas. 'Nouw Jurrrre, truth or dare?' pakt ze meteen door.
'Truth.'
'Is 'r iemand hier op wie je stiekem 'n beetje verliefd bent?'
'Ja,' antwoordt Jurre onmiddellijk.
'Op wie dan?' vraagt Alice.
'Daar hoef ik geen antwoord op te geven. Volgens de spelregels mag je iemand niet uitdagen om de vraag te beantwoorden.'
'Ah, doenounie sow flauw,' brabbelt Olga.
'Dan had je de vraag anders moeten formuleren. Maar ik voel me zeker tot iemand in deze kamer aangetrokken en dat gevoel is sinds een minuut of tien alleen maar sterker geworden.' Hij kijkt iedereen in de kamer even persoonlijk aan en laat bij Alice aangekomen zijn blik even rusten. Te lang naar haar zin, en een ongemakkelijk gevoel maakt zich van haar meester. Ze is blij als hij uiteindelijk weer wegkijkt en eindigt bij Olga. Hij trekt veelbetekenend zijn wenkbrau-

wen op en Olga loopt rood aan. Dan richt hij zich tot Alice.
'Truth or dare.'
'Hé, doe ik ook nog mee?' vraagt Loek verongelijkt.
'Netjes op je beurt wachten, makker,' reageert Noah. 'Jij bent nou eenmaal de minst interessante van ons allemaal.'
Loek sputtert nog wat tegen, maar Jurre negeert hem. 'Truth or dare, Alice?'
'Truth.'
'Heb je weleens met een meisje gezoend?'
Alice voelt haar wangen rood kleuren als alle ogen ineens op haar zijn gericht. Noah kijkt haar met bovenmatige interesse aan.
'Ja,' antwoordt ze schoorvoetend.
'Woohoo!' gilt Jurre. 'Dat had ik niet achter je vriendin gezocht, Noah.'
'Het was een keer in een discotheek. Ik was dronken én vrijgezel,' benadrukt ze.
'Dus het was voordat je Noah leerde kennen?' wrijft Jurre verder in de vlek.
'Iets van een jaar daarvoor, of zo.'
'Ik voel een triootje aankomen, Noah,' gooit Jurre nog wat extra olie op het vuur.
Noah lacht wat besmuikt.
'Zeker niet,' reageert Alice fel. 'Het was eens en nooit meer, dus haal je maar niks in je hoofd. Ik ben volledig monogaam.'
'Nou, het is dan maar te hopen dat Noah dat ook is, hè?'
Er valt een stilte en Noah kijkt ongemakkelijk voor zich uit. Alice kijkt hem vragend aan.
Weet Jurre iets wat ik niet weet?
Noah zwijgt en Alice gaat uitdagend voor hem staan met haar armen in haar zij. 'Oké, jouw beurt, vriend, truth or dare?'

Zeg 'Truth' zodat we dit meteen de wereld uit kunnen helpen...

'Dare.'

Natuurlijk.

Alice neemt even de tijd om over een uitdaging na te denken. 'Morgen ga je samen met mij offpiste skiën. Als je een scheve schaats kunt rijden, dan kun je ook buiten de lijntjes skiën. En nu, mensen, ga ik naar bed.'

Zonder Noah nog een blik waardig te keuren, draait ze zich om. 'Alice, wacht nou even,' probeert Noah, maar haar enige antwoord is de klap van de deur als ze hem achter zich dichtslaat.

6

Alice ligt met haar kleren aan op bed als de slaapkamerdeur opengaat. Door de kiertjes tussen haar wimpers ziet ze Noah naar binnen glippen. Ze probeert zich slapende te houden als hij naast haar neerploft op het ruime tweepersoonsbed, maar Noah trapt er niet in.

'Kom op, Ali, ik weet dat je wakker bent.' Als ze niet reageert, begint hij haar te kietelen en moet ze ondanks zichzelf toch lachen. Ze duwt hem van zich af en gaat in kleermakerszit voor hem zitten. Ze wil dit gesprek niet voeren, bang voor antwoorden die voorgoed dingen kapotmaken. Toch weet ze dat ze er niet aan ontkomt. Met onbeantwoorde vragen en vermoedens blijven zitten is net zo schadelijk als zwijgen.

'Ben je vreemdgegaan?' Zo, het hoge woord is eruit.

Noah pakt haar handen, maar ze trekt ze terug en legt ze weer in haar schoot. 'Geen zoete broodjes, eerst antwoorden. Eerlijk graag.'

'Je moet niet alles geloven wat Jurre zegt. Als hij gedronken heeft, lult hij nogal eens uit zijn nek.'

'Dat is geen antwoord op mijn vraag. Ben je vreemdgegaan, ja of nee?'

Noah kijkt haar recht aan. 'Dat is bij mijn vorige vriendin weleens gebeurd.'

Alice verstijft en gaat verder bij Noah vandaan zitten.

'Maar bij jou nog nooit. Geen reden toe. Jij bent het voor mij en niemand kan aan jou tippen.'

'Ja, dat zeg je nu, maar wie zegt me dat dat zo blijft?'

'De toekomst geeft nooit honderd procent garantie, maar wat jou en mij betreft durf ik wel in te zetten op negenennegentig komma negen procent.'

'En die ene tiende dan?'

'Dat is als Jennifer Lawrence voorbijkomt en als een blok voor mijn charmes valt.'

'Haha, grappig hoor.'

Noah pakt Alice' kin tussen zijn duim en wijsvinger. 'Hé, kijk me eens aan. Sinds de dag dat ik jou voor het eerst zag bij de Winkel van Sinkel ben ik verkocht en dat weet Jurre ook. Wat ik met Tanja had, valt in het niet bij wat ik met jou heb. Bij haar heb ik altijd het gevoel gehad dat er iets ontbrak; ze was mooi, ze was slim en best lief, maar het klopte niet. De klik die ik met jou vanaf dag één heb, had ik niet met haar. Er was altijd een leegte.'

'Hoe vaak ben je vreemdgegaan?'

'Twee keer. Beide keren was ik dronken.'

'Dat is geen excuus.'

'Nee, is het ook niet, maar het klinkt zo lekker verzachtend.'

'Het is nog steeds vreemdgaan.'

'Ben je teleurgesteld in me?'

'Ja, eigenlijk wel. Ik dacht dat ik je goed kende en dat we geen geheimen voor elkaar hadden. Dit komt nogal rauw op mijn dak. Ik had het gewoon niet achter je gezocht.'

'Echt, Alice, dat was toen. Het spijt me dat ik je teleurgesteld heb, maar ik ben nou eenmaal niet perfect.'

'Hoe weet ik nou of ik je nog kan vertrouwen? Eens een vreemdganger, altijd een vreemdganger, zeggen ze toch?'

'Je moet niet alles geloven wat er gezegd wordt. Ik zal jou altijd trouw blijven, ik geef je mijn woord. Meer kan ik niet doen.'

'Nou, daar zal ik het dan maar mee moeten doen. En dan zien we wel wat de toekomst brengt.'

'Hé, een beetje meer vertrouwen graag. Voordat Jurre die stomme opmerking maakte, was er niets aan de hand. Verdien ik niet iets meer *credit*?'

Alice ontspant een beetje. 'Ja, je hebt ook wel gelijk, sorry. Wie is Jurre nou eigenlijk?'

'*That's my girl.*' Noah zoent haar op haar voorhoofd en kijkt haar daarna aan met een schuine lach op zijn gezicht. 'Maar even iets anders, we hebben het wel over mijn verleden, maar hoe zit dat met dat van jou? Zoenen met een meisje?'

'Ik heb toch al gezegd dat het eenmalig was? Gewoon een beetje experimenteren. Het stelde niks voor en ik vond er niets aan.' Ze kijkt hem recht in zijn ogen voordat ze verdergaat. 'Dus dat triootje kun je wel vergeten. In elk geval zolang je met mij bent.'

'Hmm, dus geen legitiem gerommel met Olga of Yasmijn...'

Alice geeft hem een duw. 'Absoluut niet.'

'Jammer,' zegt hij grinnikend.

De tweede duw die Alice hem verkoopt is harder. Daarna wordt haar gezicht serieus. 'Voel je je aangetrokken tot Olga of Yasmijn?'

'Wie niet?' antwoordt Noah.

Alice probeert een plagend lachje op zijn gezicht te ontdekken, of een ander teken dat hij de draak met haar steekt. Ze vindt het niet en haar gezicht betrekt. Noah ziet het en pakt haar gezicht tussen zijn handen.

'Ik voel me maar tot één iemand aangetrokken en diegene zit hier voor me. Sinds ik met jou ben, heb ik nooit meer over andere vrouwen gefantaseerd.'

'Daarvoor wel dan?' vraagt Alice met een benepen stemmetje.

'Kom op, Alice, doe nou niet alsof jij de heilige maagd Maria was voordat je mij ontmoette. Ik ben ook niet jouw eerste vriendje en jij hebt ook weleens een onenightstand gehad. Vanwaar die onzekerheid ineens?'

Alice haalt haar schouders op. 'Ik weet niet. Ik ben ineens heel bang om je te verliezen. Het zal de drank wel zijn. Ik ben gewoon een beetje labiel. Morgen ben ik weer de oude en gaan we offpiste skiën, weet je nog?'

Noah kreunt. 'Moet dat echt?'

'Jazeker. *I dare you!*'

7

Het is net na achten als Alice haar ogen opendoet. Hoewel de kamer door de dikke gordijnen nog stikdonker is, is ze meteen klaarwakker. Opgelucht constateert ze dat de alcohol alleen maar voor een zwaar hoofd heeft gezorgd. Niks wat niet met een douche en frisse lucht te verhelpen is. Ze stapt het bed uit en doet het gordijn een stukje open. Licht van buiten dringt de kamer binnen. De lucht is geelgekleurd en de zon komt bijna op. Ademloos kijkt ze naar de witte besneeuwde vlakte voor het hostel. Het heeft vannacht gesneeuwd en de laag is alleen maar dikker geworden. Ze kan niet wachten tot ze haar voeten kan laten wegzakken in de maagdelijke witte ondergrond terwijl ze haar ski's onderbindt.

Noah ligt nog diep te ronken en is duidelijk nog niet klaar voor de challenge die hij vandaag met haar aangaat. Het dekbed is tot halverwege zijn rug gezakt en ze bekijkt zijn licht gebruinde huid, die hij in de winter op peil houdt met af en toe een zonnebankje in de sportschool. Haar ogen gaan via de getrainde rugspieren tussen zijn schouderbladen naar de lichte sproetjes op zijn schouders. Ze heeft ze allemaal wel een keer gekust. Hoewel het verlangen groot is om terug in bed te kruipen, tegen Noah aan, wint de onrust in haar buik het toch. Nu ze de sneeuw heeft gezien, wil ze zo snel mogelijk naar buiten. Slapen doet ze wel weer als ze thuis is.

Ze sluipt de kamer uit voor een snelle douche. In de rest van het appartement heerst een diepe stilte, op wat gesnurk dat vanaf de gang te horen is na. Verkwikt en met een fris hoofd loopt ze even later in haar favoriete roze joggingpak naar de keuken. Aan haar voeten de dikke grijze pantoffelsokken met antislipzool die ze vorig jaar van Olga heeft gekregen. Fluitend pakt ze de eieren en breekt ze in een kom. Met een garde klopt ze ze samen met een scheutje melk en een snufje zout en peper los tot een romige, egaal gele vloeistof, en even later verspreidt de heerlijke geur van eieren, gebakken spek en toast zich door het appartement. Het prikkelt niet alleen haar eigen maag, maar ook die van de anderen; een voor een komen ze de keuken binnendruppelen, met kleine oogjes en bleke gezichten.

Het koffiezetapparaat geeft een laatste pruttel en Alice schenkt een mok in voor Olga, die het zo te zien het hardst nodig heeft. Jurre komt achter haar aan naar binnen en ziet er niet veel beter uit. Kreunend grijpt hij naar zijn hoofd terwijl hij neerploft op de eerste de beste stoel die hij tegenkomt. Daar blijft hij even met zijn gezicht in zijn handen zitten. Alice kan geen medelijden met hem hebben na zijn gestook van gisteravond. Hoewel Noah haar zorgen grotendeels heeft weggenomen, blijft er iets knagen. Ze kan er niet goed de vinger op leggen, maar het zorgt voor een sluimerende onrust en ze weet niet goed wat ze ermee aan moet. Er nogmaals met Noah over praten is geen optie, ze wil hem niet ergeren met haar onzekerheid. Door Jurres opmerkingen is ze zich nog meer gaan realiseren hoeveel Noah voor haar betekent; ze zou zich geen raad weten zonder hem en alleen al bij de gedachte dat ze hem zou kwijtraken, draait haar maag zich om. De geur van gebakken spek is ineens een stuk minder aangenaam…

Ze negeert haar opkomende misselijkheid, pakt de dampende schalen en zet ze op tafel. Daarna volgt de mand met toast en de thermoskan koffie. Noah schuift als laatste aan. Zijn haren zijn nog nat van het douchen en hij kijkt een stuk helderder uit zijn ogen dan de rest. Loek en Yasmijn lijken wel aan elkaar vastgelijmd en laten elkaar geen moment los. Ze hebben duidelijk niet veel geslapen en de drank is daar niet de enige oorzaak van. Alice weet Yasmijns blik te vangen en die begint te glunderen als Alice met haar handen een hartje maakt. Alice glimlacht naar haar vriendin en steekt haar duim op. Daarna gaat ze achter Noah staan, slaat haar armen om hem heen en geeft hem een kus in zijn nek.

Jurre, die tegenover Noah zit, kijkt hen smakkend op een stuk spek aan. 'Topvrouwtje hoor, Noah. Die klutst zo een heerlijk ontbijtje in elkaar.' Hij steekt zijn hand op voor een high five en Noah slaat er vriendschappelijk tegenaan.

Hoewel Jurre het duidelijk niet vervelend bedoelt, kan Alice haar ergernis nauwelijks verbergen. Er zal heel wat moeten gebeuren voordat ze hem zijn rotopmerking van de avond ervoor kan vergeven, maar Noah lijkt er veel minder moeite mee te hebben. Dan slaat Jurre ineens een arm om Olga heen en geeft haar een vettige zoen op haar wang. Alice trekt haar wenkbrauwen op als ze ziet dat haar vriendin het laat gebeuren zonder hem van zich af te duwen. *Wat is hier aan de hand?* Olga kijkt haar vluchtig aan en slaat dan blozend haar ogen neer terwijl ze met een vork in haar roerei prikt. Daarna kauwt ze met lange tanden op een stuk toast met een dikke laag roomboter.

Na het ontbijt ruimt Alice met Olga en Yasmijn de keuken op terwijl de mannen snel nog wat boodschappen doen voor de avond.

'Zeg, wat is er vannacht tussen jou en Jurre gebeurd?'

vraagt Alice zodra ze de buitendeur hoort dichtslaan.

Olga haalt met een hulpeloos gebaar haar schouders op, alsof ze wil zeggen dat ze het allemaal ook niet kan helpen. 'Ach, je weet wel.'

'Nou, nee, eigenlijk niet.'

Op Olga's gezicht verschijnt een ondeugend lachje. 'We zijn gewoon zuinig geweest op de lakens en hebben maar één gedeelte van het stapelbed gebruikt. Afgekeken van Yasmijn en Loek.'

'Ik dacht dat jij zo'n hekel had aan Jurre?'

'Als je alleen met hem bent, is hij best te doen. Jij hebt Noah en Yasmijn heeft Loek, dus ik gunde mezelf ook een verzetje.'

Yasmijn slaat een arm om Olga heen. 'Je hoeft jezelf niet te verdedigen, hoor.'

'Dat gevoel krijg ik anders wel een beetje.'

'Je moet zelf weten wat je doet, ik kan je alleen niet zo goed volgen. Normaal vechten jij en Jurre elkaar bijna de tent uit,' zegt Alice.

'Je kent de uitdrukking "meisjes plagen, kusjes vragen" toch wel, Ali?' neemt Yasmijn het voor Olga op.

'Het verbaast me gewoon een beetje omdat hij zich gisteravond nogal als een lul gedroeg.'

'Hij pestte je een beetje en jij maakte meteen van een mug een olifant,' bijt Olga van zich af. 'Dat heeft niets met Jurre te maken, maar met je eigen onzekerheid.'

'Hè, wat zeg je nou?'

'Noah adoreert je, Alice, dus waar maak je je zo druk om? Als jouw geloof in hem zo snel wankelt, moet je je misschien eens afvragen hoe *steady* jullie relatie eigenlijk is.'

Alice kijkt Olga met grote ogen aan. Het voelt alsof haar vriendin haar een klap in het gezicht heeft gegeven.

'Meiden,' zegt Yasmijn sussend, terwijl ze tussen de twee

in gaat staan en een arm om hen allebei heen slaat. 'Laten we het een beetje gezellig houden. Het zonnetje schijnt en het belooft een mooie dag te worden. Dat laten we toch niet verpesten door wat puberaal gekibbel? Als we ons allemaal lekker met onszelf bemoeien en ons vandaag concentreren op het skiën, dan komt het helemaal goed.'

Alice staart Olga nog even boos aan, maar richt dan haar blik op Yasmijn. Een ondeugende twinkeling verschijnt in haar ogen. 'Is dat zo, Yasmijn? Maar als we ons alleen met onszelf mogen bemoeien, hoe zit het dan precies met jou en Loek?' vraagt ze op plagerige toon. 'Gaan jullie je dan ook lekker met jezelf bemoeien? Want volgens mij hebben jullie je de afgelopen vierentwintig uur alleen maar met elkaar bemoeid. En dat is inclusief de nachtelijke uurtjes.'

'Ja, dat wil ik eigenlijk ook weleens weten.' Olga kijkt Alice samenzweerderig aan. Nu de focus is verlegd naar hun gezamenlijke vriendin, hebben ze elkaar weer gevonden.

Yasmijn loopt langzaam achteruit de keuken uit. 'Wat er zich al dan niet tussen Loek en mij afspeelt, is tussen Loek en mij. Dat gaat jullie niks aan.'

'Vertel!' gillen Alice en Olga in koor.

'Ik zeg niks.'

'We willen alle *dirty details* horen,' doet Olga nog een duit in het zakje.

Maar Yasmijn heeft zich omgedraaid en is de keuken uit gelopen.

Alice en Olga kijken elkaar vragend aan. Dan verschijnt ineens het grijnzende hoofd van Yasmijn weer in de deuropening. 'Maar het is maar goed dat jullie allemaal zo dronken waren, anders hadden jullie echt oordopjes nodig gehad.'

8

Alice staat op het punt haar ski's nog even langs de kantenslijper te halen als Noah zich in vol ornaat bij haar voegt. Hij ziet eruit om op te vreten in zijn hippe zwart-rode skipak van Tommy Hilfiger.

'Nounou,' zegt ze goedkeurend. 'Als je net zo goed skiet als je eruitziet, dan staat me nog wat te wachten.'

'Ik vrees dat het eerder andersom is. Met jouw ski-ervaring laat je me vast alle hoeken van de bergen zien. Ik red me prima op bijna elke piste als de omstandigheden ideaal zijn en een paar bochtjes draaien in diepe poedersneeuw lukt ook nog wel, maar een expert zal ik niet zo snel worden, vrees ik.'

'Ha, begin je je nu al in te dekken? Van terugkrabbelen is geen sprake, Noah Jonkers!'

Alice kijkt hem streng aan en hij lacht onzeker. Ze slaat haar armen om zijn nek en drukt een kus op zijn mond. 'Wist je al dat ik een heel goede skilerares ben met veel off-piste-ervaring? Als je gewoon braaf doet wat ik zeg, dan komt alles goed. Dat geldt trouwens ook als je niet op de ski's staat. Gewoon naar me luisteren...'

Voordat ze haar zin kan afmaken, wrijft Noah een hand sneeuw in haar gezicht en maakt zich vervolgens snel uit de voeten. Alice rent achter hem aan en springt op zijn rug. Hoewel ze haar armen stevig om zijn nek heeft, weet hij haar met een flinke slinger van zich af te werpen. Ze ploft lachend neer in de sneeuw en hij gaat boven op haar liggen voordat ze weg kan draaien. Hij duwt haar polsen boven haar hoofd in de sneeuw en drukt haar lijf met het zijne tegen de grond. Zijn mond hangt vlak boven de hare en ze hapt speels naar hem. Hij ontwijkt haar behendig met een grote grijns, maar ineens wordt zijn gezicht ernstig en boren zijn groene ogen zich in de hare. Vlinders fladderen als gekken rond in haar buik.

'Ik hou van je, Alice. Maar dan ook echt. Beloof me dat je mijn hele leven lang bij me blijft.'

'Is dat een verkapt aanzoek?' vraagt ze terwijl ze hem ondeugend aankijkt.

'Daag je me uit?'

'Ik denk het wel.'

'Oké. Alice de Vreede, wil je in de toekomst mijn vrouw worden?'

'Ja, Noah Jonkers, dat wil ik. Wij blijven samen tot de dood ons scheidt.'

Hij wrijft liefkozend met het koude puntje van zijn neus langs de hare en kust haar dan zo intens dat ze bijna verwacht dat de sneeuw om hen heen ter plekke smelt.

'*Get a room!*' maakt Jurre bruut een einde aan hun romantische onderonsje.

Alice zucht als Noah van haar af rolt en op zijn rug naast haar gaat liggen. Hij doet zijn ogen dicht tegen de felle zon. Ze pakt zijn hand en kijkt naar zijn knappe, tevreden gezicht.

'Als de wereld nu zou vergaan, zou ik gelukkig sterven,' mompelt hij zo zacht dat alleen zij het kan verstaan.

'Ik ook,' fluistert ze.

Een koude flats in hun gezicht doet hen allebei overeind schieten. Jurre staat al grijnzend klaar met een nieuwe hand sneeuw. 'Het is nou wel klaar met dat kleffe gedoe, actie in de tent.'

Ze komen samen overeind en kloppen de sneeuw van zich af. Alice pakt haar kantenslijper, die verderop in de sneeuw ligt, en houdt hem in de lucht. 'Kan ik iemand hier nog blij mee maken? *Trust me*, je kunt lelijke smakken maken als er bramen aan je ski's zitten.'

Jurre is de enige die zijn ski's nog even door haar laat bijslijpen. De anderen beweren hun zaakjes goed op orde te hebben.

'Noah en ik gaan vandaag dus meteen offpiste. Het lijkt me wel leuk om vanaf Mont du Vallon via de Glacier de Gebroulaz naar Méribel te skiën. Nog andere liefhebbers die samen met ons een gletsjertje willen meepakken?'

'Mij te ruig vandaag,' antwoordt Olga. 'Doe mij maar een braaf dagje poedersneeuw zonder al te veel hobbels en bobbels. Ik heb een ontzettende houten kop.'

Ze wrijft met een pijnlijk gezicht over haar slapen en heeft moeite haar ogen open te houden. Ze zet de grote zonnebril die ze in haar blonde haren gestoken heeft op haar neus.

'Wij houden je gezelschap,' zeggen Yasmijn en Loek eensgezind.

Noah kijkt Alice aarzelend aan. 'Eh, als ik heel eerlijk ben, sluit ik me vandaag ook liever bij de meerderheid aan... Eerst weer een beetje wennen en het skigevoel krijgen, voordat ik zo'n *daredevil*-tocht aandurf.'

Zijn gezicht staat onzeker en dat van Alice vertrekt van teleurstelling.

'Je laat je vrouw toch niet alleen gaan, softie?' jent Jurre. 'Ik ga in elk geval met je mee, Alice, als Noah te laf is.'

'Ik ben niet laf, ik ben gewoon voorzichtig. Daar is niks mis mee, toch?'

'Je bent een watje, Noah, altijd al geweest. Ik dacht dat Alice viel op stoere mannen die niet bang zijn voor een beetje actie.'

'Ik heb gewoon geen zin om de eerste dag al met een gipsvlucht afgevoerd te worden.'

Jurre maakt zich breed en gaat naast Alice staan. 'Wij redden het saampjes ook wel, toch?'

Hij slaat een arm om haar heen en Olga schraapt overdreven haar keel. Noah lijkt het opdringerige gebaar van zijn vriend ook niet zo te kunnen waarderen en trekt Alice aan haar hand bij hem vandaan.

'Goed, jullie je zin, ik ga wel mee. Hoe moeilijk kan het zijn, toch?'

Hij klinkt dapperder dan hij eruitziet. Even overweegt Alice om hem deze dare kwijt te schelden en een andere uitdaging te verzinnen, maar haar verlangen om samen met hem die gletsjer af te dalen lonkt te veel. Van de gedachte alleen al begint de adrenaline door haar lijf te gieren.

'Je kunt me vertrouwen, Noah. Ik loods je er veilig doorheen. Als je mijn instructies opvolgt, moet het goed gaan.'

'Oké, *let's go* dan.' Jurre klapt ongeduldig in zijn handen.

'Ik neem aan dat jij nu bij Olga en de rest blijft, nu ik onder Noahs vleugels ben?' Alice probeert haar stem niet te gretig te laten klinken.

Jurre wringt zich tussen hen in en slaat zijn armen om hen heen. 'Dat kan ik toch niet maken? Er moet toch iemand een beetje op jullie letten?'

9

De skilift nadert zijn einddoel en opgewonden kijkt Alice uit over het sneeuwlandschap. Noah, daarentegen, begint juist steeds bedrukter te kijken. Wanneer de lift stilhoudt en ze zijn uitgestapt, kijkt hij met een bleek gezicht naar beneden.

'Gaat het?' vraagt ze.

'Het is wel erg steil, hè?'

'Dat lijkt altijd zo wanneer je van bovenaf naar beneden kijkt. Als je eenmaal aan de afdaling begint, zul je zien dat het best meevalt,' probeert ze hem moed in te spreken.

'Heb jij dat ook weleens, Ali, zo'n voorgevoel dat zo sterk is dat je het eigenlijk niet kunt negeren, maar dat je iets toch doet omdat je je een aansteller voelt?'

'Nou, hou daarmee op dan, stel je niet aan.' Jurre geeft Noah zo'n harde klap tegen zijn schouder dat hij bijna onderuitgaat.

Alice werpt hem een boze blik toe. 'Doe je een beetje voorzichtig met hem? Ga anders vast vooruit als het je allemaal te langzaam gaat.'

Jurre maakt een schijnbeweging, maar blijft uiteindelijk toch in de buurt.

'Oké, Noah, gewoon rustig blijven en zorgen dat je controle houdt, dan is er niks aan de hand. Dit wordt de gaafste ski-ervaring die je ooit hebt gehad.'

'Dat is dan omdat het samen met jou is,' zegt hij met een grimas.

Alice heeft hem nog nooit zo onzeker gezien en ze weet nog niet zo goed wat ze van deze 'nieuwe' kant van Noah vindt. Ze is gevallen voor de stoere onverzettelijkheid die meestal om hem heen hangt. Hij heeft haar altijd de indruk gegeven dat hij alles durft en zij had gedacht dat dat iets was wat ze gemeen hadden. Ze heeft het zelf namelijk nodig, een adrenalinekick van tijd tot tijd. Het houdt haar scherp en wakker, geeft haar het gevoel dat ze leeft. Wat is er mooier dan dat bruisende gevoel dat van je tenen naar je kruin trekt en een hevig tintelen achterlaat? Ze gunt Noah die geweldige sensatie ook en daarom móét hij met haar mee naar beneden, móét hij het gevecht met de berg aangaan. Die zal hem steeds voor nieuwe uitdagingen stellen en steeds andere technieken eisen om de controle te behouden. Ze weet zeker dat hij het fantastisch zal vinden als hij eenmaal op gang is, ze had er alleen niet op gerekend dat hij vandaag niet haar achtervang is, maar zij de zijne. En dat Jurre er ook nog als een soort derde wiel aan de wagen bij zou zijn. Het was haar een lief ding waard geweest als hij met de anderen was meegegaan.

'Oké, ik stel voor dat ik vooropga om de lijn uit te zetten, Noah, dan jij in het midden, en Jurre sluit. Het is belangrijk dat jullie mijn spoor nauwgezet volgen zodat we veilig beneden komen.'

'Waarom moet jij voorop?' vraagt Jurre.

'Omdat ik de beste skiër ben van ons drieën en veel ervaring heb met het betere offpiste werk,' antwoordt ze fijntjes. 'Heb jij eigenlijk überhaupt weleens offpiste geskied, Jurre?'

Hij zwijgt.

'Goed, dan wil ik nu graag mijn verhaal even afmaken. Het leuke van offpiste skiën is dat het zo afwisselend en uitdagend is. Je moet je staande zien te houden op allerlei ondergronden. Je kunt echt van alles tegenkomen. Van droge verse poedersneeuw tot hellingen die door de combinatie van zon en vorst helemaal verijsd zijn. Maar je moet ook niet gek opkijken als je stukken tegenkomt met stenen en modder of zwarte, natte sneeuw. Juist die afwisseling en de verschillende technieken die al die ondergronden vragen om gecontroleerd en veilig beneden te komen, maken offpiste skiën zo uitdagend en leuk.'

'Verschillende technieken?' vraagt Noah terwijl hij een moeilijk gezicht trekt.

'Gewoon de techniek van overeind blijven, toepasbaar op alle ondergronden,' antwoordt Jurre.

Alice werpt hem een geërgerde blik toe en negeert hem verder. 'Op een steile, harde helling moet je bijvoorbeeld al remmen voordat je snelheid krijgt om te voorkomen dat je de controle kwijtraakt en ergens in de diepte terechtkomt.'

'Zoals een ravijn?'

'Jij bent wel een lekker doemdenkertje, hè Noah,' zegt Jurre smalend. 'Zoals "onderaan de berg". Toch, Alice? Dat noemen ze ook wel een dal.'

'Bij ravijnen blijven we uit de buurt,' gaat Alice verder. 'Als we over steile wanden gaan is het belangrijk om korte, vaste draaien te maken. Let er daarbij op dat je je buitenste arm steeds overdreven doordraait in de richting van de berg.' Alice doet de armschwung voor en vraagt Noah en Jurre om haar na te doen. Pas na een aantal pogingen is ze tevreden. 'Op moeilijk begaanbare stukken kun je het beste zijwaarts schuiven, dat is de simpelste basistechniek om volledige controle te houden.'

'Laat maar zien, juf,' spoort Jurre haar aan.

Als de twee mannen ook die techniek onder de knie hebben, begint Noah tot Alice' vreugde eindelijk een stukje zekerder te kijken. Ze pakt zijn hand en knijpt erin.

'*Living on the edge*, Noah.'

Hij knikt en er verschijnt zowaar een voorzichtig lachje op zijn gezicht.

'Nog drie belangrijke aandachtspunten: mijd als het kan stukken helling waar dikke pakken verse poedersneeuw op liggen. Die plekken zijn een voedingsbodem voor lawines. Kijk uit voor vallende rotsblokken en last but not least, wees beducht op gletsjerspleten. Dat zijn scheuren in het gletsjeroppervlak. Ze variëren in breedte en diepte. Sommige zijn met het blote oog te zien, maar er zijn er ook die aan het oog worden onttrokken door oppervlaktesneeuw, een zogenaamde sneeuwbrug.'

'Een brug impliceert een veilige oversteek.'

'Dat is het in dit geval lang niet altijd. Sommige bruggen bestaan uit een goede sneeuwlaag waardoor je er goed overheen kunt, maar er zijn er ook die slechts bestaan uit een dun laagje oppervlaktesneeuw. Als je die laatste treft en je voet erop zet, val je er zonder waarschuwing doorheen.' Alice ziet Noahs gezicht weer betrekken en voelt de behoefte om hem op te beuren, om te voorkomen dat hij zich nu alsnog terugtrekt. 'Maar als jullie goed in mijn spoor blijven, kan er niets gebeuren,' zegt ze op zelfverzekerde toon alsof daar geen twijfel over kan bestaan.

Noah knippert met zijn ogen en ze vraagt zich af of dat van de zenuwen is.

'Dus geen eigenwijs gestunt en zo,' voegt ze er nog aan toe. Ze richt zich specifiek tot Jurre als ze die laatste zin uitspreekt. Hij kijkt haar strak aan en stemt dan in met een korte hoofdknik.

'Goed, we controleren nog een keer onze uitrusting en dan kunnen we gaan.'

'Jemig, vandaag nog?' klaagt Jurre ongeduldig. 'Het is de kortste dag van het jaar en ik wil graag voor het donker weer binnen zijn.'

'Veiligheid boven alles, Jurre,' snoert ze hem de mond. Ze knielt neer bij Noah. 'Bindingen goed afgesteld, ski's goed aangeklikt, klimgordel en lawinerugzak om. Waar is je lawinepieper?'

Noah haalt hem uit een afgesloten jaszak en stopt hem na Alice' inspectie weer terug.

'*Okay, you're good to go.*'

Ook Jurres uitrusting is in orde en als ze na een laatste check bij zichzelf ook daar tevreden over is, zet ze haar skibril op en pakt ze haar stokken vast. 'Nou, dan staat niets ons meer in de weg. Zie jullie beneden!'

Ze moet zich inhouden om niet meteen keihard af te zetten. Het ongedwongen snelheid maken lonkt en haar binnenste kolkt van opwinding en oud verlangen. *Vandaag niet, Alice, eerst de mannen veilig beneden brengen.* Op halve kracht duwt ze zichzelf vooruit in de richting van de steile brede piste en ze kijkt veelvuldig achterom om te zien of Noah en Jurre goed volgen. Ze begint wat meer vaart te maken en al snel merkt ze dat de laag poedersneeuw steeds dunner wordt en de ondergrond steeds massiever. Haar ski's krassen, schrapen en gillen oorverdovend als ze zo veel mogelijk probeert te remmen op de onderliggende harde ijslaag. Ze is uiterst geconcentreerd en weet haar tempo redelijk goed onder controle te houden, ook al voelt het tegennatuurlijk om niet als vanouds op volle snelheid naar beneden te denderen. Rechts van haar vliegt ineens een schim voorbij. Het is Jurre, die zich zo te zien ongecontroleerd naar beneden stort. Alice kan in de gauwigheid niet vaststellen of hij haar aan het provoceren is of dat hij echt moeite heeft om overeind te blijven en zijn tempo in de hand te houden. Hij leek te schreeuwen toen hij haar passeerde, maar ze durft het niet met zekerheid te zeggen. De wind en het aanhoudende gekras en geschraap van haar eigen ski's zijn te luid.

Zonder haar evenwicht te verliezen kijkt ze vluchtig achterom en kijkt of Noah nog goed volgt. Ze ziet hem flink worstelen met de keiharde oneffenheden die ze steeds veelvuldiger op hun pad vinden, maar hij weet zich wonderbaarlijk goed staande te houden. Een gevoel van trots zwelt op in haar borst. *Je flikt het toch maar mooi, Noah!* Voor haar uit vliegt Jurre te hard over een ijsbult heen en zijn overmoed houdt hem niet langer overeind. Hij zweeft door de lucht en klapt een stuk verder neer. Eén van zijn ski's is losgeschoten. Ze houdt haar adem in als hij even blijft liggen, maar het is maar van korte duur. In een mum van tijd heeft hij zijn ski's weer vastgeklikt en staat hij weer op de latten. Gecontroleerd schiet ze hem voorbij terwijl hij nog bezig is tempo te maken en in een oogopslag ziet ze dat hij de goede schwung alweer te pakken heeft.

De sneeuwlaag wordt langzaamaan weer dikker en natter, en hoe papperiger de sneeuw wordt, hoe meer kracht het kost om door de zware laag heen te komen. Waar ze op het eerste ijzige stuk continu in de ankers moest, vraagt deze sneeuw een andere techniek. Ze scheert er zo losjes mogelijk overheen, aait de sneeuw als het ware en maakt wijde, soepele bochten. Ze hoopt dat de mannen het zichzelf makkelijk maken door haar voorbeeld te volgen en niet de fout maken om korte krachtige bochtjes te draaien. Voor deze zware sneeuw is dat niet de juiste techniek. Buiten dat het veel extra kracht kost, zak je steeds verder weg.

De zon begint steeds feller te schijnen en de weerkaatsing van de stralen op de witte sneeuw is zo scherp dat ze haar ogen achter haar skibril regelmatig tot spleetjes moet knijpen. Hoge bergen omringen het gebied overal waar ze kijkt en ze voelt zich nietig en onoverwinnelijk tegelijk. Een David die het opneemt tegen Goliath. Een stuk voor haar uit doemt een stuk modder op en ze remt af tot ze een meter voor de plek stilstaat. Ze klikt haar ski's los en gooit ze over haar schouder terwijl ze met haar vrije hand een stopteken naar Noah en Jurre maakt. Ze houden even later keurig naast haar halt. Beiden zitten van top tot teen onder de sneeuw.

'Alle botten, pezen en spieren nog heel?' vraagt ze.

'Paar flinke duikelingen gemaakt, maar vooralsnog besta ik nog uit één stuk,' hijgt Noah.

'*Same here*,' beaamt Jurre.

'Gaat het allemaal nog lekker?'

'Ik vind het behoorlijk pittig, maar echt veel leuker dan ik dacht. Ik denk dat ik hier wel aan kan wennen.'

Voor het eerst ziet Alice een echte lach op Noahs gezicht en het maakt haar dolgelukkig dat hij een beetje begint te begrijpen waarom het haar zo'n kick geeft.

'Iemand al honger of dorst?'

'Ik weet niet hoe het met jou zit, Jurre, maar ik heb voldoende sneeuw gehapt om het nog een tijdje vol te houden.' Noah poetst de natte spatten van zijn bril en zet hem weer op.

Jurre steekt zijn duim op. 'Ik ben ook nog oké, dus dan kunnen we weer gaan. Deze "modderpoel" doen we maar even lopend.'

Alice gaat voorop en de mannen volgen. Eén keer gaat ze bijna onderuit op een glad stukje, maar ze weet haar evenwicht uiteindelijk zonder hulp te bewaren. Als ze de ergste modder zijn gepasseerd, binden ze hun ski's weer onder. De sneeuw is nog steeds zwaar en er liggen veel keien en steile stukken op hun route die opperste concentratie vergen, maar ze komen er heelhuids overheen. Daarna volgt een stuk met dikke losse sneeuw waar ze hun tempo weer wat kunnen versnellen. Sneeuw stuift en spat om hen heen en daalt weer neer in het spoor achter hen. Voor hen uit glijden losse laagjes sneeuw naar beneden. Het lijkt wel of de hele helling in beweging is en het doet Alice denken aan los zand dat door de wind over het strand wordt geblazen. Als ze verderop aan weerszijden beginnende verse lawineafschuivingen ziet, houdt ze enigszins in. De grote brokken zouden aan het einde van de dag nog weleens problemen kunnen gaan opleveren als de zon zo fel blijft schijnen, schat ze in, en ze wil geen extra trigger zijn door er te hard tussendoor te skiën. Ze hoopt dat Noah en Jurre ook begrijpen dat ze even wat rustiger aan moeten doen. Een snelle blik over haar schouder stelt haar gerust, de mannen skiën keurig achter elkaar mee en de afstand tussen haar en hen blijft gelijk.

Langzaam gaat de lossere sneeuw weer over in stroevere remsneeuw. Hun pad wordt steeds smaller en links van hen doemt een gapende kloof op waar Alice kriebels van in haar buik krijgt.

'Goed opletten!' schreeuwt ze naar achteren, terwijl ze het smalste stuk zijwaarts en in slakkentempo passeert. Opgelucht haalt ze adem als Noah en Jurre zich weer ongeschonden bij haar voegen.

Het pad wordt weer breder, maar Alice blijft alert en dat is maar goed ook. Rechts in de verte dondert een kleine lawine van sneeuw en keien een andere afgrond in. Ze draagt de mannen op om te blijven wachten tot alles weer rustig is. Jurre heeft zijn dwarse gedrag laten varen en doet net als Noah gelukkig precies wat hem verteld wordt. Ze ziet Noah naar de lawine kijken, in zijn ogen staan ontzag en angst te lezen. Ze gaat naast hem staan en pakt zijn hand.

'Wat is de natuur toch indrukwekkend en wat zijn we als mens toch ongelooflijk nietig,' mompelt hij in zichzelf.

'Op dit soort momenten sta je daar ineens heel erg bij stil, hè? Voor mij is het altijd een realitycheck die me weer met beide benen op de grond zet. Als ik op mijn ski's zo'n helling bedwing, dan voel ik me bijna onoverwinnelijk. Bijna, want er hoeft maar dit' – ze knipt met haar vingers – 'te gebeuren, een nare val, een lawine of iets anders onverwachts, en de wereld kan in één klap veranderen.'

Noah trekt haar ineens tegen zich aan alsof hij haar nooit meer los wil laten. Overweldigd door de hoge bergtoppen die liggen te stralen in de zon en het spierwitte heuvelachtige landschap, kust hij Alice alsof zijn leven ervan afhangt. Alsof ze samen de hele wereld aankunnen. Zelfs als zijn lippen die van haar hebben losgelaten, blijft ze hem voelen. Ze wil het wel uitschreeuwen van geluk, maar houdt zich in als ze Jurre ongeduldig naar haar ziet kijken, wachtend op het teken dat ze weer verder kunnen. Ze schraapt haar keel.

'Ik denk dat we nu wel weer veilig kunnen passeren. Laat me nog even op de kaart kijken om de route te controleren.' Ze bestudeert het papiertje in haar hand zorgvuldig. 'We komen over een paar kilometer bij Glacier de Gebroulaz en als we daaroverheen zijn, scheren we langs nationaal park Plan de Tuéda uiteindelijk door naar Méribel.'

'Appeltje-eitje,' zegt Noah, terwijl Alice het kaartje weer opbergt.

'Nou niet overmoedig worden, hè, het blijft opletten geblazen, vooral op die gletsjer.' Alice geeft Noah een zachte pets tegen zijn billen met haar skistok als ze zachtjes langs hem glijdt.

De helling is al snel steil en snoeihard. De sneeuw wordt af en toe onderbroken door donkere stukken ijs die spekglad zijn. Haar ski's klapperen er met veel kabaal overheen. Met al haar ervaring kost het zelfs haar moeite om de volledige controle te houden en af en toe glibbert ze even weg van het strakke spoor dat ze in gedachten heeft uitgezet. Het lukt haar daardoor niet om geregeld over haar schouder te kijken of Noah en Jurre goed volgen. Ze moet zich blijven concentreren op het pad voor haar zodat ze hen via de ideale lijn naar beneden kan loodsen. Zolang ze geen geschreeuw achter zich hoort en geen van beiden haar voorbij komt scheuren, moet ze er maar van uitgaan dat alles goed met hen gaat.

Ze heeft het nog niet gedacht of Noah komt haar rechts voorbij. Het ziet er stuntelig uit en hij gaat veel te hard. Alice ziet dat hij zijn best doet om te remmen, maar daar niet goed in slaagt. Aan weerszijden gaan ze tussen ijswanden door die onder een deken van bevroren rijp liggen. Die rijp geeft wat meer houvast en tot Alice' opluchting ziet ze dat Noahs tempo afneemt en hij weer wat meer controle krijgt. Alice schreeuwt hem wat aanwijzingen toe, maar betwijfelt of haar stem boven het geluid van zijn ski's uit komt. Ze versnelt en de afstand tussen haar en Noah wordt snel kleiner. Onder hen komt de ruige gletsjer in zicht en Alice wil Noah ruim gepasseerd zijn voordat ze dat punt bereiken. Ze zal het voortouw weer moeten nemen om de ideale lijn uit te zetten.

'Noah, laat mij even voorgaan,' brult ze hem toe, maar haar stem gaat verloren in de wind. Zoals te verwachten valt, reageert hij niet en ze zet nog eens extra aan. De afstand wordt kleiner, maar nog niet genoeg naar haar zin. Er verschijnt een verbeten trekje rond haar mond. Ze moet Noah voorbij, maar kan ook geen onverantwoorde risico's nemen. Nog meer versnellen zou onbezonnen zijn.

'Noah!' brult ze nogmaals, maar weer vangt ze geen enkel signaal op dat hij haar hoort.

Ondanks haar eerdere aarzelingen versnelt ze. Ze moet wel, het is te gevaarlijk om hem vooruit te laten gaan. Vooruitkijken is het halve werk en ze neemt het terrein in zich op. Haar hart begint te bonzen als ze aan de linkerkant een gletsjerspleet ziet. In een oogopslag ziet ze ook dat de enige plek waar de spleet smal genoeg is om veilig te kunnen oversteken behoorlijk krap is. Maximaal anderhalve meter breed en dan rekent ze nog ruim. De enige manier om veilig aan de overkant te komen is door zo veel mogelijk tempo te maken, hun ski's in de vallijn te draaien om vervolgens op snelheid de helling aan de overkant te halen. Een niet zo ervaren skiër als Noah zal eerder geneigd zijn af te remmen in plaats van vaart te maken.

Ze neemt een aerodynamische houding aan om zo min mogelijk nadeel van de wind te ondervinden. Zakt verder door haar knieën, verplaatst haar gewicht naar haar voorvoeten en klemt haar skistokken onder haar armen. Ze zorgt ervoor dat haar skipunten parallel vooruit blijven wijzen en stuurt waar nodig bij zodat ze een rechte lijn aan kan houden. IJskoude wind stroomt langs haar wangen en dringt haar longen binnen bij elke geconcentreerde ademteug. Ze blijft Noahs naam gillen. Er moet een moment komen dat hij haar hoort, het kan onmogelijk nog veel langer duren. Ze loopt steeds verder op hem in en dan worden eindelijk haar gebeden verhoord. Vluchtig kijkt hij achterom, ze ziet de angst in zijn ogen. Door die beweging raakt hij echter zo uit balans dat hij de bocht te laat inzet en de smalle overgang dreigt te missen. Alice houdt haar adem in als hij langs de spleet schiet en zich op het nippertje in veiligheid weet te brengen. De adrenaline spuit door haar lijf. Noah slaakt een brul van opluchting en euforisch gilt ze met hem mee, maar het geluid slaat dood tegen de besneeuwde bergwanden die hen omringen.

'Samen kunnen we alles aan, Noah!'

Het gevoel van onoverwinnelijkheid bevriest in haar keel wanneer ze rechts van Noah een glinstering van blauw ijs opvangt.

'Fuck!'

Het is een nieuwe gletsjerspleet, eentje die net van bovenaf nog niet te zien was. Dat weet ze zeker. Ze heeft goed gekeken, toch? Aan Noahs houding ziet ze dat hij de nieuwe spleet ook heeft opgemerkt en even niet weet hoe te handelen. Maar in deze omstandigheden is er geen plek voor aarzeling, dat kan hem de kop kosten. En er is geen enkele mogelijkheid om de spleet te vermijden...

'De sneeuwbrug, Noah!' brult ze. 'Dat is je enige kans!'

Noah gooit zijn gewicht vol naar rechts en met behulp van een krachtige armschwung, een die ze hem voor vertrek nog 'droog' heeft laten oefenen, weet hij een draai te maken die kort genoeg is om de sneeuwbrug die Alice plots had gezien nog net te halen. In volle vaart dendert hij eroverheen en Alice gilt het uit van blijdschap en trots, terwijl ze zelf vol in de remmen gaat om de brug zo gecontroleerd mogelijk te nemen. Maar haar uitzinnigheid is van korte duur. Ze knippert met haar ogen. Noah is verdwenen. En wat daarnet nog een veilige sneeuwbrug leek, is nu een gapend gat.

10

'Noah!' schreeuwt Alice, terwijl haar ski's ongeveer een meter voor de kloof schrapend tot stilstand komen. Ze schopt de latten weg en rent het laatste stukje tot de rand. Jurre zit vlak achter haar en rent met haar mee. Alice laat zich huilend op haar knieën vallen. Ze durft niet naar beneden te kijken, bang om wat ze mogelijk aantreft, maar doet het toch. En haar hart slaat een paar slagen over als ze ziet dat het ergst denkbare niet is gebeurd. Noah bungelt ongeveer een meter onder haar. Zijn rugzak is blijven hangen aan een uitstekende punt van ijs en rots. Ze hoort hem kreunen. Geluid is goed. Geluid betekent leven. Jurre stort zich naast Alice neer en duwt haar aan de kant.

'Noah, alles goed?'

'Kan niet beter,' klinkt het gesmoord.

Jurre buigt zich over de rand om de binnenkant van de kloof te bekijken en in te schatten hoe diep het is. Brokken sneeuw vallen boven op Noah, die een angstig geluid maakt. 'Niet bewegen. Straks stort de boel in.'

'We gaan je helpen, buddy. Als jij kalm blijft en vooral niet in paniek raakt, doen wij de rest.'

'Ik voel me echt compleet zen, Jur. Mijn leven hangt aan een zijden draadje. Letterlijk. Hoe diep is die gletsjer, metertje of twintig, dertig?'

'Ik kan de bodem niet zien, het is te donker. Het valt vast mee. Gewoon stil blijven hangen.' Jurre trekt zich terug en fluistert tegen Alice: 'Het ziet er niet best uit, maar ik denk dat we hem kunnen redden.'

Alice staart hem aan met grote ogen die niets lijken te zien. Haar ademhaling is oppervlakkig en ze heeft sinds ze in de kloof heeft gekeken nog niets gezegd.

Jurre geeft haar met zijn vlakke hand een paar klapjes tegen haar wang. 'Hé, bij de les blijven. Jij moest zo nodig de leiding hebben, neem die dan ook. Ik heb je nodig, Alice, ik kan dit niet in mijn eentje.'

Haar starende blik verdwijnt en ze kijkt hem recht aan. 'Ik weet niet... ik weet niet wat ik moet doen,' jammert ze. 'Hij mag niet doodgaan.'

'Er gaat helemaal niemand dood. Jij en ik gaan dit samen fixen. We gaan hem redden. Doe je rugzak af.'

Alice gehoorzaamt en Jurre ritst de tas open en gooit alle spullen die hij niet nodig heeft eruit, totdat hij het klimtouw heeft gevonden dat Alice per se mee wilde nemen.

'Noah, luister goed naar me. Ik laat nu voorzichtig een touw zakken en ik wil dat je dat vastklikt aan je klimgordel. Geef maar een seintje als het gelukt is, dan gaan Alice en ik proberen je omhoog te trekken.'

'Oké, oké, ik ben er klaar voor. Kom maar door met dat touw.'

Voordat Jurre het touw laat zakken, geeft hij Alice eerst een stevige por. 'Ben je scherp? We mogen geen fouten maken. Elke misser van ons kan Noah alsnog het leven kosten. Besef je dat?'

Alice kijkt hem glazig aan.

'Alice, besef je dat? Kijk me aan en zeg dat je begrijpt wat ik zeg. Noah heeft één keer ongelooflijke mazzel gehad, maar dat wil niet zeggen dat er ook een engeltje op zijn andere schouder zit.'

Jurre rammelt haar door elkaar totdat ze hem uiteindelijk

agressief wegduwt. 'Ja, Jur, ik snap het. En blijf nu met je poten verder van me af.'

'Wat gebeurt er allemaal daarboven? Komt dat touw nog, of zijn er problemen?' klinkt het angstig vanuit de spleet. Even is hij stil, alsof hij de tijd neemt om een flinke ademteug te nemen. Als hij weer begint te praten, klinkt er pure wanhoop door in zijn stem. 'Ik hoorde net iets scheuren. Ik denk dat het mijn rugzak was. Alsjeblieft, schiet op voordat ik alsnog naar beneden donder. Alice, je moet me helpen!'

Het feit dat hij rechtstreeks een beroep op haar doet heeft meer effect dan Jurres pogingen haar tot actie te manen. Nu pas beseft ze ten volle wat er aan de hand is en dat elke seconde die ze verspelen Noah het leven kan kosten. Er is al te veel tijd verloren gegaan door haar schuld. Ze grist het rode klimtouw met de stevige metalen karabijnhaken uit Jurres handen en gaat op haar buik voor de spleet liggen. Doelgericht laat ze het stukje bij beetje zakken, totdat het voor Noahs neus bungelt en hij het kan grijpen. Op het moment dat hij zijn hand uitsteekt, klinkt er een knappend geluid dat zo hard is dat het buiten de gletsjerspleet te horen is. Een van de schouderbanden van de rugzak waarmee Noah aan de uitstekende rotspunt hangt is losgescheurd en Alice ziet hem een stuk naar beneden zakken. Hij slaakt een angstige gil.

'Jurre!' gilt Alice wanhopig. 'Doe iets! Zijn rugzak houdt het niet.'

Jurre heeft het net als Alice zien gebeuren. 'Klik die haak aan je klimtuig vast, Noah, nu.'

Jurre grist het touw, dat nu wild heen en weer slingert, uit Alice' handen en schuift op zijn buik verder naar voren totdat het bovenste gedeelte van zijn borst over de rand hangt.

'Noah, probeer kalm te blijven en luister goed naar me,' zegt hij met krachtige stem. 'Ik zeker de andere haak nu aan mijn eigen klimtuig. Als je naar beneden valt, zul je mij met je mee moeten nemen, buddy. Er wacht je dus een grote taak. Ik verwacht dat je niet alleen jezelf maar ook mij redt. Deal?'

Er volgt een ruk aan het slingerende touw en daarna zweeft het niet meer in het luchtledige heen en weer. Alice houdt haar adem in totdat ze een paar seconden later Noahs stem weer hoort.

'Ik heb het op de tast moeten doen, maar ik denk dat het is gelukt. Ik ben gezekerd.'

'Goed zo. Goed gedaan. Alice en ik gaan nu proberen om je voorzichtig omhoog te trekken. Alice, opletten! Ga achter me staan en pak het touw.'

Alice hoort zijn woorden, maar ze klinken raar en heel ver weg. Het is alsof Jurres stem als een vertraagd geluidsfragment wordt afgespeeld. Ze weet zichzelf overeind te hijsen en het touw te pakken, maar het gaat allemaal uiterst traag. Haar lichaam voelt zwaar en onwillig aan.

'Touwtrekken, Alice, gewoon een potje touwtrekken zoals vroeger met gymles.' Jurre staat inmiddels voor haar en ze ziet hoe zijn lichaam zich aanspant. 'En trek. En trek. En trek,' moedigt hij zowel haar als zichzelf aan.

Het touw komt volledig op spanning te staan, maar hoe hard ze ook trekken, er lijkt weinig te gebeuren.

'Wil het al een beetje, Noah?' hijgt Jurre.

'Mijn rugzak houdt me tegen. Ik moet hem afdoen, maar het lukt me niet.'

'Kut!' vloekt Jurre. 'Kut, kut, kut. Oké, we gaan het oplossen. *Hang in there, buddy.*'

Met een wanhopig gezicht draait hij zich om naar Alice. 'Ik moet hem lossnijden. Dat is de enige mogelijkheid om hem naar boven te krijgen. Ik wil dat jij het touw aan je klimgordel zekert en het nog een keer extra om je middel slaat, en dan helemaal naar achteren loopt tot je niet meer verder kunt. Dan zet je je schrap en ga je er met je volle gewicht in hangen zodat het touw strak blijft staan. Wat er ook gebeurt, al donderen de hemel en de hel tegelijkertijd uit de lucht, dat touw blijft strak staan. Begrepen?'

Alice knikt als Jurre de karabijnhaak losmaakt en hem aan haar klimtuig bevestigt.

'Nou, go!' Hij geeft haar een dwingend duwtje bij de spleet vandaan, terwijl hij zelf een Zwitsers zakmes uit de zak van zijn ski-jas haalt. De zon speelt even met het lemmet als hij het openklapt. Alice rent zo ver mogelijk bij de gletsjerspleet vandaan totdat het touw strak staat.

'Je kunt!' gilt ze naar Jurre, die weer voorzichtig met zijn bovenlichaam over de rand schuift tot hij er alleen nog met zijn middel op rust. De neuzen van zijn schoenen heeft hij zo ver mogelijk ingegraven in de sneeuw, in de hoop dat het hem nog enige houvast biedt. Het is schijnveiligheid, dat weten hij en Alice allebei, maar het is het enige wat ze op dit moment hebben om de keiharde realiteit te verdringen. Als het erop aankomt en Jurre ook maar één foute beweging maakt, zal hij de spleet in storten en Noah in zijn val meesleuren. Alice zet zich schrap en gaat met haar volle gewicht naar achteren hangen, zoals Jurre haar heeft gezegd.

'Je kunt!' schreeuwt ze nogmaals, terwijl ze haar hakken nog eens extra stevig verankert in de sneeuw.

Jurre laat zich nog een klein stukje dieper in het gat zakken. Alice kan niet meer met hem communiceren, maar aan de rukjes die aan het touw worden gegeven merkt ze dat Jurre druk bezig is om Noah te bevrijden uit zijn benarde positie. Het lijkt een eeuwigheid te duren en Alice weet niet hoe lang ze het nog volhoudt om het touw op spanning te houden. De weerstand aan de andere kant wordt steeds groter. Zweetdruppels parelen op haar voorhoofd en lopen onder haar skibril door haar ogen in. Het zout geeft een branderig gevoel en ze moet de neiging onderdrukken om het uit haar ogen te wrijven. In plaats daarvan knippert ze en dat helpt een klein beetje, maar niet genoeg. Eindelijk ziet ze Jurres grote lijf naar achteren bewegen. Stukje bij beetje worstelt hij zich uit de spleet. De druk op het touw is immens en Alice voelt dat ze ondanks al haar krachtinspanningen langzaam in de richting van de spleet wordt getrokken.

'Ik weet niet hoe lang ik het nog hou, Jurre!' schreeuwt ze wanhopig.

Jurre geeft geen antwoord, maar dat verbaast haar niet. Zijn bovenlichaam trilt van de inspanning en hij heeft al zijn krachten nodig.

'Ali!' schreeuwt Noah. 'Ik hou van je.'

Noahs wanhopige liefdesverklaring geeft haar nieuwe kracht, maar het blijft onvoldoende om hem zo ver uit de afgrond te trekken dat hij veilig is.

'Blijf bij me, Noah!' schreeuwt ze terug in de hoop dat hij haar hoort.

'Alice, laat het touw los en kom hier helpen,' roept Jurre. 'Hij hangt aan mijn hand en jij moet de andere pakken. Ik hou het niet lang meer vol.'

Alice beseft dat het nu of nooit is en dat ze snel moet handelen. Maar waarom blokkeert haar lichaam dan weer? Waarom reageert het zo ontstellend traag op het moment dat er geen seconde te verliezen valt? *Kom op, Alice. Kom op!* Zij, die al haar hele leven snel is en actie opzoekt, laat het afweten als het er echt op aankomt. Nu het geen spelletje is, maar een noodsituatie, gaat het mis. *Kom nou!* De verantwoordelijkheid die ze draagt, de levens die van haar afhankelijk zijn, werken verlammend op haar vermogen om te handelen. Het is gewoon te groot. *En dat wil arts worden... Dat kiest een beroep waarin leven, dood en noodsituaties elke dag centraal staan...* In haar borst voelt ze een ijzige klomp ontstaan die zich steeds verder uitbreidt en bewegen zo goed als onmogelijk maakt. Alles wat ze dacht te zijn, al haar toekomstplannen smelten sneller weg dan sneeuw in de zon.

'Alice, nu!' Jurre is de wanhoop nabij.

Zijn vloek schudt haar wakker, maar de nachtmerrie eindigt niet als ze nu niet in actie komt. Ze zet zich af en rent naar de spleet. Ondertussen klikt ze de karabijnhaak los van haar klimgordel. Ze werpt het touw van zich af en het blijft als een kronkelende rode slang liggen in de sneeuw. Hijgend laat ze zich vlak naast Jurre op haar buik vallen en tijgert het laatste stukje, tot haar bovenlichaam net als het zijne over de rand van de spleet hangt. Ze kijkt in de angstige ogen van Noah, die nog ruim een halve meter onder de rand bungelt. Zijn linkerhand heeft zich om Jurres pols geklauwd en Jurre heeft Noahs pols in de klem. Allebei hebben ze een knalrood hoofd van de inspanning. Alice steekt haar rechterhand de kloof in en Noah grijpt hem wanhopig vast.

'Alice, help me,' brengt hij uit.

Met haar linkerhand probeert ze zich vast te houden aan de rand, maar het lukt haar niet om echt grip te krijgen. Nu Noah aan haar hand hangt, komt er zoveel spanning op haar arm te staan dat ze bang is dat hij uit de kom wordt getrokken. Een stekende pijn vlamt door haar schouder. De adrenaline die door haar lijf stroomt zorgt voor verdoving, maar slechts gedeeltelijk. Haar ogen boren zich in die van Noah. Zijn skibril heeft hij niet meer op. Als ze hem maar ziet, dan kan ze dit aan. Dat moet. De angst en wanhoop die uit zijn ogen knallen, zijn hartverscheurend en breken haar bijna in tweeën.

‘Op drie trekken we hem samen omhoog,’ neemt Jurre de leiding weer. ‘Eén, twee, drie!’

Zowel Alice als Jurre stoot een schreeuw uit als ze hun krachten bundelen en het uiterste van hun spieren vragen. Noah komt een stuk omhoog.

‘Nog een keer! Eén, twee, drie!’ Weer weten ze hem verder naar boven te trekken. ‘Goed zo, Alice, hou vol. Eén, twee, drie!’

‘Schiet op! Ik begin grip te verliezen!’ gilt Noah.

Hij hangt nog maar een fractie onder de rand.

Alice voelt zijn hand langzaam uit de hare glijden.

‘Jur, hou hem vast!’ krijst ze wanhopig. Met haar laatste krachten geeft ze een ruk aan Noahs hand in de hoop hem over de rand te trekken. Ineens valt het gewicht aan haar arm weg.

‘Noaaaaah!’

Ze hoort hem haar naam schreeuwen. ‘Aliiiieeee.’

En dan is het stil.

Deel 3
Heden

11

Uit: *Dagboek van een fotograaf*

Ik zie je in de verte. Ik zoom in… en zoom weer uit. Ik haal je naar me toe en duw je weer van me af. Ik kan het eindeloos herhalen, maar het is nooit bevredigend. Het roept een begeerte op die steeds sterker wordt. Altijd is er dat glas dat tussen ons in staat. Glas dat ervoor zorgt dat ik naar je kan kijken, maar dat elke aanraking blokkeert. Elke verlangende ademteug omzet in mist en condens tot het verdwijnt, alsof het nooit heeft bestaan. Alsof ík nooit heb bestaan.

Als een gekooid dier sta je daar. Je kijkt zo triest dat ik je wil troosten. Ik wil je laten verdwijnen in mijn armen, net als al het leed dat je tergt.

O, liet je me maar…

Maar dat glas, altijd weer dat glas. Ik wil het kapotslaan, in duizenden stukjes die als druppels in een regenbui op ons neervallen. Je weert ze af met je handen, met je armen. Een straaltje bloed loopt over je ranke pols en vindt zijn weg naar je mooie lange vingers. Ik lik het ervan af zonder na te denken, als een wild dier dat zijn instinct volgt. Als een wild dier dat meer wil.

Voel je het, dat ik naar je kijk? Dat ik met je meeleef, zo vaak als het kan? Tintelt je rug weleens als mijn ogen je aanraken? Heb je weleens het gevoel dat je niet alleen bent, terwijl er niemand te zien is? Mijn geheimpje, jouw geheimpje tot het niet meer stiekem hoeft. Ik kom dichterbij, elke dag een stukje meer, tot ik eindelijk uit de schaduw kan stappen. Mijn dubbelleven op kan geven om één te worden met jou. Maar zoiets vergt voorbereiding, een gedegen plan waar jaren werk in zit. Geduld, zoveel geduld moet ik met je hebben dat ik het soms bijna niet meer op kan brengen. De belofte, die prachtige belofte voor de toekomst houdt me op de been.

Vertel me eens, fantaseer jij weleens over later? Probeer je je weleens voor te stellen hoe de wereld er over een paar jaar uitziet? Of ben je daarmee gestopt toen je wereld instortte en kijk je niet verder dan een dag vooruit? Overleven in plaats van leven. De dag als vijand in plaats van als bondgenoot. Je doet jezelf zo tekort. Laat mij je zelfkastijding stoppen, dat zelfdestructieve gekras op je ziel, ingegeven door schuldgevoel.

O, liet je me maar...

Is het weleens bij je opgekomen dat dingen soms gebeuren met een reden? Dat obstakels opgeruimd moeten worden als ze dingen in de weg staan? Ik weet het, dat gaat niet zonder slag of stoot en ik zeg niet dat het gemakkelijk is. Ook voor mij is het moeilijk. Ziekmakend, net als voor jou.

Laten we elkaar genezen.

Laat mij je dokter zijn.

12

Het is nog vroeg en de straten zijn op wat lantaarnlicht na nog donker. Alice schrokt aan het aanrecht een kom muesli met yoghurt en honing naar binnen, terwijl de mok met vers gezette koffie het aangename aroma van gebrande bonen verspreidt in haar pasgeverfde keuken. Aan het plafond hangt een peertje dat te weinig licht geeft. Dat constateert ze elke dag, maar tot nu toe heeft ze nog niet de puf gehad om er iets aan te doen. Ze woont nog niet zo lang in haar Utrechtse appartement en er liggen nog genoeg klusjes op haar te wachten voordat het echt een thuis kan worden. De muren zijn nog leeg, op een ingelijste filmposter van *Intouchables* na. Die sleept ze al jaren met zich mee. Het is een reminder dat je dingen niet moet uitstellen, maar meteen moet doen. Je weet nooit hoeveel tijd je nog hebt. Haar boeken zitten nog in dozen en nergens is iets van groen te vinden. De tv staat op de grond, nog niet aangesloten, en ze heeft geen idee in welke doos haar stereotoren zit. De afgesleten vloerbedekking van de vorige bewoonster moet nog vervangen worden door het laminaat dat in haar slaapkamer ligt opgestapeld. Haar duurste bezit, een cognackleurige chesterfield, staat een beetje verloren tegen een wand. Het simpele IKEA-tafeltje dat ervoor staat, kan daar niets aan veranderen. Alleen de verse koffiekringen op het houten fineerblad verraden dat er geleefd wordt in de kamer. Tegen de andere muur staan rijen dozen opgestapeld, die allemaal nog uitgepakt en uitgezocht moeten worden, maar voordat ze dat kan doen, moet ze eerst een paar kasten in elkaar zetten. Wanneer ze daaraan toekomt, weet ze niet.

Sinds Alice twee maanden geleden is begonnen als aios op de afdeling Cardiologie van het UMC draait ze zestig uur per week, soms nog meer. Ze doet nooit moeilijk over een uurtje extra en springt vaak in voor collega's. Een sociaal leven heeft ze daardoor nauwelijks en voor een relatie heeft ze al helemaal geen tijd. Ze vindt het allemaal prima. Eerlijk gezegd is het een bewuste keuze. Door de focus zo veel mogelijk op haar werk te leggen en niet op vriendschappen of zelfs een relatie, bespaart ze zichzelf een hoop pijn. Hoe meer je van iemand houdt, hoe groter het verdriet als je diegene weer verliest.

'Die bindingsangst, daar moet je iets mee, hoor, Alice.' Er ging de afgelopen jaren bijna geen week voorbij waarin haar moeder er niet over begon. 'Je lijkt soms wel een robot.'

Met een 'Bedankt voor het compliment, mam' sloeg ze steevast beledigd elke discussie daarover dood, maar wanneer ze weer helemaal alleen was, knaagde het toch aan haar. Het gedrag dat ze in de loop der jaren had ontwikkeld als overlevingsstrategie stond haaks op haar karakter, dat in de basis heel open en sociaal is. Het werd dan ook met de dag moeilijker om met zichzelf te leven, en met de muur die ze rond haar hart had opgetrokken. Steeds vaker merkte ze dat ze niet alleen zichzelf, maar ook haar patienten tekortdeed. Niet op het medische vlak, maar wel op het psychosociale. Het luisterende oor, een bemoedigend woord zijn ook een essentieel deel van de behandeling en door haar afstandelijke houding schoot ze daarin steeds vaker tekort.

Zonder het met iemand te delen, besteedt ze daarom sinds een paar maanden haar kostbare vrije uren aan een wekelijkse therapiesessie. Hoewel ze diep vanbinnen weet dat het goed voor haar is, weet ze nog steeds niet of ze ermee door wil gaan. Na elke sessie neemt ze zich voor dat het de laatste is en dat ze de nieuw gemaakte afspraak gaat afzeggen. Een voornemen dat ze tot nu toe nog niet heeft waargemaakt. Het lijkt wel of een onzichtbare kracht haar elke keer weer in de armen van die psycholoog duwt. Elk smoesje dat ze verzint om niet te hoeven gaan, klinkt als een zielige uitvlucht, een zwaktebod, en als ze iets niet meer wil zijn, dan is het zwak.

Als cardioloog in opleiding probeert ze de harten van haar patiënten zo goed mogelijk te repareren, maar in het helen van haar eigen hart is ze na al die jaren nog steeds niet geslaagd. Ze wordt nog steeds wekelijks geplaagd door nachtmerries, die altijd eindigen met die laatste ijzige kreet van Noah als zijn hand uit de hare schiet. Maar wat nog erger is dan de angstdromen, is het wakker worden. Als ze huilend en kletsnat van het zweet rechtop in haar bed zit, is de nachtmerrie nog steeds niet voorbij. Zowel in haar dromen als in haar echte leven is Noah dood. Dood, omdat zij hem niet heeft kunnen redden. Omdat ze te lang aarzelde, in paniek raakte en niet meer helder kon denken. Dood, omdat ze Noah uit balans bracht door een wanhopige ruk aan zijn arm te geven, waardoor zijn hand uit de hare glipte en ook Jurre hem niet meer kon houden.

Hoe vaak ze dat vreselijke moment ook heeft herbeleefd, ze heeft het nog steeds niet verwerkt. Ze draagt het elke dag weer als een last met zich mee, een schuld die ze nooit kan afbetalen. Zou Jurre er net zo onder gebukt gaan als zij? Ze heeft hem en de anderen sinds Noahs begrafenis niet meer gesproken. Alle pogingen tot contact van Olga en Yasmijn, zelfs van Ilse, heeft ze afgehouden. Ze kon het niet aan, durfde hen niet meer onder ogen te komen. Als zij Noah niet had gedwongen om met haar mee te gaan die dag, dan zou hij nog leven. Waarom had ze geen onschuldige dare voor hem verzonnen, zoiets als hem in zijn blote kont door de sneeuw laten rennen of zo? Haar eigen overmoed en kortzichtigheid waren niet alleen met haar op de loop gegaan, maar hadden Noahs levensloop en hun geplande gezamenlijke toekomst abrupt afgebroken. Noah had vanaf het begin aangegeven dat hij geen geweldige skiër was en dat hij offpiste skiën niet zo zag zitten. Ze was over hem heen gewalst en Jurre had daar ook nog een steentje aan bijgedragen. Als hij Noah niet op zijn mannelijkheid had aangesproken, had Noah wellicht geweigerd om mee te gaan. Ze neemt het dan ook niet alleen zichzelf heel erg kwalijk, maar ook Jurre.

De woede die ze voelt jegens zichzelf richt ze in haar gedachten ook vaak op hem. Is het projectie? Een manier om zichzelf gedeeltelijk vrij te pleiten, zodat de last beter te dragen valt? Misschien. Waarschijnlijk. Samen met haar psycholoog heeft ze het vinden van een antwoord op deze vragen benoemd als een van de behandeldoelen die ze bereikt wil hebben voordat ze het traject afrondt. Maar telkens als dit door Jet wordt aangestipt loopt ze ervoor weg. Ze is er nog niet klaar voor om de keiharde confrontatie met zichzelf aan te gaan. Het ontbreekt haar aan kracht, ook al beweert Jet dat ze sterker is dan ze zelf denkt. Sinds ze Noah heeft laten barsten, hem niet heeft kunnen redden omdat ze niet sterk maar ook niet doortastend genoeg was, heeft ze al het vertrouwen in zichzelf verloren. Alleen Noahs herrijzenis uit de dood kan haar dat zelfvertrouwen teruggeven en dat gaat never nooit gebeuren.

De digitale klok van de magnetron geeft kwart over zes

aan als er een appje binnenkomt op haar telefoon. Ze opent het bericht en ziet dat het van haar collega-aios Bart-Jan Blom is. Een vrolijke krullenkop met een fotografisch geheugen en engelengeduld. Hij wordt door zijn collega's, en ook door haar, veelvuldig als wandelende encyclopedie gebruikt en hij is nooit te beroerd om zijn kennis te delen. Alice mag hem graag.

Ben je er vandaag?

Yep, weer helemaal fris en fruitig, typt ze terug.

Mooi. Kun jij om acht uur een PICC-lijn van me overnemen? Bijt net een stuk van mijn kies af en kan zo bij de tandarts terecht.

Jouw tandarts is er vroeg bij.

Vriendje van me. Vindt het niet erg als ik hem zijn nest uit bel ☺ Maar kun je om 8 uur?

Prima. Bij radio of op de hakaka?

Hakaka.

I'll be there. Suc6 bij de tandarts.

Hij stuurt een opgestoken duimpje terug met de tekst: *I owe you!*

Met de woorden *BIG TIME!* sluit ze de conversatie af.

Door BJ uit de brand te helpen kan ze haar schuldgevoel weer een beetje vereffenen. Het is niks voor haar om zich onder valse voorwendselen ziek te melden, maar gisteren had ze niet anders gekund. Een vluchtige scan van de patiënten die ze die dag op het polispreekuur zou zien, had haar ertoe aangezet. Vandaag kan ze zich gelukkig weer veilig in het ziekenhuis vertonen.

Alice drinkt haar inmiddels lauw geworden koffie op in een tempo dat het onmogelijk maakt om ervan te genieten. Als ze om acht uur in haar steriele pak bij de hartkatheterisatiekamer wil klaarstaan, moet ze binnen nu en vijf minuten vertrekken. Ze pakt haar tandenborstel uit de beker op het aanrecht en smeert er een flinke klodder tandpasta op. Ze ragt de borstel vluchtig over haar tanden en is iets grondiger bij haar kiezen, waar wat muesli tussen is blijven zitten. Daarna aait ze nog een paar keer over haar tong om de bruine koffieaanslag te verwijderen. Spoelen, gorgelen en een kauwgompje met sterke mintsmaak na. Smakkend zet ze het vuile servies in de vaatwasser en ritst het sportvest dicht dat ze altijd onder haar jas draagt. Haar rugzak slingert ze op weg naar buiten op haar rug. Zachtjes trekt ze de deur achter zich dicht om haar buren niet wakker te maken.

De rubberen zolen van haar gevoerde wandelschoenen maken een piepend geluid als ze de trap naar beneden neemt. Ze zet zich schrap om de zware deur van de centrale ingang van het complex open te trekken en dan is ze buiten. Genietend snuift ze de winterse geuren op, die nog nauwelijks vermengd zijn met uitlaatgassen. O, wat houdt ze toch van dit seizoen. Hoewel ze haar ski's al acht jaar mijdt, is haar liefde voor sneeuw nooit overgegaan. De temperatuur is nog een paar graden onder nul en ze zet haar voeten in het maagdelijke laagje sneeuw dat vannacht is gevallen. Ragfijne vlokjes dwarrelen in een sierlijke dans uit de lucht op haar neer en ze blijft even stilstaan om er een paar met haar blote handen op te vangen voordat ze haar dikke handschoenen aantrekt. Ze moet zorgen dat haar handen niet te koud worden, aangezien het inbrengen van een PICC-lijn een precisiewerkje is waar ze haar fijne motoriek voor nodig heeft. Soepele, warme handen zijn daarbij een voorwaarde.

Hoewel ze eerst van plan was om de fiets te pakken, besluit ze toch om te gaan lopen. *Pakken wat je pakken kunt, want sneeuw begint hier steeds zeldzamer te worden.* De straten zijn nog zo fijn donker en het laagje sneeuw dempt de geluiden, maakt alles zachter. Dit is de stad zoals ze hem het liefst ziet. De stilte voor de storm voordat alles weer op gang komt. Ze kijkt op haar horloge. Ze zal een stevige pas moeten aanhouden om op tijd te zijn.

De ontspannen glimlach die vanaf het moment dat ze haar voeten in de sneeuw zette op haar gezicht ligt, houdt aan totdat ze het ziekenhuis ziet verschijnen. Pas dan krijgt ze weer die geconcentreerde uitdrukking die ze altijd op haar werk heeft. Focus is belangrijk, in haar beroep zelfs onontbeerlijk. Het werken met mensenlevens brengt een grote verantwoordelijkheid met zich mee. Een kleine aarzeling, een 'simpele' fout, een impulsieve handeling: het kan grote gevolgen hebben voor de patiënt. Ze heeft één keer in haar leven op een cruciaal moment gefaald en haar focus verloren. Dat liep desastreus af en dat mag nooit meer gebeuren. Nu is haar levensdoel zo veel mogelijk patiënten te redden en ooit hoopt ze het break-evenpoint te bereiken, waarop al die geredde levens de dood van Noah en haar rol daarin draaglijk zullen maken. Zodat ze haar schuld aan hem kan inlossen.

13

Achter de informatiebalie in de centrale hal zit Simone en Alice zwaait naar haar als ze rond halfacht het ziekenhuis binnenloopt. Haar groet wordt beantwoord met een opgestoken hand. Op dit vroege tijdstip is er al wel wat bedrijvigheid, maar het valt in het niet bij de dagelijkse drukte die vanaf een uur of negen zal losbarsten. De vrijwel lege gangen lijken eindeloos en de muren komen op haar af. Achter haar hoort ze het gezoem van een elektrisch karretje dat wordt bestuurd door een medewerker van de afdeling Vervoer en ze gaat aan de kant. Er staan wat kartonnen dozen en blauwe plastic kratten op. De chauffeur knikt haar in het voorbijgaan toe en ze steekt haar duim naar hem op. Een stukje verderop is de vloer net gedweild en ze mompelt in gedachten een excuus tegen de afwezige schoonmaker als het straatvuil onder haar rubberen zolen afdrukken achterlaat op de natte vloer. Ze had de schone gympen die ze in haar rugzak heeft zitten beter bij binnenkomst al kunnen aantrekken, of haar voeten beter moeten vegen bij de ingang. Op haar tenen loopt ze door om het spoor dat ze achterlaat zo veel mogelijk te beperken en met een rood hoofd schiet ze de kleedruimte van de hartkatheterisatie in als ze de schoonmaker met zijn dweilkar ziet aankomen. De deur klapt dicht voordat hij haar heeft bereikt.

De uitgestorven gang staat in schril contrast met de hectiek in de ruimte waar ze binnen is gestapt. Van rust en regelmaat naar de chaostheorie. Collega's hijsen zich in steriele pakken, kluisdeurtjes klappen dicht, over en weer worden commando's geschreeuwd.

'Waar is Blom? Iemand hem al gezien?' klinkt het geïrriteerd vanuit een hoek.

Alice loopt in de richting van het geluid. 'Eh, Blom heeft een spoedje met zijn gebit. Ik vervang hem.'

De grijze ogen van de vraagsteller staan vurig en hoewel de rest van zijn gezicht schuilgaat achter een steriele mondkap, is het overduidelijk dat hij niet happy is.

Fijn begin van een klus waar je juist heel kalm voor moet zijn.

'Ik heb me zo veel mogelijk gehaast.' Ze tovert een glimlach op haar gezicht, of iets wat daarvoor moet doorgaan. Haar stem klinkt verontschuldigend, terwijl dat eigenlijk helemaal niet nodig is; door in te vallen voor BJ helpt ze hen uit de brand en zorgt ze ervoor dat het operatieschema niet meteen al aan het begin van de dag wordt verstoord.

Hoewel ze al wat jaartjes werkzaam is in ziekenhuizen, heeft ze nog steeds moeite met het gedrag dat sommige collega's vertonen. De pikorde, die nog steeds veel te strak wordt gehanteerd, is in haar ogen niet meer van deze tijd. Het ergste vindt ze dat de artsen die hun eigen collega's afblaffen, meestal ook niet veel geduld kunnen opbrengen voor hun patiënten en een strikte prikklok hanteren ten aanzien van de tijd die ze voor hen uittrekken. Negen van de tien keer is die tijd niet toereikend om patiënten goede uitleg te geven of hen gerust te stellen, voor zover dat mogelijk is. Emoties als angst en verdriet worden weggewuifd alsof het niets is en dat kan niet anders dan heel moeilijk zijn voor de betreffende patiënten. Hoewel ze zelf ook een zekere professionele afstand bewaart, ontbreekt het Alice niet aan inlevingsvermogen en voelt ze haarfijn aan wat een patiënt nodig heeft.

‘Ben je ingelezen?’ blaft de collega.

‘Ik weet dat ik een PICC-lijn moet zetten, maar ik heb geen details over het verdere dossier gekregen.’

‘Kleed je om, dan praat ik je kort bij.’

Ze doet wat hij zegt en loopt daarna naar de wasbak. Ze begint met het inzepen van haar handen, polsen en onderarmen tot aan de ellebogen. Na anderhalve minuut goed te hebben gesopt, spoelt ze haar armen en handen zorgvuldig af onder de kraan. Als ze met haar elleboog op de pomp met handalcohol drukt, begint haar collega te praten.

‘Jonge vrouw, begin twintig, cardiomyopathie en sinds twee jaar hartgetransplanteerd. Te lang doorgelopen met blaasontsteking die werd gecamoufleerd door immuunsuppressie. Nu nierbekkenontsteking. Antibiotica wordt vandaag via PICC-lijn gestart.’

‘Gewoon infuus niet mogelijk?’

‘Blijkbaar. Broze vaten en met die agressieve antibiotica blijft zo’n infuus amper een dag zitten.’

‘Oké, helder.’ Alice laat de alcohol op haar handen aan de lucht drogen voordat ze steriele handschoenen aantrekt. ‘Ik ben trouwens Alice de Vreede.’

‘Joep Verbruggen,’ antwoordt hij kortaf. ‘Klaar? We zijn al vijf minuten te laat en ik heb geen zin om vandaag weer over te werken.’

‘*Got it, boss*,’ fluistert Alice. Haar mondkapje zorgt ervoor dat Joep het niet kan verstaan.

‘Zei je wat?’ vraagt hij.

‘Nee, niks.’

‘Nou, kom op dan. De patiënt ligt al klaar.’

Alice loopt achter hem aan naar de katheterisatiekamer en is verbaasd dat de norse Joep haar voor laat gaan voordat hij zelf naar binnen gaat. Ergens heeft hij blijkbaar toch nog iets galants in zich. Haar oog valt meteen op de vrouw op de behandeltafel. Ook háár gezicht wordt afgeschermd met een mondkapje. Ze is van gemiddeld postuur en draagt een knalroze joggingbroek onder haar blauwe, steriele ziekenhuishemd. Aan haar voeten draagt ze Happy Socks met rode hartjes. Het roze jodium dat ze zo gaat aanbrengen op de arm van de vrouw kleurt leuk bij het geheel, concludeert Alice met een glimlach. Alice loopt naar de behandeltafel toe en stelt zichzelf voor als dokter De Vreede.

'Ali? Ben jij het echt?' vraagt de vrouw met overslaande stem.

Ali. Het is lang geleden dat iemand haar zo genoemd heeft... Acht jaar om precies te zijn.

'Ilse?'

'Ja!'

Ze wankelt op haar benen. Noahs stem komt keihard binnen. Zijn roep om de hulp die ze hem niet kan geven. Een laatste gil en dan de oorverdovende stilte die nog meer pijn doet aan haar trommelvliezen dan zijn doodskreet. Even staat de tijd stil. De hartkatheterisatiekamer en iedereen die daarin aanwezig is, lijken niet meer te bestaan. Het masker van professionaliteit valt af en ze heeft zich ondanks de lagen beschermende kleding nog nooit zo naakt gevoeld. Heden en verleden stormen als twee uit koers geraakte planeten op elkaar af en deze keer lukt het haar niet om ze langs elkaar heen te laten scheren. De impact van de klap is zo overweldigend dat ze hem letterlijk in haar lijf voelt. Ze krimpt in elkaar en grijpt naar haar buik.

'O Ali,' hoort ze Ilses stem in de verte, 'wat fijn dat jij het bent.'

Na de eerste schok kan ze haar vroegere koosnaampje de tweede keer beter verdragen. Langzaam maar zeker krijgt ze weer grip op de realiteit. De felle lampen, de apparatuur, haar collega's die haar aanstaren en Ilse, zo klein en kwetsbaar op die behandeltafel. Ze heeft geen flauw idee waar ze de kracht vandaan haalt, maar op de een of andere manier weet ze weer rechtop te gaan staan.

'Ja, Ilse, ik ben het echt. Wat fijn om je te zien.'

Ze meent elk woord dat ze zegt. Het ís fijn om Ilse na al die tijd weer te zien, hoewel de omstandigheden verre van ideaal zijn. Duizend vragen schieten door haar hoofd en ze moet op haar tong bijten om ze niet af te vuren op de vrouw die voor haar ligt. Dit is niet het moment.

'Ik ben zo blij dat jij erbij bent, Ali. Ik was zo nerveus omdat ik zo moeilijk te prikken ben en ik heb vannacht geen oog dichtgedaan. Maar nu ik jou zie, weet ik dat alles goed komt. Ik weet dat jij voorzichtig met me zult zijn.'

'Alles onder controle, dokter De Vreede?' onderbreekt Joep bruut.

'Ja, prima. Niks aan de hand.'

'Mooi, ik dacht even dat ik in de kroeg was beland. We hebben niet de hele dag de tijd, hè.'

Wat een lul.

Ze kijkt naar Ilse, die er aan de uitdrukking op haar gezicht te zien net zo over denkt, en moet ongewild glimlachen. Met een knipoog geeft ze aan dat ze zich er niks van moet aantrekken. Toch heeft Joep ergens een punt, ze moet zich niet laten afleiden.

Oké, focus.

'Heb je al eens eerder een PICC-lijn gehad, Ilse?'

'Nee. Dit is mijn eerste opname sinds mijn transplantatie en toen had ik een centrale lijn.'

'Oké, een PICC-lijn is eigenlijk niks anders dan een infuus met een langere slang en het lijntje is wat dikker dan van een gewoon infuus.'

'Een dikker lijntje betekent zeker ook een dikkere naald?' vraagt Ilse nerveus.

‘Helaas wel, maar ik ga je eerst goed verdoven voordat ik je met die dikke naald ga prikken, zodat je er niet te veel van voelt.’

‘Niet te veel of helemaal niet?’

‘Laten we ervan uitgaan dat je altijd iets voelt, dan kan het alleen maar meevallen.’

Ilses pupillen zijn groot van de stress.

‘Het komt goed, dat beloof ik je.’

Alice pakt het gesteriliseerde echoapparaat en spuit er wat doorzichtige gel op. ‘Ik ga nu eerst met het echoapparaat de bloedvaten van je bovenarm in kaart brengen om te zien in welk vat ik de katheter het beste kan inbrengen. Dit kan even koud aanvoelen,’ waarschuwt ze voordat ze de echokop op Ilses bovenarm zet, terwijl Joep de stuwband aantrekt die al losjes om haar arm zit. Alice laat het echoapparaat soepel over de huid gaan. ‘Af en toe moet ik even iets harder duwen om de bloedvaten die wat dieper liggen goed te kunnen zien.’

Ilse knikt. Ze laat Alice even haar gang gaan en kijkt geïnteresseerd mee naar de monitor. ‘Dat je wijs kunt worden uit die grijze brij,’ zegt ze nerveus grinnikend.

Alice gaat geconcentreerd verder met haar zoektocht naar een bruikbaar bloedvat.

‘En, ben ik een hopeloos geval?’

‘Nee, zeker niet.’

‘Omdat het zo lang duurt.’

‘Zorgvuldigheid kost tijd. Maar om je gerust te stellen, ik heb in elk geval al twee kandidaten gevonden.’

Ilse ontspant zichtbaar. ‘Nou, *get it over with*.’

Joep kijkt mee en wijst een plekje aan op de monitor.

‘Ja, die heeft ook mijn eerste voorkeur,’ beaamt Alice. Ze tekent wat punten en lijnen op Ilses arm zodat ze tijdens het prikken ongeveer kan zien hoe het bloedvat loopt.

‘Zal ik gaan soppen?’ vraagt Joep.

‘Graag.’ Voor het eerst sinds ze met hem heeft kennisgemaakt, heeft ze het gevoel dat zij en Joep aan dezelfde kant staan. Dat hij met haar samenwerkt, in plaats van tegen haar te zijn. De kille blik in zijn ogen is ook veranderd. Nog steeds gefocust, maar minder hard.

‘Geen allergie voor chloorhexidine?’ vraagt Joep aan Ilse. Als ze haar hoofd schudt pakt hij met een groot pincet een prop watten die klaarligt in een *disposable* nierbekken van pulpkarton en doopt hem in het ontsmettingsmiddel totdat hij verzadigd is. Zorgvuldig haalt hij de natte watten over Ilses arm.

‘Helemaal mijn kleur,’ zegt ze nerveus lachend als ze haar bovenarm roze ziet kleuren.

‘Past mooi bij je broek, inderdaad.’ Er lijkt zowaar een lach door te klinken in Joeps stem.

De verpleegster die assisteert geeft Joep een blauwe steriele doek aan. Hij vouwt hem uit en zorgt dat het gat dat erin zit het stuk arm bloot laat waar Alice zo in gaat prikken. Hij plakt de doek vast op Ilses arm en vraagt haar om hygiënische redenen haar hoofd de andere kant op te draaien. ‘Zodat je niet over je arm heen ademt,’ legt hij uit. ‘We willen je graag een beetje schoonhouden om mogelijke infecties te voorkomen. Zeker in jouw geval, met je lage weerstand.’

Ilse wendt braaf haar hoofd af naar de andere kant, maar Alice voelt dat ze haar spieren weer aanspant.

‘Gaat het goed, Ilse?’ vraagt ze. ‘Ik wil de verdoving gaan aanbrengen, als je er klaar voor bent.’

‘Misschien heel kinderachtig, hoor, maar mag ik iemands hand vasthouden tijdens het aanprikken?’

‘Dat is helemaal niet kinderachtig, als dat jou helpt dan doen we dat.’

'Ik geloof dat ik niet meer zo goed tegen pijn kan sinds die transplantatie. Ik ben een beetje een watje geworden.'

'Jij bent zeker geen watje, Ilse, dat wil ik je nooit meer horen zeggen. Na alles wat je hebt meegemaakt is het logisch dat je aan je taks zit. Je bent echt niet de enige, hoor.' Alice kijkt haar collega's aan. 'Is er een vrijwilliger in de zaal die een hand ter beschikking wil stellen?'

Joep steekt zijn hand uit. 'Als de katheter wordt ingebracht moet ik assisteren, maar tijdens het prikken van de verdoving ben ik *all yours,* Miss Pinkie.'

'Flink hard knijpen,' zegt Alice samenzweerderig als ze de gevulde verdovingsspuit aanneemt van de verpleegster. 'Hij kan het hebben.'

Ilse lacht en grijpt Joeps uitgestoken hand vast.

'Oké, daar gaan we. Ik ga prikken op deze plek.' Alice tikt zachtjes met haar vinger op Ilses bovenarm. 'Oké, daar komt de prik.'

Ze duwt de scherpe naald door de huid en terwijl ze de verdovingsvloeistof inspuit, duwt ze de naald steeds een stukje dieper in de arm. Ilse ademt hoorbaar door haar samengeknepen lippen uit, maar geeft verder geen krimp. Alice probeert er niet te veel aan te denken dat ze iemand van wie ze houdt pijn moet doen en focust op de technische details. Als ze voldoende verdoving heeft aangebracht, trekt ze de naald uit de arm. 'De eerste hobbel is genomen. Goed gedaan, Ilse.'

'Was dat alles?' vraagt ze stoer. 'Dat viel best mee.' Ze klinkt behoorlijk overtuigend, maar aan de felrode blossen op haar wangen is te zien dat ze behoorlijk onder stress staat.

'Bikkel,' zegt Alice glimlachend. 'We laten de verdoving even inwerken en dan gaan we de grote klus klaren.'

'Ik trek even nieuwe handschoenen aan,' zegt Joep terwijl

hij de hand waar Ilse in heeft geknepen een paar keer tot een vuist balt en weer opendoet; blijkbaar is ze niet al te zachtzinnig met hem omgegaan.

Om de tijd te doden controleert Alice nogmaals alle benodigdheden die de verpleegster voor haar heeft klaargezet. Ze wil op dit moment geen persoonlijk gesprek met Ilse voeren, want dat zou haar concentratie aantasten. Bovendien gaat datgene wat ze na al die jaren te bespreken hebben de anderen in de ruimte niets aan. Omdat Ilse ook zwijgt, gaat ze ervan uit dat die er hetzelfde over denkt.

Joep komt weer binnen en ze ziet hem met een schuin oog naar de klok kijken voordat hij naar haar toe loopt. 'We hebben nog een halfuur voordat deze kamer weer nodig is.'

Alice knikt. 'Dat moet lukken. Ben je er klaar voor, Ilse?'

'*Let's do it.*'

14

Alice heeft geen voeten meer over en is bekaf als ze aan het einde van haar dienst de verpleegafdeling op loopt waar Ilse ligt. Haar doktersjas hangt open en wappert om haar heen door het stevige tempo dat ze ondanks haar vermoeidheid aanhoudt. Het inbrengen van Ilses PICC-lijn bleek uiteindelijk de minst hectische klus van de dag te zijn en hoewel ze snakt naar haar huispak en een afhaalmaaltijd, kan ze het niet over haar hart verkrijgen om naar huis te gaan zonder Ilse gedag te zeggen.

Ze groet Hanja, de afdelingssecretaresse die achter de balie zit, en kijkt naar de bos bloemen die op haar desk staat. 'Is mijn wekelijkse bloemetje van mijn stille aanbidder weer bezorgd?'

Hanja ziet haar kijken en knikt instemmend. 'Ik ben maar weer zo vrij geweest ze in water te zetten en ze hun vaste plekje op de balie te geven. Ik heb het kaartje voor je bewaard, mocht je interesse hebben.'

Alice pakt het aan en stopt het ongezien in haar broekzak. 'Ik loop nog even langs bij mevrouw Van der Linde om te kijken hoe het met haar gaat en dan is het weer mooi geweest voor vandaag.' Ze kan een geeuw nauwelijks onderdrukken.

'Weet je zeker dat je dat niet beter morgen kunt doen? Straks komt je migraine weer terug.'

'Dank je, maar het gaat wel. Ik heb de patiënt beloofd dat

ik nog even langs zou komen en je weet dat ik me altijd aan mijn beloftes hou als dat ook maar enigszins mogelijk is.'

Ze loopt door naar Ilses kamer, klopt na een korte aarzeling op de deur en wacht op antwoord. In tegenstelling tot de meeste artsen stormt zij niet zomaar de kamers binnen waar de patiënten liggen. Omdat ze al zo weinig privacy hebben in een ziekenhuis probeert ze de grens van hun kamerdeur zo veel mogelijk te respecteren, ook als ze haast heeft. Als ze 'Binnen' hoort, doet ze de deur open. Ilse zit met kleine oogjes in kleermakerszit op bed. Ze gaapt en neemt niet de moeite haar hand voor haar mond te houden.

'Ik was even in slaap gevallen,' verontschuldigt ze zich.

'Je had ook een pittige ochtend, en onderschat die beginnende nierbekkenontsteking niet.'

Ilse knikt. 'Ja, raar is dat. Ik had helemaal niet door dat er iets aan de hand was, totdat bij de bloedcontrole bleek dat er ergens een infectie zat. Koorts heb ik niet gehad.'

'De medicijnen die je krijgt om afstoting van je donorhart te voorkomen, onderdrukken je weerstand dermate dat je niet goed voelt dat je eigenlijk heel ziek bent. Zonder die medicijnen zou je nu knetterende koorts hebben.'

Alice loopt naar het bed en grijpt naar de stoel die ernaast staat, maar Ilse klopt op haar matras.

'Hier komen jij.'

'Weet je het zeker? Ik kan gewoon op een stoel zitten, hoor.'

Ilse schudt haar hoofd en maakt ruimte, en Alice ploft naast haar neer. Ilse legt haar hoofd tegen Alice' schouder aan en even blijven ze zo zwijgend zitten, totdat Ilse de stilte verbreekt.

'Hoe is het met je, Ali?' vraagt ze zachtjes. 'We hebben je gemist.'

Alice voelt haar keel dik worden. Het gemak waarmee

Ilse haar weer omarmt nadat ze haar acht jaar geleden in de steek heeft gelaten, grijpt haar ontzettend aan.

'Eh… waar zal ik beginnen?'

'Dat maakt niet uit. Gewoon beginnen.'

Ze denkt even na. 'Nou, eh, het gaat wel goed met me. Na… wat er gebeurd was, heb ik geprobeerd verder te gaan en het verleden achter me te laten. Ik heb me volledig op mijn studie en werk gestort en ben best vaak verhuisd, maar ik kon nergens echt aarden. En sinds een paar maanden ben ik weer hier terug, in Utereg me stadje.'

'Verliefd, verloofd, getrouwd of hordes nieuwe vrienden?'

'Geen van alle, vrees ik.'

'Ai.'

'Inderdaad. Noahs dood heeft er nogal in gehakt en vriendschappen aangaan… Ik vind het gewoon moeilijk. En relaties zijn al helemaal uit den boze.'

'Je was natuurlijk ook wel goed verwend met ons, hè.' Ze grinnikt en geeft een speels duwtje, maar de serieuze ondertoon ontgaat Alice niet.

'Het spijt me, Ilse, dat ik jullie allemaal heb laten barsten. Dat ik jou heb laten barsten. Ik weet dat jullie ontzettend teleurgesteld in me zijn. Eerlijk gezegd verbaast het me dat je zo hartelijk tegen me bent na al die tijd. Dat heb ik niet verdiend.'

'Weet je wat jij eens zou moeten doen, Alice? Stoppen met zo hard voor jezelf te zijn. Dat is helemaal nergens voor nodig en je doet jezelf er flink mee tekort. Wat er met Noah is gebeurd was en is heel traumatisch, maar het was niemands schuld. Het was gewoon een stom ongeluk, domme pech, en je hebt er samen met Jurre alles aan gedaan om hem te redden.'

'Het was *míjn* schuld. Als ik Noah niet zo had lopen pushen terwijl hij eigenlijk niet durfde, had hij nu nog geleefd.

Dan waren we nu misschien getrouwd geweest en liep er een stel koters rond. En ik had als ervaren skiër de gevaren van offpiste skiën nooit zo mogen wegwuiven. Ik had me beter moeten realiseren dat het risico dat ik nam door een onervaren skiër mee te nemen veel te groot was. Ergens wist ik dat natuurlijk wel, maar ik heb mijn schouders erover opgehaald. Ik dacht dat het wel los zou lopen als ik de vallijnen goed uitzette en Noah goed naar mijn instructies zou luisteren. En alleen maar vanwege die adrenalinekick die ik Noah ook wilde laten voelen. Nou, dat was ook meteen het laatste wat hij gevoeld heeft en ik weet zeker dat hij er niet van genoten heeft.'

De tranen staan in haar ogen.

'Weet je, Ali, daar zit wel iets in, maar het blijft geklets achteraf waar je niet verder mee komt. Sterker nog, het weerhoudt je ervan om te leven. Al acht jaar. Dat zijn bijna drieduizend dagen, besef je dat wel? Ik zou er alles voor overhebben om met dit nieuwe hart weer acht jaar verder te komen.' Ze streelt over haar borst. 'Elke extra dag voelt voor mij als een kostbaar geschenk dat ik mag uitpakken en waar ik ten volle van mag genieten.'

'En ik… ik gooi mijn dagen ongebruikt weg omdat ik ze niet echt geleefd heb, er niet het maximale uit heb gehaald. Dat is wat je eigenlijk wilt zeggen, toch?'

'Ik bedoel het niet veroordelend,' zegt Ilse snel.

'Dat weet ik.'

'Ik vind het gewoon zo zonde voor je.'

Alice kijkt naar Ilse en ziet dat ook zij tranen in haar ogen heeft, en een gevoel van schaamte overmant haar. Ilse moet al haar hele leven knokken voor elke dag die ze kan krijgen, terwijl zijzelf het leven in haar schoot krijgt geworpen maar het behandelt als een last die ze moet dragen. 'Je hebt gelijk, Ilse. Het is ook eeuwig zonde.'

‘Weet je wat ik als eerste doe als ik wakker word, hoe ik mijn dagen begin? Ik leg mijn hand op mijn hart, doe mijn ogen weer dicht en geniet van het geklop onder mijn hand. Dat krachtige regelmatige gebonk is het mooiste gevoel dat er is. Het is eigenlijk een soort meditatie waarin ik alleen maar dankbaarheid voel naar mijn donor en de nabestaanden die de transplantatie niet hebben tegengehouden, want dat gebeurt ook best vaak. Het is zo bijzonder dat mensen die ik niet ken en die mij niet kennen mij toch het leven gunden. Ik voel me ook echt heel erg verantwoordelijk naar hen toe om mijn leven zo goed mogelijk te leven en er alles uit te halen wat erin zit.’

‘Wat mooi dat je zo bewust stilstaat bij je donor en de nabestaanden, maar het lijkt me best heftig dat er zo’n zware last op je schouders rust en dat je je zo verantwoordelijk voelt.’

‘Ik ervaar het juist helemaal niet als een last, maar als een kracht. Het houdt me met beide benen op de grond, maar het stimuleert me ook om nieuwe dingen te doen en om mijn grenzen op te zoeken, op verantwoorde wijze natuurlijk. Ik heb dromen die ik wil verwezenlijken en daar werk ik heel hard aan.’

‘Dromen? Zoals…’

Ilse aarzelt even en zegt dan: ‘Ik wil de Grand Tour de Trois Vallées in één dag skiën. Ik ben al een jaar aan het trainen.’

Alice houdt haar adem even in als ze de naam hoort van het gebied waar Noah aan zijn einde is gekomen. ‘Ik… ik weet even niet wat ik moet zeggen. Je weet dat…’

‘… dat dat de plek is waar Noah is verongelukt? Ja, dat weet ik. Ik snap dat jij alleen aan Noah kunt denken en aan wat er daar gebeurd is, maar voor mij is het vooral een plek die me in staat stelt om mijn droom waar te maken. Het grootste aaneengesloten skigebied ter wereld, moet je nagaan! Ik ben vrijwel mijn hele leven enorm beperkt geweest door mijn haperende hart en de laatste jaren voor mijn transplantatie kon ik amper een stap verzetten, maar mijn nieuwe hart stelt me in staat om weer te bewegen. Om te rennen en te springen, conditie op te bouwen. Weet je wel hoeveel vrijheid het geeft als je niet meer bij alles wat je doet hoeft na te denken hoe je het in godsnaam moet volhouden? Dat iets simpels als je zelf douchen, een kop koffie zetten, een boodschap doen, weer moeiteloos lukt? Dat je bij het maken van een wandeling het gevoel hebt dat je eindeloos door kunt lopen zonder dat je je zorgen hoeft te maken of je nog wel genoeg energie overhebt voor de terugweg?'

Haar ogen glinsteren en krijgen een dromerige uitstraling. Alice pakt haar hand en knijpt erin. Ze heeft kippenvel op haar armen. 'Ik probeer me als arts vaak voor te stellen hoe het is om met de beperkingen van een ziekte te leven, maar nu jij het zo vertelt vóél ik het echt.'

'Dit is mijn kans, Alice. Ik wil geen dingen missen waar ik later spijt van krijg. Eén keer fysiek helemaal tot het gaatje gaan en me het snot voor de ogen skiën, dat is wat ik wil. Nu kan het! Ik ben in mijn leven natuurlijk al vaker heel diep gegaan, maar toen had ik geen keuze. Het moest simpelweg om te overleven. Dit is anders, hier kies ik zelf voor. Weet je wel hoe fijn en luxe het is als je zelf iets te kiezen hebt?'

Alice knikt, terwijl ze Ilses woorden op zich in laat werken. 'Je het snot voor de ogen skiën lukt wel als je de Grand Tour gaat doen. Dat is elf uur lang flink doorskiën als je het in één dag wilt doen.'

'Klopt,' beaamt Ilse enthousiast. 'Dat ik daar alleen al over nadenk is toch al fantastisch? Je moet ook eigenlijk best een ervaren skiër zijn en dat ben ik natuurlijk niet.'

‘Heb je de trip al gepland? Wie gaat er met je mee?’

Voor het eerst sinds Alice in de kamer is, betrekt Ilses gezicht. ‘Nou, dat is eerlijk gezegd wel een puntje. Logistiek gezien heb ik het nog niet helemaal rond, zeg maar. Ik wil graag in februari gaan, in het “hart” van de winter, een symbolisch dingetje voor mij. Maar Ootje durft het niet aan zonder medische begeleiding. Ze is als de dood dat er iets misgaat.’

‘Tja, ik snap wel dat ze bezorgd is…’ reageert Alice voorzichtig. ‘Het is fysiek echt een slijtageslag en laten we wel wezen, je ligt niet voor je zweetvoeten in het ziekenhuis. Je moet eerst goed herstellen van die nierbekkenontsteking en hopen dat het je niet te veel terugwerpt in conditie. *Thumbs up* voor de antibiotica dus.’ Ze kijkt met een schuin oog naar het druppelende infuus.

Ilses ogen volgen de hare en haar gezicht betrekt, maar dan breekt er ineens een glimlach door op haar gezicht. ‘Lieve, lieve Ali… Ik heb een briljant idee! Ik geef je nu de kans om goed te maken dat je acht jaar lang niets van je hebt laten horen. Ik had wel dood kunnen zijn en dan hadden we elkaar nooit meer gesproken. Deze tweede kans is vast niet voor niks, dat wil ik heel graag geloven.’

Alice’ hart begint sneller te kloppen. Ze snapt meteen waar Ilse op doelt, wat haar ‘briljante idee’ is, en het angstzweet breekt haar uit. ‘Eh… wat had je precies als goedmakertje voor me in gedachten?’

‘Jij gaat mee naar Val Thorens. Als jij erbij bent kan mijn zus niet meer zeuren over medische begeleiding en dan kan ik gaan boeken. *Please*, help me mee mijn wens te vervullen?’

Alice moet drie keer slikken voordat ze antwoord kan geven. Haar stem is niet meer dan wat gefluister. ‘Ilse, ik heb mijn ski’s na Noahs ongeluk niet meer aangeraakt. Het was... Ik bedoel... Ik was niet van plan om ze ooit weer van zolder te halen. Het was zo traumatisch...'

'Dat snap ik, maar Alice, door mee te gaan naar Val Thorens krijg je de kans om dat trauma eindelijk te verwerken. En tegelijkertijd kan ik door jouw aanwezigheid mijn droom waarmaken. Ik help jou en jij helpt mij.'

Alice stoot een hoog lachje uit. 'Je weet het mooi te brengen. En dan ga je er ook nog van uit dat Olga erop zit te wachten om met mij op vakantie te gaan. Ik heb nooit meer iets van me laten horen en al haar contactpogingen genegeerd.'

'Oude koeien. Ootje is net zo blij om je te zien als ik, dat weet ik zeker. Je was haar beste vriendin en ze is nooit gestopt met je te missen.'

Alice' hart maakt een sprongetje. 'Heeft ze dat gezegd?'

'Dat weet ik gewoon. Ik ken mijn zus.'

'"Dat weet ik gewoon" is mij te vaag.'

'Vertrouw me nou maar.'

'Hoe is het met haar?' Alice voelt een steek van gemis in haar hart.

'Goed. Ze heeft een baan als redacteur bij een uitgeverij. En je gelooft het nooit, maar ze is getrouwd met Jurre.'

'Wat? Zijn Olga en Jurre getrouwd?'

'Drie jaar geleden alweer. *No kids*. Wie had dat gedacht, hè?'

'Die twee vochten elkaar altijd de tent uit, ze leken de grootste hekel aan elkaar te hebben.'

'Tot acht jaar geleden.'

'In Val Thorens...'

'Yep.'

'Ik weet dat ze toen wat hebben lopen rommelen, maar Olga was zo dronken dat ik dat niet serieus nam. Eigenlijk hadden we allemaal te veel gedronken die avond en Jurre was best vervelend. Hij zat te stoken tussen mij en Noah.'

'Jurre kon vroeger best een pain in the ass zijn, maar hij is leuk opgedroogd. Hij heeft me ontzettend gesteund tijdens dat zware transplantatietraject en hij is goed voor Ootje. Ze komen op mij heel gelukkig over en m'n zus heeft zich nog nooit over hem beklaagd.'

'Heeft Jurre het nog weleens over Noah?'

'De laatste jaren is zijn naam niet zo vaak meer gevallen, maar hij heeft het heel zwaar gehad na zijn dood. Dat verdriet heeft Ootje en Jurre echt dichter bij elkaar gebracht. Ze zag ineens een heel andere kant van hem – heel kwetsbaar – en daar is ze uiteindelijk voor gevallen.'

'Dus Jurre had een grote mond, maar een klein hartje?'

'Zoiets, ja. En m'n zus is een verzorgend typetje, ik heb haar goed gedrild,' zegt Ilse lachend. Dan krijgt ze weer een serieuze uitdrukking op haar gezicht. 'Het gemis van jou werkte extra verbindend. Ze vonden het allebei heel zwaar en moeilijk te accepteren dat je na het ongeluk uit hun leven verdween. Ze hebben geprobeerd je besluit te respecteren, maar het echt begrijpen hebben ze nooit gekund.'

'Ik weet ook niet of het wel te begrijpen valt,' zegt Alice zachtjes, terwijl ze uit het raam staart naar een boom die een indrukwekkend silhouet vormt in het licht van de lantaarns. De top beweegt langzaam heen en weer door de wind. 'Ik kon niet anders dan vluchten nadat de begrafenis achter de rug was. Ik schaamde me en voelde me zo schuldig. Als ik Olga zag, of Yasmijn, of Loek of Jurre, dan werd dat gevoel alleen maar erger. Alsof zij een spiegel waren die me steeds werd voorgehouden waarin ik al mijn fouten en gebreken zag. Ik kon niet met mezelf leven en op de een of andere manier dus ook niet meer met hen.'

'Ze hebben je nooit wat verweten. Het was een ongeluk. Noah was een volwassen kerel en hij heeft zelf besloten om, ondanks zijn aarzelingen, toch mee te gaan. Niemand heeft hem gedwongen, jij niet en Jurre niet. Ik zou zo graag willen dat je dat gaat inzien.'

'Dat weet ik, maar zo zie ik het gewoon niet. Jurre en ik hebben echt behoorlijk wat druk op Noah uitgeoefend om toch mee te gaan. Hij wilde geen watje zijn en indruk op mij en Jurre maken. Dáárom is hij meegegaan, niet omdat hij er zelf echt honderd procent achter stond. Je moet dat niet onderschatten, hoor, die groepsdruk, zeker niet op de leeftijd die wij toen hadden. Ík was de skiër met de meeste ervaring en ík heb de risico's te laag ingeschat en wellicht mijn kop ook in de sneeuw gestoken. Noah had met zijn beperkte vaardigheden nooit buiten de piste mogen skiën, zo simpel is het.'

'Maar...'

'Ik vind het lief dat je me probeert op te beuren, hoor, maar dit is echt niet iets wat je me uit het hoofd kunt praten.'

'Nog net zo koppig als vroeger dus.' Ilse rolt theatraal met haar ogen.

'Yep, wat ik in mijn kop heb, heb ik niet in mijn kont.' Alice probeert een geeuw te onderdrukken, maar dat lukt slechts gedeeltelijk. 'Oei, ik moet echt naar huis. Het was een lange dag en ik ben bekaf. Morgen weer vroege dienst en ik snak naar mijn bed.'

'Mag ik je mobiele nummer hebben?' vraagt Ilse. 'Ik ga je niet stalken, hoor, maar ik vind het een fijn idee dat je weer ergens onder handbereik bent.'

'Natuurlijk mag je dat hebben.' Alice pakt het schrijfblok en de pen die op het tafeltje in de kamer liggen en krabbelt haar nummer erop. 'Ik ga mijn best doen om mijn neus elke dag even om het hoekje van de deur te steken om te kijken hoe het met je gaat.'

Ilse lacht verheugd. 'Mag ik je nummer ook aan Ootje geven? Ik denk dat ze daar heel gelukkig van wordt.'

'Denk je dat echt? Denk je echt dat ze weer contact met me wil na al die tijd?'

'Absoluut. En dat geldt ook voor Yasmijn en Loek, die overigens geen stelletje meer zijn maar gewoon goede vrienden. Het clubje van toen is nog steeds bij elkaar en jij hoort daar nog steeds bij. Ik was een belabberde stand-in met al mijn gezondheidsgedoe.' Ze trekt een gezicht.

'O Ilse, haal jezelf niet zo naar beneden. Je bent nog steeds een van de bijzonderste, leukste en liefste mensen die ik ken.'

'Wil je dit liefste, leukste mens dan blij maken door over haar voorstel na te denken?'

'Of je mijn nummer aan Ootje mag geven?' doet Alice net alsof ze gek is.

'Val Thorens, Grand Tour de Trois Vallées...' Ilse tovert een brede lach op haar gezicht en knippert overdreven met haar ogen.

'Niet zo naar me kijken, daar word ik weekhartig van.'

'Dat is ook de bedoeling. Dat vergroot mijn kansen.'

'Emotionele chantage.'

'Beetje wel.'

'Ik beloof je dat ik er serieus over na zal denken, maar verder beloof ik nog niks.'

'Oké.' Ze trekt er een pruillip bij.

'Je mag mijn nummer aan Ootje geven.'

'Top.'

'Zeg, stel dat ik zou besluiten om mee te gaan naar Val Thorens...'

Ilse steekt haar handen juichend in de lucht.

'Ik zei "stel", want ik ben er echt nog niet uit. Dus stél dat ik mee zou gaan, wie staan er dan nog meer op je lijstje van reisgenoten, buiten je zus?'

'O, de usual suspects. Jurre natuurlijk, Yasmijn en haar nieuwe vriend Joshua, Loek… en jij!' Weer die brede lach op Ilses gezicht die Alice zo moeilijk kan weerstaan.

'Jurre,' herhaalt ze.

'Kom op, ook híj heeft je gemist,' zegt Ilse vol overtuiging.

Alice realiseert zich dat het tijd wordt om te vertrekken, voordat ze in een opwelling toezeggingen doet waar ze later spijt van krijgt. Ze wil eerst met Olga en Yasmijn praten. Peilen hoe de stemming is en of het mogelijk is om na al die jaren en alles wat er gebeurd is ontspannen samen te zijn. Als dat niet het geval is, begint ze er sowieso niet aan.

Ze geeft Ilse een knuffel. 'Ik denk erover na, meer kan ik op dit moment echt niet beloven. Weer teruggaan naar die plek is niet zomaar iets.'

'Dat snap ik toch, maar ik denk echt dat het goed voor je is. Dat het een nieuw begin voor je kan zijn als je het verleden onder ogen ziet.'

'Je kunt het weer mooi vertellen. Ik ga ervantussen. Ik probeer morgen weer even langs te komen, maar ik zeg je nu alvast dat ik dan nog geen antwoord voor je heb. Eerst moet ik wat dingen op een rijtje zetten.'

Ilse knikt gelaten en al zwaaiend loopt Alice de kamer uit.

15

Een vat vol emoties dat op ontploffen staat. Zo voelt ze zich. Het gesprek met Ilse is Alice niet in de kouwe kleren gaan zitten en ze wil zo snel mogelijk naar huis. Wanneer ze langs de balie loopt, ziet ze de bos bloemen weer staan. De tiende alweer in nog geen drie maanden tijd, allemaal anoniem voor haar bezorgd. Ze herinnert zich het kaartje dat erbij zat en haalt het uit haar broekzak. Haar hand trilt een beetje als ze begint te lezen.

De dag dat we elkaar gaan ontmoeten, komt steeds dichterbij. Ik verheug me erop, jij ook? Of, wacht... misschien hebben we elkaar al ontmoet. Jij zag mij niet, maar ik jou wel. Wie zal het zeggen?

Geen afzender.

Een rilling loopt over haar rug en ze kijkt om zich heen. Ze heeft het gevoel dat ze bespied wordt, maar er is niemand te zien. Ach, misschien stelt ze zich aan. Iemand stuurt haar af en toe een bloemetje en zij laat zich meteen uit het veld slaan. Ze is niet van plan om haar vrijheden te laten beperken door een of andere stalker.

Ze verlaat de afdeling door de grote klapdeuren en drukt op het knopje van de lift. *Jij zag mij niet, maar ik jou wel.* Terwijl ze staat te wachten, probeert ze zich te herinneren wie ze de afgelopen dagen allemaal heeft ontmoet. Waar moet ze beginnen? Op straat? In het ziekenhuis? De gedachte dat het een collega kan zijn, is angstaanjagender dan dat het een volslagen vreemde is. Hier in het ziekenhuis waant ze zich normaal gesproken veilig, het is haar toevluchtsoord, de plek waar ze op haar best is en zich op haar best voelt. Binnen de ziekenhuismuren doet ze ertoe, heeft ze een belangrijke taak en kan ze de gedachten aan alles waar ze in haar leven in gefaald heeft even on hold zetten. Maar nu… nu is alles anders.

De lift is op haar verdieping aangekomen en de deuren schuiven open met een belletje. Op het moment dat ze naar binnen wil stappen, wordt ze op haar schouder getikt. Ze maakt een sprongetje van schrik en kan net op tijd een gil inslikken. Met een bleek gezicht draait ze zich om. Het is Joyce, een van de verpleegsters op de afdeling.

'Gelukkig, ik heb je net op tijd te pakken.'

'Jemig, Joyce, wil je me niet zo besluipen, ik schrik me dood.'

'Je zag eruit alsof je heel ver weg was met je gedachten. Of je hebt een slecht geweten natuurlijk.' Joyce lacht.

De lift wordt ongeduldig en de deuren beginnen zich weer te sluiten. Alice zet haar voet ertussen om hem nog wat langer vast te houden.

'Het zal vast een beetje van beide zijn,' antwoordt ze lachend. 'Vertel, wat is er aan de hand?'

'Op zaal is een infuus gesneuveld en ik kan niemand vinden om een nieuwe te zetten.' Ze kijkt Alice smekend aan.

'Waar is iedereen dan?'

'Spoedjes. Afspraken. Weet ik veel. Ik weet dat je er al een lange dag op hebt zitten en op weg bent naar huis, dus ik durf het bijna niet te vragen. Zou jij…'

Ik kom hier vandaag gewoon niet weg.

Ze slaakt een diepe zucht. 'Vooruit dan maar weer. Maar dat is echt het laatste wat ik vandaag doe.'

'Ik zal er persoonlijk voor zorgen dat niemand je meer lastigvalt,' antwoordt de verpleegster dankbaar. 'Je bent een engel.'

In gedachten verzonken sjokt Alice in de richting van de ziekenhuisuitgang. Na het succesvol inbrengen van het infuus heeft ze nog drie 'klusjes' gedaan waar niemand voor te vinden was, en intussen is het alweer een uur later en is ze nog niet weg. Maar nu laat ze zich door niets en niemand meer tegenhouden.

Met haar hoofd zit ze nog steeds bij het gesprek met Ilse en haar vraag om te helpen bij het mogelijk maken van haar wens. Het gemak en de warmte waarmee Ilse haar weer heeft omarmd, nadat ze acht jaar niets van zich heeft laten horen, ontroeren haar. Als het andersom was geweest, weet ze niet of zij net zo vergevingsgezind zou zijn. Ilse heeft de afgelopen jaren een hoop meegemaakt waar Alice geen weet van had en ze baalt dat ze er niet voor haar en Olga was. Sterker nog, ze schaamt zich nu nog meer voor het feit dat ze zich gisteren ziek heeft gemeld, omdat ze wist dat Ilse een afspraak op de poli had en ze de confrontatie niet aandurfde. Die hele migraine was uit haar duim gezogen. Ze heeft nog nooit in haar leven migraine gehad.

Het nieuws dat Olga al een paar jaar met Jurre is getrouwd, moet nog even landen. Het was wel het laatste wat ze had verwacht. Zou Jurre echt zoveel veranderd zijn? Is het mogelijk dat iemand die zich altijd als een eikel heeft gedragen, in de loop der jaren is getransformeerd in de ideale schoonzoon? Zou de dood van Noah net zo'n impact op hem hebben gehad als op haar? Waarom ook niet? Zij heeft niet het alleenrecht op het verdriet en de schuldgevoelens die uit Noahs dood zijn voortgekomen. Terwijl ze zich dat realiseert, moet ze ook concluderen dat Jurre er dan een stuk beter mee om is gegaan dan zijzelf. Als ze Ilse mag geloven, heeft het hem volwassener en zachter gemaakt. Hij was blijkbaar in staat om zijn verdriet en schuldgevoel te delen, terwijl zij de eenzaamheid opzocht en zichzelf niets gunde. Een steek van jaloezie gaat door haar heen. Als ze het zo beschouwt, heeft ze het helemaal verkeerd aangepakt. Ze is weggelopen, terwijl ze beter stil had kunnen staan. Ze heeft acht jaar van haar leven weggegooid door haar vriendschappen samen met alle herinneringen aan Noah te begraven. Maar nu heeft ze een 'tweede kans' gekregen, zo heeft Ilse het tegen haar gezegd. Is dat echt zo? Zou het mogelijk zijn om eindelijk het verleden los te laten?

In gedachten stapt ze de draaideur bij de uitgang in en ze schrikt als de deur abrupt tot stilstand komt omdat iemand zich er nog op het laatste moment in wurmt. Ze botst bijna tegen de glazen deur op en kijkt geërgerd achterom. De man die de blokkade heeft veroorzaakt, steekt in eerste instantie afwerend zijn handen op en mompelt een excuus. Zijn beschaamde blik verandert echter meteen in een enthousiaste grijns als hij haar aankijkt.

'Alice! Ilse zei al dat ze je gesproken had.'

'Jurre? Ben jij dat?'

'De enige echte.'

Ze weet even niet zo goed hoe ze moet reageren, maar Jurre neemt het voortouw en duwt de draaideur door tot ze allebei buiten staan. Daar geeft hij haar drie zoenen op haar wangen en drukt haar kort tegen zich aan. Voordat hij haar loslaat, ademt hij even diep in, alsof hij haar geur probeert op te snuiven. Daarna staan ze wat onwennig tegenover elkaar.

'Dat is lang geleden,' zegt Alice, vooral om maar iets te zeggen.

Jurre grijnst. 'Goh, ik had iets meer dan zo'n open deur verwacht voor een oude vriend. Zoiets als: "Wat zie je er goed uit." Of wat dacht je van: "Hoe ís het met je?"'

'Pfff, en dan vind je wat ík zeg een open deur?'

'Ha, erop en erover. Nog steeds goed van de tongriem gesneden.'

'Sorry, ik heb een lange dag gehad en ik ben moe en hongerig. Amper tijd gehad om te eten.'

'Ik kan me nog herinneren dat je vroeger ook altijd knorrig werd als je honger had.'

'Nou, om in clichésferen te blijven: ik ben een beetje ouder geworden, maar verder niet veel veranderd.'

'Je hebt dus nog niet gegeten?'

'Nope.'

'Zal ik je dan eens trakteren op een lekker diner? Kunnen we even bijkletsen.'

'Nou, Jurre, heel lief, hoor, maar mag dat een andere keer? Het enige wat ik nu wil, is naar huis, een pizza in de oven schuiven, de dag van me af douchen en zo snel mogelijk mijn bed in. Ik heb morgen weer vroege dienst.' Ze gaapt demonstratief om haar woorden kracht bij te zetten.

'Volgens mij is het dagelijkse kost voor een arts om overuren te maken, dus dan kunnen we net zo goed nu even een hapje eten.'

'Jurre...'

'Ik wil iets met je bespreken over Ilse wat niet te lang kan wachten. Ik had je erover willen bellen, maar nu ik je toch tegenkom, doe ik het liever face to face. Kom, voor Ilse.' Hij steekt haar zijn arm toe en kijkt alsof hij verwacht dat ze meteen inhaakt. Terughoudend zet ze een stap naar achteren.

‘Vroeger was je niet zo’n ijskonijn, Alice. De tijd heeft je geen goed gedaan.’

‘Vroeger was jij anders al net zo pusherig, het woord “nee” komt blijkbaar nog steeds niet voor in je woordenboek,’ sneert ze terug.

Oude tijden herleven. Jurre weet haar nog steeds in no time op de kast te jagen. Ilse vindt hem misschien veranderd, Alice heeft er nog niks van gemerkt. Toch maakt het woord ‘ijskonijn’ iets in haar los wat ze niet kan negeren. Was ze niet van plan om iets te ontdooien en weer mensen toe te laten in haar leven? Bij dat voornemen was Jurre zo ongeveer de laatste persoon aan wie ze dacht, maar ze moet ergens beginnen. Ze kijkt omhoog naar de beginnende sterrenlucht. Vanavond is absoluut een mooie avond om de daad bij het woord te voegen.

‘Zit Olga niet op je te wachten met een prak boerenkool?’ vraagt ze als laatste uitvlucht.

‘Olga heeft leesavond voor haar werk en wenst niet gestoord te worden. Ze heeft een paar veelbelovende manuscripten die ze moet beoordelen voordat andere uitgeverijen het gras voor haar voeten wegmaaien. Ik heb mijn handen dus volledig vrij.’

‘Nou, vooruit dan maar.’

16

De kaars midden op het tafeltje in het Utrechtse eetcafé brandt met flakkerende vlam. Een druppel vet drupt in de koperen blaker. Alice pakt de standaard op bij het oogvormige handvat en zet hem aan de rand van de tafel om vast ruimte te maken voor hun voorgerechten. Jurre volgt het allemaal nauwgezet. Zijn kin steunt op zijn samengevouwen handen en hij heeft een geamuseerde uitdrukking op zijn gezicht. Ze wordt een beetje zenuwachtig van zijn gestaar. Ze kan er sowieso niet goed tegen als ze het gevoel heeft dat mensen door haar heen proberen te kijken.

'Wat?' vraagt ze als het gestaar aanhoudt.

'Ik kan nog steeds niet geloven dat ik hier na al die tijd met jou aan een tafeltje zit.'

'Ik wil je wel even knijpen,' biedt ze vilein aan.

'Niet nodig.'

Jurre neemt een slok van zijn tapbiertje en er blijft een wit schuimlaagje achter op zijn bovenlip. Ze wijst hem er subtiel op en hij likt het weg. Hij gaat breeduit op zijn stoel zitten en leunt achterover. Zijn lange benen heeft hij zo ver onder tafel gestoken dat ze de hare raken. Aangezien hij niet de moeite neemt om dat contact te verbreken, doet zij het maar. Ze heeft er geen behoefte aan om voetje te vrijen met de man van haar voormalige beste vriendin.

Een vlotte serveerster zet twee borden carpaccio en een mandje stokbrood op tafel.

'Zou ik misschien nog een kannetje water mogen bestellen?' vraagt Alice. Ze heeft haar glas chardonnay nog amper aangeraakt. Het ene slokje dat ze heeft genomen is door haar vermoeidheid meteen flink aangekomen.

'Natuurlijk, ik kom u zo een kannetje brengen. Twee glazen erbij?'

Alice knikt instemmend, maar Jurre fluit haar terug. 'Eentje is voldoende, ik hou het bij bier.'

Als de vrouw wegloopt, pakt Jurre Alice' wijnglas en houdt het haar voor. Als ze het aanpakt, tikt hij zijn bierglas ertegenaan. 'Op Noah.'

Slechts twee woorden, maar ze zetten voor Alice de boel meteen op scherp. De slok wijn die ze in een reflex neemt is zo groot dat ze zich bijna verslikt. Ze ziet zichzelf weer met Jurre boven die gletsjerspleet hangen in een poging Noah te redden. Stijf van de adrenaline die haar bovenmenselijke krachten leek te geven. Maar het was niet genoeg. Ze voelt Noahs hand weer uit de hare glijden, ziet de angst weer in zijn ogen, hoort zijn laatste ijselijke gil met haar naam voordat alles stil werd en de wereld stopte met draaien.

'Hé, gaat het?'

Ze schrikt als ze een hand op de hare voelt. Haar wangen zijn nat van de tranen die, zonder dat ze het doorheeft, uit haar ogen vloeien. Ruw veegt ze ze met de rug van haar hand weg. Ze houdt niet van janken in het openbaar en ze wil zeker niet dat Jurre haar zo kwetsbaar ziet. *Kom op, herpak je!*

'Ja, het gaat, dank je wel,' antwoordt ze als ze zichzelf weer onder controle heeft.

'Weet je het zeker? Want zo ziet het er niet uit.' Jurre blijft haar bezorgd aankijken.

'Noahs naam horen uit jouw mond triggerde even wat.'

'Is het na al die tijd nog steeds zo vers?'

'Blijkbaar,' antwoordt ze stug. 'Heb jij er dan helemaal geen last meer van?'

'Ik mis hem nog steeds, maar de rauwe pijn en het verdriet heb ik wel verwerkt, denk ik. Het is tenslotte al acht jaar geleden.'

'Ik wist niet dat er een verjaring op rouw zat,' antwoordt ze scherp. 'Rouwen is nou typisch iets wat iedereen op zijn eigen manier doet en daar is niks mis mee, toch?'

'Behalve als het ongezonde vormen dreigt aan te nemen omdat iemand niet kan loslaten.' Hij kijkt haar onderzoekend aan.

'O, maar we weten allebei dat ik heel goed kan loslaten.'

Het is eruit voordat ze het doorheeft en ze ziet dat haar cynische woorden niet goed vallen bij Jurre. 'Sorry, dat kwam er een beetje rot uit. Ik begrijp wat je wilde zeggen met dat loslaten, maar heb jij er dan helemaal geen last meer van? Geen nachtmerries? Geen herbelevingen, geen schuldgevoel?'

'Als ik aan Noah denk, dan denk ik alleen nog aan de goede en leuke dingen. Aan typische Noah-dingetjes, grappige uitspraken.'

'Nou, *good for you*.'

'Weet je, Alice, we hebben alles gedaan wat in ons vermogen lag om Noah te redden. Dat weet jij en dat weet ik. Het heeft geen zin om jezelf iets te verwijten wat je met de beste wil van de wereld niet kunt veranderen. Het heeft geen zin om de hele tijd achter je eigen staart aan te blijven hollen. Het put je volledig uit en je komt er geen stap verder mee.'

'We hadden hem nooit mee moeten nemen. Hij was veel te onervaren om offpiste te skiën.'

'Hij deed het hartstikke goed. Zijn enige pech was dat hij als eerste aankwam bij die sneeuwbrug die niet veilig bleek. Als jij of ik voorop was gegaan, dan was hetzelfde gebeurd.

Dan had ik hier misschien met Noah verdriet zitten hebben om jou, of jij en Noah hadden hier om mij getreurd. Noah had gewoon domme pech.'

'En wáárom was Noah eerder bij die gletsjerspleet dan wij? Omdat hij de controle was verloren. Wáárom was hij de controle verloren? Omdat hij te onervaren was. Ik had beter moeten weten en hem niet moeten pushen om mee te gaan.'

'Het was Noahs eigen beslissing, Alice. Hij was een grote jongen die zijn eigen beslissingen nam.'

'Bullshit. Hij wilde indruk maken op mij. En op jou. Hij wilde geen watje zijn. Als je hem uitdaagde, ging hij er vol in om te winnen. Dát was Noah ook. Om maar even met jouw woorden te spreken: dat weet jij en dat weet ik. Weet je waar ik nog steeds niet mee kan leven?'

'Nou?'

'Dat we zijn lichaam nooit fatsoenlijk hebben kunnen begraven. Dat we hem daar voorgoed in die spleet moesten achterlaten omdat het te gevaarlijk was om zijn lichaam te bergen. Dat we een schijnbegrafenis hebben moeten houden met een lege kist. Ik probeer me weleens voor te stellen hoe zijn lichaam er nu uitziet. Is er niet meer van over dan een hoopje botten, of...'

'Allemachtig, Alice, wat morbide. Je kunt het jezelf ook extra moeilijk maken met die horrorscenario's.'

'Het idee dat hij daar voor eeuwig helemaal alleen ligt... Het was de bedoeling dat ik vooropging, Jurre. Ik had in dat gat moeten vallen, niet Noah.'

'En daarom ben ik extra blij dat ik hier vanavond met jou aan een tafeltje zit. Accepteer dat het lot anders heeft beslist, Alice. Jij bent nog niet klaar, je hebt nog een belangrijke taak in het leven.'

'O ja? Nou, laat maar eens horen wat die dan is, want mij

is die toegevoegde waarde niet helemaal duidelijk.'

'Ilse de dag van haar leven bezorgen in Val Thorens. Dat verdient ze. Als jij meegaat, met je medische achtergrond, dan lukt het mij en Ilse wel om Olga over te halen.'

'Dat heeft Ilse me zo-even al gevraagd en ik heb haar gezegd dat ik erover zal nadenken. Dus jij hoeft er niet ook nog eens over te beginnen. En reken sowieso maar nergens op.'

'Als je weigert, vrees ik dat Ilses droom in duigen valt. Dat wil je niet op je toch al bezwaarde geweten hebben, toch?'

'Dat is emotionele chantage!'

'Klopt, maar daar schaam ik me niet voor.' Zijn stem is ineens zachter geworden en heeft een trieste ondertoon. 'Ilse heeft ongelooflijk moeten knokken om te overleven. Dankzij die donor heeft ze extra tijd gekregen, maar we weten niet hoeveel. Het kan jaren zijn, maar het kan ook morgen afgelopen zijn. Ze heeft dus geen dag te verliezen om alles uit haar leven te halen wat erin zit en ik ben van plan om haar te helpen waar ik kan. Die belofte heb ik haar gedaan toen ze op de ic te horen kreeg dat een donorhart vanwege de lange wachtlijst waarschijnlijk niet op tijd zou komen. Ze ging hard achteruit en had hooguit nog enkele weken. Ze was zó verdrietig toen de hoop haar werd afgenomen en aan haar bed heb ik voor het eerst in mijn leven gebeden voor een wonder en geloof het of niet, dat wonder kwam. Drie dagen na dat slechtnieuwsgesprek was er een match en ze werd op het nippertje gered.'

In Jurres ogen staan tranen. In tegenstelling tot Alice schaamt hij zich er niet voor en neemt hij niet de moeite om ze weg te vegen. Zijn lippen trillen en voor het eerst begrijpt Alice wat Ilse over hem vertelde. Hij lijkt echt veranderd. De Jurre die nu voor haar zit is een totaal andere Jurre dan de cynische, botte figuur die hij vroeger was.

Ze legt haar hand op de zijne. 'Het is ongelooflijk lief hoe je over haar praat en wat je voor haar probeert te doen. Ilse is heel bijzonder en ik ben het met je eens dat ze het beste verdient, en als ik daar iets aan kan bijdragen, dan zal ik dat doen.'

'Je gaat dus mee?'

'Dat heb ik niet gezegd. Ik wil eerst van Olga en Yasmijn horen dat ze er geen bezwaar tegen hebben. Na alles wat er is gebeurd...'

'Ootje zal een gat in de lucht springen. Jij was haar beste vriendin en ze is nooit meer zo close met iemand geweest als met jou. Ze mist je nog steeds. Bel haar en spreek met haar af, dan kan ze het je zelf vertellen.'

'Dat zal ik doen. Ilse heeft me haar nummer gegeven. Ik beloof je dat ik deze week met haar probeer af te spreken als er geen spoedjes voor mijn werk tussen komen. Maar... de trip naar Val Thorens vindt alleen plaats als ik het honderd procent verantwoord vind. Ilse doet net alsof er niets aan de hand is, maar ze is echt behoorlijk ziek. Zo'n nierbekkenontsteking is verraderlijk in haar geval. Ik wil echt dat ze volledig hersteld is en dat haar conditie goed genoeg is om zo'n loodzware tocht aan te kunnen. Van een paar dagen bedrust hollen de spieren van gezonde mensen al achteruit en bij Ilse gaat dat dubbel zo hard door de medicijnen die ze gebruikt.'

'Maak je geen zorgen, Ilse is verstandig en realistisch genoeg om haar plannen bij te stellen als het moet. Ze heeft zich in haar leven al zoveel moeten ontzeggen door haar ziekte, en toch weet ze zich elke keer weer aan de situatie aan te passen en door te gaan. Dat is echt zo knap van haar. Ik bewonder haar echt enorm en ik ben er trots op dat ik haar zwager mag zijn.'

'Het klinkt alsof jij en Ilse heel erg close zijn.'

'Zijn we ook.'

'Wat vindt Olga daarvan? Vroeger kon ze nog weleens jaloers zijn.'

'Ootje is alleen maar heel blij dat ik Ilse zo in mijn hart heb gesloten. Haar zusje is haar alles en ze heeft er nooit een geheim van gemaakt dat Ilse altijd voorgaat. Op alles en iedereen, tot op de dag van vandaag.'

'Dat moet voor jou best lastig zijn. Voel je je nooit achtergesteld?'

'Nee hoor, totaal niet. Kom, het is Ilse! Daar doe je alles voor, dat begrijp ik maar al te goed. Door alle zorgen en verdriet om Ilse is de relatie tussen Ootje en mij alleen maar hechter geworden.'

'Dat is fijn om te horen. Ik moet je eerlijk gezegd bekennen dat ik bijna van mijn stoel viel toen Ilse vertelde dat jij en Ootje getrouwd waren. Echt het laatste wat ik had verwacht.'

'Hoezo? Ben ik zo afstotelijk?'

'Nee, zo bedoel ik het niet. Jullie konden elkaar vroeger alleen niet luchten of zien en waren altijd aan het bekvechten. Ik ging ervan uit dat jullie geflirt in Val Thorens destijds eenmalig was. Ingegeven door te veel drank en niet meer dan dat.'

'Nou, Ootje en ik bleken in nuchtere toestand toch meer gemeen te hebben dan we dachten. We hadden alleen nooit de moeite genomen om ons in elkaar te verdiepen. Na Noahs dood werd dat anders. Ze was er voor me zoals niemand er ooit voor me geweest is. Zonder Ootje had ik er nu niet zo bij gezeten.'

'Olga is een lieverd, altijd al geweest. Ik ben blij dat jullie zoveel voor elkaar betekenen.'

'En hoe zit het met jou? Is er iemand in jouw leven?'

Alice schudt haar hoofd. 'Nee. Geen tijd voor, geen behoefte aan.'

Jurre kijkt haar onderzoekend aan. 'Geen tijd kan ik me in jouw geval, met je drukke baan, nog voorstellen, maar geen behoefte? Iedereen heeft toch behoefte aan liefde, een arm om je heen, een luisterend oor, een maatje met wie je alles kunt delen? De Alice die ik kende was daarop geen uitzondering. Jij en Noah waren zo close, altijd aan het knuffelen en geinen met elkaar. Vol passie.'

Liggend in de sneeuw, de warmte van hun lichamen, zo dicht tegen elkaar. Zijn mond vlak boven haar...

'Die tijd is geweest, Jurre. Dat weet jij net zo goed als ik. De Alice van acht jaar geleden bestaat niet meer.'

'Daar geloof ik geen bal van. Dat Noah dood is wil nog niet zeggen dat je niet meer verbonden kunt zijn met andere mensen. Een land vol mannen, en als je hem hier niet vindt, kun je de grens over.'

'Ik red het prima in mijn eentje.'

'Als dat werkelijk zo is, waarom zie je er dan zo ongelukkig uit?'

Ze prikt wat in haar carpaccio, maar antwoordt niet. Wat zou ze moeten zeggen? Dat hij ongelijk heeft en dat ze wél gelukkig is?

'Het wordt tijd dat je weer bij de club komt, Alice. Net als vroeger.'

'Het zal nooit meer zijn zoals vroeger, wanneer begrijp je dat nou eens? Er is te veel gebeurd om door te gaan alsof er niets aan de hand is.'

Ze zucht en neemt een hap. Het vlees is heerlijk mals, maar toch blijft ze doorkauwen. Zolang ze haar mond vol heeft, hoeft ze niets te zeggen.

17

Ze zitten zwijgend tegenover elkaar, zich concentrerend op het voorgerecht. Allebei zijn ze verzonken in hun eigen gedachten.

'Weet je, Jur,' zegt Alice na een tijdje, 'het klinkt heel eenvoudig zoals je het allemaal zegt, maar dat is het dus niet. Jij bent in staat geweest om op een gegeven moment een knop om te zetten, ik kan dat niet. Ik zit anders in elkaar. Dus kunnen we het misschien daarbij laten en het nu over iets anders hebben?'

'Goed, jij je zin,' antwoordt Jurre. 'Je wilt vast weten hoe het Ootje de afgelopen jaren is vergaan.'

'Nou, dat kan ik haar ook zelf vragen als ik met haar afspreek. Ik ben eigenlijk wel benieuwd hoe het verder met jou is. Wat je tegenwoordig doet en zo.'

'Dat is zó oninteressant. Er valt echt heel weinig te vertellen, behalve dan dat ik erg gelukkig ben met Ootje.'

'En qua werk?'

'Ik zit veel op de weg. Ik ben vertegenwoordiger bij een ICT-bedrijf. Plat gezegd verkoop ik computersystemen. Heel saai om over te praten als je geen expertise hebt in die bedrijfstak.'

'Goed, Olga dan,' zegt Alice met een glimlach. 'Ilse vertelde me al dat ze werkt als redacteur voor een uitgeverij.'

'Klopt. Echt haar droombaan, hoewel de boekenwereld in de huidige economische tijden behoorlijk onder druk staat.

Het gaat niet meer om het binnenhalen van goede boeken, maar om het vinden van de grootste bestseller. Best frustrerend voor een taalpurist die van diepgang houdt. Literaire pareltjes worden regelmatig afgewezen omdat ze te veel in een niche vallen. Het gaat allemaal om het laten rinkelen van de kassa. Maar gelukkig blijkt Ootje ook een neus voor commerciële bestsellers te hebben en dus reist ze alle internationale beurzen af op zoek naar het beste van het beste, en ze komt eigenlijk nooit met lege handen thuis.'

'Dus jullie zijn allebei regelmatig op pad?'

'We hebben geen kinderen, dus we kunnen gaan en staan waar we willen.'

'Ik kan me herinneren dat Olga vroeger wel heel graag moeder wilde worden.'

'Hmm, nog steeds wel, maar weet je...' Jurre buigt voorover en verschuilt zijn mond gedeeltelijk achter zijn hand, '... het lukt niet. We zijn al een paar jaar aan het proberen, maar tot nu toe heb ik nog niet raak geschoten. Of Olga is goed in ontwijken.'

Hij lacht een beetje onbeholpen en het is duidelijk dat dit een gevoelig onderwerp is.

'Hebben jullie nog niet laten onderzoeken waarom het niet lukt? Als je al een paar jaar bezig bent...'

'Nee. Ik wil die medische molen niet in. Als het niet lukt op de natuurlijke manier, dan is het ons blijkbaar niet gegeven.'

'Oké... En is Olga het daarmee eens?'

'Die heeft het er moeilijk mee, maar it takes two to tango, dat beseft ze maar al te goed. Weet je, we hebben het goed samen en een kind zal daar zeker een aanvulling op zijn, maar geen noodzakelijke toevoeging.'

'Dat is wel heel erg mannelijk geredeneerd. Een vrouw kan een kinderwens niet zomaar aan de kant schuiven. Er zijn tegenwoordig zoveel mogelijkheden om het toch voor elkaar te krijgen.'

'Ik wil niet dat mijn kind in elkaar wordt geknutseld in een laboratorium. Dat zie ik gewoon niet zitten. Voor heel veel mensen is dat misschien de gewoonste zaak van de wereld, maar voor mij is het pure sciencefiction.'

'Ik wist niet dat jij zo ouderwets was.'

'In sommige dingen wel, ja. Heeft niets met religie te maken overigens, ik geloof gewoon in een natuurlijk verloop. De sterksten overleven, natuurlijke selectie en zo. Misschien is de combi van mij en Ootje niet sterk genoeg. Misschien lukt het wel niet omdat die hartziekte van Ilse toch ergens in Olga's DNA zit.'

'Wow, ik hoop dat je die theorie iets subtieler met Olga hebt gedeeld, of beter nog, dat je die voor je hebt gehouden. Je praat haar nog een schuldgevoel aan als je haar DNA als boosdoener aanwijst. En het is bovendien nogal vergezocht. Hoe weet je overigens zo zeker dat het probleem bij Olga ligt? Het kan net zo goed aan jou liggen. Als ik je een ongevraagd advies mag geven: laat het testen. Dat betekent nog steeds niet dat je een vruchtbaarheidstraject in hoeft te gaan, maar het geeft wel duidelijkheid. Laat dit niet tussen jullie in komen te staan. Jij mag dan misschien wel hebben geaccepteerd dat jullie kinderloos blijven, maar Olga kennende... Als die ergens haar zinnen op heeft gezet, dan praat je dat niet zomaar uit haar hoofd.'

'Ootje vindt het moeilijk, maar ze heeft het wel geaccepteerd.'

'Olga is een pleaser. Ze zal jou niet voor het hoofd willen stoten, maar reken maar dat het haar vanbinnen opvreet.'

'Luister, Alice, je laat acht jaar lang niks van je horen en dan durf je nu te beweren dat je precies weet wat Olga denkt of voelt?' De woorden klinken scherp. 'Je hebt haar nooit meer gesproken of je ook maar enigszins om haar en Ilse bekommerd en nu ga je met je vingertje naar mij wijzen? Je hebt wel lef, dat moet ik zeggen.'

Hij smijt zijn servet op tafel en als hij zijn stoel achteruitschuift, lijkt het even of hij op wil stappen, maar als Alice hem smekend aankijkt blijft hij uiteindelijk toch zitten.

'Jurre, sorry, dat verdiende ik.' Beschaamd prikt ze in wat blaadjes sla op haar bord.

'Een excuus is wel op zijn plaats, ja. Je hebt werkelijk geen idee waar je over praat.'

'Misschien niet, nee. Ik wil alleen maar zeggen dat een vruchtbaarheidsprobleem niet altijd in een laboratorium hoeft te eindigen. Soms zijn tabletten of injecties al voldoende om de boel op gang te helpen. Als het probleem tenminste bij de vrouw ligt, dus dat moet je eerst zien uit te vinden. Als je Olga daarmee nóg gelukkiger kunt maken, dan is het een poging waard, toch?'

'Alice, kappen nou, anders stap ik alsnog op. Je bemoeit je met dingen die je niet aangaan. Die rechten heb je verspeeld toen je ons in de steek liet en je hebt ze niet zomaar terugverdiend. Het vertrouwen is geschonden en niet zo'n klein beetje ook.'

'Waarom wil je me dan zo graag mee hebben naar Val Thorens?'

'Vanwege Ilse. Voor haar ben ik bereid om mijn persoonlijke gevoelens aan de kant te zetten. Ilse mag je dan vergeven hebben en Olga en Yasmijn krijg je vast ook weer in je kamp, maar bij mij zul je beter je best moeten doen.'

Zijn stem klinkt bitter en hij heeft een afstandelijke houding aangenomen. Het is alsof er een totaal ander iemand aan tafel zit dan de vriendelijke, zachte, emotionele Jurre die ze net nog tegenover zich had.

'Ik heb je echt gekwetst, hè?' zegt ze nadat ze een tijdje zwijgend tegenover elkaar hebben gezeten.

Hij kijkt haar niet aan, maar ze denkt te zien dat hij heel flauwtjes zijn hoofd knikt.

'Het spijt me oprecht, maar ik kon niet anders. Ik moest alles achter me laten om te kunnen overleven.'

'We hadden het sámen kunnen overleven. Ik heb net als jij boven die spleet gehangen en Noah zien vallen. Ik was net zo getraumatiseerd als jij. We hadden elkaar kunnen helpen om het te verwerken, Alice. Olga heeft ontzettend haar best voor me gedaan, maar jij was de enige die écht kon begrijpen hoe ik me voelde. Het voelt nog steeds als een gemiste kans dat je mij, dat je ons hebt laten barsten. We hadden zoveel voor elkaar kunnen betekenen.'

'Misschien is het nog niet te laat?'

Hij zucht. 'Ik weet het niet. Waarom zou je er nu ineens wél voor ons willen zijn, voor mij?'

'Ik ben nu sterker dan toen en dankzij Ilse krijgen we een tweede kans in de schoot geworpen.'

Hij blijft haar wantrouwend aankijken.

'Als Olga en Yasmijn akkoord zijn, beloof ik je bij dezen dat ik meega naar Val Thorens.' Het is eruit voordat ze goed over de consequenties kan nadenken en de angst vliegt haar naar de keel. Terug naar die plek, terug op de ski's, kan ze dat aan?

Alsof Jurre haar gedachten kan lezen zegt hij: 'Alleen door je angsten onder ogen te zien en ze te doorleven, kun je ze uiteindelijk overwinnen.'

'Je lijkt mijn psycholoog wel.' De vijandigheid die ze eerder proefde in zijn woorden is echter verdwenen. 'Denk je dat je me een tweede kans kunt geven?' vraagt ze hem.

'Dat je dit voor Ilse wilt doen, is een stap in de goede richting. Laten we het daar voorlopig maar even op houden.'

De rest van de maaltijd verloopt wat soepeler en eindigt uiteindelijk zelfs in ontspannen gekeuvel over koetjes en kalfjes. Alice constateert verrast dat Jurre veel beter gezelschap is dan ze dacht. Steeds beter beseft ze dat ze acht jaar van haar leven heeft weggegooid en dat ze er niet veel mee opgeschoten is. Ze denkt aan haar appartementje vol met verhuisdozen en opgestapeld laminaat dat nog gelegd moet worden en voelt ineens een enorme weerstand. De enige warmte die er hangt wordt kunstmatig geregeld door de verwarming, maar van gezelligheid is geen sprake. Veel meer dan een dak boven haar hoofd is het niet.

'Zal ik je even thuis afzetten?' Jurre lepelt het laatste restje van zijn dame blanche naar binnen en veegt met zijn servet een restje chocoladesaus van zijn mond. 'Ik ben wel benieuwd hoe je woont.'

'Nou, stel je daar maar niet te veel van voor. Ik ben pas verhuisd en heb nog amper een doos uitgepakt, en aan klussen ben ik ook nog niet toegekomen. Ik ben alleen maar aan het werk geweest.'

'Is er niemand die je kan helpen dan?'

'Ik zou niet weten wie.'

'Nou, een klusser misschien? Er zijn genoeg mannetjes die van alles en nog wat in huis kunnen doen.'

'Jakkes, ik moet er niet aan denken, zo'n wildvreemde kerel in mijn huis.'

'Je hebt nogal een hoge dunk van mijn soort,' zegt Jurre grinnikend. 'Mannen zijn niet de vijand, hoor.'

'Sommige wel.' Het komt er harder uit dan haar bedoeling was.

'Dat klinkt alsof iemand je onrecht heeft aangedaan.'

'Nou… "onrecht" is wellicht niet het juiste woord, maar er is iemand die… die me lastigvalt.'

'O ja, wie dan?'

'Dat weet ik niet.'

Ze pakt het kaartje uit haar tas en gooit het op tafel. Jurre pakt het en leest het hardop voor. Zijn ogen worden steeds groter.

'"De dag dat we elkaar gaan ontmoeten, komt steeds dichterbij. Ik verheug me erop, jij ook? Of, wacht... misschien hebben we elkaar al ontmoet. Jij zag mij niet, maar ik jou wel. Wie zal het zeggen?" Wat is dit nou?'

'Wist ik het maar. Ik krijg al een tijdje elke week bloemen met dit soort kaartjes bezorgd op mijn werk. Ik had gehoopt dat het zou stoppen als ik naar Utrecht verhuisde, maar helaas.'

'En je weet niet van wie?'

'Geen flauw idee.'

'Heb je al actie ondernomen? De politie gebeld, contact opgenomen met de bloemist om de afzender te achterhalen?'

'Het komt steeds van een andere bloemist. Ik heb er weleens eentje gebeld, maar ze geven geen info prijs. Omdat het steeds van een andere bloemist komt, is er ook geen patroon dat argwaan wekt.'

'En de politie?'

'Nog niet gebeld. Ik heb niet meer te melden dan een bosje bloemen met een kaartje dat je als bedreigend op zou kunnen vatten en dat is lang niet genoeg grond voor actie. Ze zien me aankomen.'

'En je krijgt alleen op je werk bloemen? Er is nog nooit iets bij je thuisbezorgd?'

'Nee, gelukkig niet.'

'Dat is op zich gunstig. Dat zou erop kunnen wijzen dat hij je niet probeert bang te maken.'

'Hoe bedoel je?'

'Nou, misschien ziet hij er wel helemaal geen kwaad in

dat hij je bloemen stuurt. Hij stuurt ze naar je werk en laat daarmee in feite iedereen weten dat hij je aanbidt, want hij doet het volledig in de openbaarheid. Als hij nou ook dingen liet bezorgen op je huisadres, zou het veel verontrustender zijn. Dan zou hij moeite hebben gedaan om te weten te komen waar je woont, ook na je verhuizing. Dat lijkt me pas echt creepy. Maar als het blijft bij alleen een bloemetje op je werk, zou ik me er niet te veel zorgen over maken.'

'Denk je? Ik krijg toch wel behoorlijk de kriebels van dat: "De dag dat we elkaar gaan ontmoeten, komt steeds dichterbij." Ik heb nu het idee dat ik continu over mijn schouder moet kijken en dat ik geen man meer kan vertrouwen.'

Jurre trekt zijn wenkbrauwen op.

'Correctie, bíjna geen man meer kan vertrouwen.'

'Misschien is het een collega die stiekem een oogje op je heeft?'

'Ik kreeg de bloemen ook al toen ik nog in Limburg werkte en geen van mijn collega's daar is me naar Utrecht gevolgd. Bovendien heb ik met geen van mijn Limburgse collega's meer contact gehad. Ik had met iedereen daar puur een werkrelatie en er was niemand die overmatige interesse in me had, niet op de werkvloer en niet buiten het ziekenhuis.'

'En hoe zit dat met je collega's hier in Utrecht?'

'Ik kan heel goed opschieten met BJ, maar als je onze relatie al een stempeltje zou willen geven, dan is het vriendschappelijk en zeker niet meer dan dat.'

'Weet je dat zeker? Dat geldt misschien voor jou, maar hij kan er heel anders over denken. Je bent een aantrekkelijke vrouw.'

Alice bloost van Jurres compliment en lacht wat onzeker. 'Nee, BJ kan het niet zijn. Bovendien kende ik hem nog niet toen ik in Limburg werkte en toen was het al aan de gang.'

‘Vreemd hoor. Maar nu ik dit weet, breng ik je zeker naar huis.’

‘Doe geen moeite, joh, ik pak wel een taxi.’

‘Geen denken aan. Ik wil graag goed slapen vannacht en ik heb geen rust als ik niet honderd procent zeker weet dat je veilig bent. Ik wil je persoonlijk naar binnen zien gaan in je appartementencomplex. Bovendien vind ik het niet meer dan beleefd en normaal om een dame een lift naar huis te geven na een date.’

Alice steekt haar handen in de lucht. ‘Ik geef me over. Als ik jou daar gelukkig mee maak, dan mag je me thuisbrengen.’

‘Daar zou je me niet zomaar gelukkig, maar héél gelukkig mee maken.’

18

‘Ik heb iets stoms en misschien wel onvergeeflijks gedaan.’

Alice plukt wat aan de stof van de groene kubus waar ze vandaag op zit. Jet zit schuin tegenover haar op een blauwe en kijkt haar met een schuin lachje moederlijk aan.

‘Vertel, wat is er allemaal zo erg?’

‘Ik heb een belofte gedaan die ik misschien niet kan nakomen. De afgelopen dagen is mijn leven nogal op zijn kop gezet door een paar mensen die ik na lange tijd weer ben tegengekomen. Een van hen is Jurre.’

‘De Jurre die bij je was met het ongeluk?’

‘Zoals hij zelf altijd zegt: *the one and only*.’

‘Hoe was dat voor je, om hem na al die tijd weer te zien?’

‘Gek, vertrouwd, ongemakkelijk… Ik vloog van de ene in de andere emotie. Maar voordat ik hem letterlijk tegen het lijf liep, had ik er al een reünie op zitten met Ilse.’

In enkele minuten vertelt Alice over de onverwachte ontmoeting en de belofte die ze heeft gedaan.

‘En nou wil Ilse dus de Grand Tour de Trois Vallées skiën en ze wil mij mee voor de medische back-up. En de volledige vriendenploeg waar ik acht jaar geleden mee in Val Thorens was gaat dus ook mee, minus Noah natuurlijk.’ Ze stoot een hoog zenuwachtig lachje uit, terwijl ze ongemerkt haar handen tot vuisten knijpt.

‘Dat is nogal een déjà vu voor je.’

‘Dat kun je wel zeggen, ja, en nu ik er echt goed over heb

nagedacht denk ik dat het te veel gevraagd is. Dat ik niet sterk genoeg ben om dit aan te kunnen.'

'En waarom denk je dat?'

'Gewoon een gevoel. Het vliegt me al naar de strot als ik er alleen maar aan denk dat ik juist op die plek weer voor het eerst in acht jaar op de ski's ga staan. Ik had me plechtig voorgenomen om nooit van mijn leven meer te gaan skiën.'

'Voornemens kunnen in de loop van de tijd ook aangepast worden als veranderde omstandigheden dat vragen. Een voornemen hoeft niet star te zijn en het is geen teken van zwakte, maar juist van kracht als je het lef hebt om dingen anders te doen. Weet je, Alice, het leven is een grote onvoorspelbare zee en het beste wat je kunt doen is zo veel mogelijk meedeinen op de golven in plaats van steevast tegen de stroom in te zwemmen. Dat laatste put je namelijk uit en levert uiteindelijk niets op.'

'Ilse zegt dat we elkaar helpen als ik terugga naar Val Thorens. Ze denkt dat het goed is voor mijn traumaverwerking en dat het nodig is om dingen los te kunnen gaan laten.'

'Ik denk dat die Ilse een heel wijze vrouw is,' antwoordt Jet. 'Eerlijk gezegd ben ik het helemaal met haar eens. Ik denk dat het helend voor je kan zijn om die trip te maken. Als je daar nieuwe, fijne herinneringen opdoet, kunnen die de oude, traumatische uiteindelijk gaan vervangen. Het zal je leren om weer een beetje vertrouwen te krijgen in het leven. Niet alles loopt uit op een drama, er zijn ook heel mooie ervaringen. Leven is risico nemen zonder dat je garanties hebt. Leven is soms de teugels laten vieren en je overgeven aan wat er gebeurt als je geen controle hebt. Ik denk dat je er klaar voor bent om weer te gaan leven. Je bent veel sterker dan je zelf denkt. Stap uit die slachtofferrol.'

'Slachtofferrol?' reageert Alice beledigd. 'Vind je me een zeikerd?'

'Dat zeg ik niet. Je hebt wel degelijk iets vreselijks meegemaakt en je bént getraumatiseerd, maar je bent ook een kampioen in voor jezelf weglopen en het is tijd om daarmee te stoppen. Je hebt je je trauma zo eigen gemaakt dat het een veilige cocon is geworden waarin je je kunt verschuilen. Het geeft je een permanent excuus. Alles waar je voor wegloopt, alles wat je nalaat is geoorloofd, want: trauma. Je maakt jezelf wijs dat het daarom oké is. Maar dat ís niet oké, Alice.'

'Ik geloof niet dat ik er erg blij van word dat je me hier wegzet als een traumalurker. Alsof ik te pas en te onpas misbruik maak van wat ik heb meegemaakt. Dat is zó niet hoe het is, je hebt geen idee.' De tranen springen haar in de ogen.

'Ik hou je alleen een spiegel voor, omdat ik denk dat je dat nodig hebt. Spiegels zijn goudeerlijk, die laten je elk rimpeltje, elk krasje zien zonder filter. Ik weet donders goed dat het moeilijk is om daarnaar te kijken, maar als je het doet, dan zie je wel meteen waar de pijnpunten zitten die wat extra aandacht nodig hebben.'

'Jij bent eigenlijk een soort plastisch chirurg voor de ziel.'

Jet lacht. 'Niet helemaal. Ik reik mijn cliënten de instrumenten aan, maar het herstelwerk verrichten ze zelf. In therapie gaan is heel hard werken, Alice. Veel mensen onderschatten dat als ze beginnen aan een therapietraject. Het is een groot misverstand dat de psycholoog het "wel even voor ze oplost" met een paar gesprekjes en dat ze dan weer met een schone lei verder kunnen. Was het maar zo simpel. Het moment waarop cliënten beseffen dat ze zelf aan de bak moeten, is een keerpunt in het traject. Dat kan positief of negatief uitpakken. Mensen die zich comfortabel voelen in hun slachtofferrol haken op dat punt vaak af. Ze hebben van hun ellende hun bestaansrecht gemaakt en zien het niet zitten om zichzelf weer helemaal opnieuw op te bouwen. Sommigen kunnen dat ook echt niet, maar jij bent denk ik anders. Jij staat nu op jouw keerpunt en dit is het moment om te beslissen waar je heen wilt. Ga je vooruit naar de toekomst of sluit je je op in het verleden?'

Alice laat de woorden zwijgend op zich inwerken. Jet geeft haar alle ruimte en wacht tot zij er klaar voor is om als eerste het woord te nemen, maar ze is niet in staat tot praten en de brok die zich in haar keel gevormd heeft is zo groot dat ze hem niet kan wegslikken. Ze kan haar tranen amper bedwingen en Jet legt een hand op haar knie.

'Het is geen schande om te huilen. Sterker nog, het kan ontzettend opluchten.' Ze pakt de doos tissues die samen met haar agenda op een van de gekleurde zitblokken naast haar ligt en zwaait ermee in de lucht. 'Laat het maar gaan, Alice, ik ben voorbereid.'

Dat is het laatste zetje dat ze nodig heeft. De dijken breken en Alice huilt zoals ze in acht jaar niet meer heeft gehuild. En telkens als ze denkt dat ze geen tranen meer overheeft, wordt het snikken weer erger en begint het van voren af aan. Met horten en stoten, ongecontroleerd, alsof haar lichaam zich in één keer wil zuiveren van al het opgekropte leed.

Als ze eindelijk is uitgesnotterd en beschaamd naar de berg gebruikte zakdoekjes kijkt, slaakt ze een heel diepe zucht. 'Zo, dat kwam uit mijn tenen, maar je hebt gelijk, het lucht wel op. Ik wil geen slachtoffer meer zijn.' Ze kijkt Jet met een waterig lachje aan. 'Wil je me helpen?'

'Natuurlijk wil ik je helpen, daar ben ik voor. En het eerste wat ik je ga adviseren, is: ga skiën in Val Thorens. Ga de confrontatie aan met die plek, met de geest van Noah, met je oude vriendengroep en alles wat verder nog naar boven komt. Ik garandeer je dat het niet makkelijk zal zijn, maar dat je er uiteindelijk sterker uit komt en kilo's lichter van alle ballast die je van je afgeworpen hebt. Je gaat je een ander mens voelen, Alice. Vandaag is het begin van de nieuwe jij.'

Deel 4
Val Thorens,
Grand Tour de Trois Vallées

19

Uit: *Dagboek van een fotograaf*

Een goede fotograaf is iemand met een aantal uitzonderlijke talenten: geduld, een scherp oog, lef, creativiteit, gevoel voor perspectief, een passie voor schoonheid, drang naar perfectie en zo kan ik nog wel een tijdje doorgaan. Ik bezit ze allemaal en jij hebt ze in me naar boven gehaald. Door jou heb ik mezelf op een andere manier leren bekijken. Zonder het te weten, heb je me een reischeque cadeau gedaan voor een ontdekkingstocht naar mezelf. En zal ik je eens wat vertellen? I like what I see! *De volgende stap is dat jij ook leert om me te zien. Écht te zien. Dat je leert kijken als een fotograaf door zijn lens. Maar voor het zover is dat de meester zijn leerling onder zijn hoede kan nemen, zijn er nog wat stappen te zetten. Een goede voorbereiding is het halve werk.*

Ik moet geduld hebben, eindeloos geduld, om alles in goede banen te leiden, en soms kan ik het bijna niet meer opbrengen. Dan wil ik naar je toe rennen, je in mijn armen nemen en nooit meer loslaten. Dan wil ik met je naar een onbewoond eiland waar niemand ons kan storen, zodat ik je er zonder beïnvloeding van buitenaf van kan overtuigen dat wij bij elkaar horen. Dat is altijd al zo geweest, je moet het je alleen nog gaan realiseren. Ik wil je onderdompelen in de zee tot je bijna verdrinkt en beseft dat ik je enige redding ben. Dat ik kan beslissen over je leven en je dood. De paniek in je ogen als het water je de adem ontneemt, en het moment dat die blik verandert in een van dankbaarheid en pure adoratie als ik je uit het water til en je de lucht teruggeef waar je zo naar snakt. Dat moment wil ik in een plaatje vangen. O, ik heb het in mijn dromen al zo vaak gefotografeerd. De generale repetitie al vele malen in mijn hoofd beleefd. Jij die een teug lucht neemt om te leven, terwijl ik je neerleg in de branding die zachtjes kabbelt. Je huid van goud door de gloed van de zon. Zandkorrels die blijven plakken en die ik een voor een van je lijf peuter omdat ik stikjaloers ben dat ze je dichter op de huid zitten dan ik.

Hoe lang moet ik nog wachten? Wanneer wordt mijn geduld eindelijk beloond? Het kan heel snel gaan, maar ook nog lange tijd duren. De gedachte dat we kostbare seconden, minuten, uren en dagen verspillen vliegt me soms naar de keel. Dan beginnen mijn handen te jeuken en wil ik het er bij je in rammen dat ik de held ben naar wie je altijd op zoek bent geweest. Ik wil je meesleuren naar een donker steegje, je klemzetten tegen een muur en schreeuwen: 'Waarom zie je me niet, waarom ben je toch zo blind?!' Ik zou mijn lijf tegen je aandrukken en aan je blijven kleven alsof we een Siamese tweeling zijn die door geen enkele chirurg van elkaar gescheiden kan worden. Een samensmelting van jou en mij tot één individu.

Ik ben niets zonder jou en jij niets zonder mij. Daarom voel je je altijd zo miserabel. Waarom geniet je niet, heb je geen lol? Omdat je iets wezenlijks mist in je leven, en je hebt het zelf niet door. Het bord voor je kop is van gewapend beton dat ik stuk zou willen slaan met een sloophamer. Brok voor brok verwijderen tot er niets meer van over is. O, er zijn zoveel dingen die ik zou willen doen om tot je door te dringen, maar dat zou alles verpesten. Daarmee zou ik je alleen maar verder van me af duwen, misschien wel voorgoed. En dat, lieve schat, dat zou ik niet aankunnen. Ik teer op jou als een parasiet. Jij bent de lucht die ik inadem, het bloed dat door mijn aderen stroomt. Ik weet het, het klinkt overdreven, maar ik kan er niets aan doen. Jij maakt dat allemaal in me los, drijft me tot waanzin, elke dag weer, zonder het te weten.

Het zou zo mooi kunnen zijn, maar we leven nog steeds apart, als een gespleten persoonlijkheid. Ik wil me niet meer verstoppen, het heeft lang genoeg geduurd. Geduld kent grenzen, ook het mijne. Daarom kon ik niet anders dan wat forceren. Je een duwtje in de rug geven om je in mijn kamp te krijgen. Ik hoop dat je het me niet kwalijk neemt en dat we er over een tijdje samen om kunnen lachen. Want weet je, lief, de dag dat we elkaar gaan ontmoeten, komt steeds dichterbij. Ik verheug me erop, jij ook? Of, wacht… misschien hebben we elkaar al ontmoet. Jij zag mij niet, maar ik jou wel. Wie zal het zeggen?

20

'Ali, Ali, wakker worden, we zijn er bijna.'

Ilse zit tegen Alice aan gepropt op de achterbank van de Volkswagen Transporter Kombi en trekt enthousiast aan Alice' mouw. Hoewel Alice klaarwakker is, houdt ze zich slapende om het moment dat ze haar ogen moet opendoen nog even uit te stellen. Ze weet zich nog niet zo goed een houding te geven binnen de groep. Alles wat eens vertrouwd was, voelt nu toch een beetje onwennig. Ongemakkelijk, alsof ze opnieuw examen moet doen voor een diploma dat ze allang in haar bezit heeft.

Doordat ze zo'n moordend schema had, maar ook door drukte aan Olga's kant, is het haar niet meer gelukt om haar vroegere vriendin voor de reis nog live te zien. Het is bij een paar vluchtige telefoontjes gebleven, die Alice steeds moest afbreken omdat er spoedjes op haar werk tussendoor kwamen. Als ze na een lange dag in het ziekenhuis 's avonds thuiskwam, had ze simpelweg geen puf meer om terug te bellen en Olga zelf was op haar beurt 's avonds ook niet altijd beschikbaar, omdat ze met haar neus in de manuscripten zat of een boekpresentatie of iets dergelijks had. Ook Yasmijn had ze alleen nog maar vluchtig gesproken. Als creatief therapeut – door Olga wordt ze plagerig Tante Til genoemd, naar de excentrieke kunstschilderes uit *De familie Knots* – zat Yasmijn ruimer in haar tijd, maar desondanks was het niet gelukt om af te spreken. De enigen met wie Alice tot nu toe had bijgekletst, waren dus Ilse en Jurre. Bij Ilse was ze gedurende haar opname in het ziekenhuis elke dag even binnengepiept en vaak had ze Jurre dan naast haar bed aangetroffen. Op de een of andere manier was ze Olga steeds misgelopen.

Hoewel iedereen heel aardig tegen haar is, voelt het voor Alice nog niet als het warme bad dat het ooit was. Misschien was het ook niet realistisch van haar om te denken dat dat gevoel na al die tijd en na alles wat er was gebeurd zomaar zou terugkomen. Ze heeft van Jet als huiswerk meegekregen om nieuwe herinneringen te creëren en niet te veel terug te grijpen naar het verleden. Maar hoe dan? Ze kan het verleden toch niet wegpoetsen? Het is onderdeel van haar leven, van haar, en door het compleet te negeren zou ze Noah tekortdoen. Dan zou het zijn alsof hij nooit heeft bestaan en dat verdient hij niet. Bovendien heeft de band met haar reisgenoten ook zijn wortels in het verleden. Het is nu aan haar om uit te vinden wat daar nog van over is voor de toekomst.

Ilse blijft aan haar mouw sjorren en kreunend geeft Alice uiteindelijk toe. Met een knoop in haar maag kijkt ze naar buiten en slikt als ze de besneeuwde bergtoppen ziet. Het werpt haar meteen acht jaar terug in de tijd. Gaat ze zichzelf dit echt aandoen?

Dat was toen, dit is nu, hoort ze de stem van Jet in haar hoofd zeggen. *Blijf in het nu.*

Makkelijker gezegd dan gedaan, moppert ze in gedachten terug.

Wanneer ze echter opzijkijkt, staat ze meteen weer met beide benen op de grond. Ilses ogen glanzen van blijdschap en ze heeft rode wangen van de opwinding.

Daar doe je het voor, Alice. Dat moet je de kracht geven om deze week goed door te komen en misschien zelf ook een flinke stap voorwaarts te zetten.

‘O, ik zou het liefst uit de bus springen om in de sneeuw te rollen,’ jubelt Ilse.

Het doet Alice denken aan de sneeuwengelen die ze acht jaar geleden met Olga maakte op het parkeerterrein van het hostel. Hoe ze uit de bus was gesprongen en zich zonder na te denken plat in de sneeuw had laten vallen. Ze kan het gevoel van die blijdschap van toen ineens weer voelen. De opwinding die door haar lijf stroomde en van haar hoofd tot haar tenen tintelingen veroorzaakte. Die gelukzalige onbezorgdheid omdat ze nog geen weet had van het drama dat zich amper vierentwintig uur later zou afspelen.

‘Stop de bus!’ roept Olga met een scheef lachje om haar mond.

Jurre – die achter het stuur zit – kijkt in zijn spiegels om te zien of het veilig is en trapt daarna meteen op de rem. Alice voelt de banden een beetje slippen als de bus aan de kant van de weg tot stilstand komt. Olga gooit haar portier meteen open en springt eruit, en de anderen volgen blindelings haar voorbeeld. Alice staat als laatste buiten.

Olga heeft Ilses hand vast en pakt daarna die van Alice. ‘Kom op, Ali, net als vroeger.’ Ze laat zich plompverloren in de sneeuw vallen en trekt Ilse en Alice met zich mee.

Alice moet zich even over iets heen zetten, maar als ze Olga en Ilse enthousiast met hun armen door de sneeuw ziet schuiven, zet ze een knop om en doet mee. Ze krijgt kippenvel als ze Ilse uit volle borst hoort schreeuwen: ‘Ik leef!’ De intensiteit van de gepassioneerde uitroep bezorgt haar een brok in haar keel en ze moet even slikken voordat ze kan reageren.

‘Je bent de mooiste sneeuwengel die ik ooit heb gezien, Ilse.’

‘O, Ali, hoe bijzonder is dit! In plaats van in een doodskist lig ik hier in Frankrijk in de sneeuw! Ik hou zo van mijn donor en ik ben zo dankbaar dat ik dit mee mag maken!'

Haar ogen lopen vol en de tranen glijden langs haar wangen. Alice ontfermt zich over de ene natte wang en Olga over de andere. Liefdevol drogen ze Ilses gezicht met hun handschoenen.

'Ik hou van je, zusje,' zegt Olga met dikke stem.

'We gaan er een heel speciale week van maken!' vult Alice aan.

'De speciaalste!' roept Ilse.

Ze pakken elkaars hand stevig vast en kijken gedrieën naar de indrukwekkende gevlekte wolkenlucht die boven hun hoofd langstrekt. De zon verdwijnt achter een grote wolk die iets weg heeft van een berenkop en geeft hem een gouden randje. Er verschijnt een glimlach rond Alice' mond. Het verloren, eenzame gevoel dat ze tijdens de hele rit hiernaartoe heeft gehad, begint te verdwijnen. De sterke band die ze vroeger met Olga en Ilse had, is weer voelbaar en eindelijk begint ze te begrijpen wat Jet bedoelde toen ze maar bleef hameren op het belang van nieuwe herinneringen om traumatische fragmenten uit het verleden te overschrijven. Voortaan als ze het woord 'sneeuwengel' hoort of er eentje ziet, zal ze geen kramp in haar buik meer krijgen. In plaats van in gedachten terug te gaan naar die verschrikkelijke dag acht jaar geleden, zal ze vanaf nu als eerste denken aan dit bijzondere moment met Ilse en Olga. Ilse heeft de donkere laag van dat moment af gehaald en haar, zonder het zelf te beseffen, enorm geholpen.

En de week is nog maar amper begonnen. Wie weet wat voor bijzondere momenten ons nog meer te wachten staan.

Alice is blij dat ze ondanks alles heeft besloten om mee te gaan. Haar hoofd voelt helder en ze bruist van de levenslust. Ze wil hier wel eeuwig zo blijven liggen, genietend van die prachtige wolkenlucht, omringd door het bergachtige landschap dat bedekt is met een laag verse sneeuw.

'Wat lach je?'

Jurre ploft lomp naast haar neer en haar euforische moment is meteen voorbij. De stevige connectie met Olga en Ilse wordt verbroken als hun handen elkaar loslaten.

'Ooit gehoord van mensen in stilte laten genieten, Jur?' vraagt ze geërgerd.

'Wel van gehoord, niet vaak gedaan. Als ik anderen zie genieten, dan wil ik meedoen, anders voel ik me buitengesloten. Het zag er zo gezellig uit.' Hij knijpt in haar hand.

'Misschien moet je je vrouw even overeind gaan helpen.' Ze staat op en klopt de sneeuw van zich af. 'Ik ga alvast in de auto zitten, ik begin het koud te krijgen.'

'Is er iets?'

'Nee, wat zou er moeten zijn?'

Jurre zwijgt en ze voelt zijn ogen in haar rug als ze terugloopt naar de bus. Onderweg vangt ze met één hand een verdwaalde sneeuwbal op die Yasmijn naar Joshua – haar huidige vriend, een grote knappe Antiliaan met dreads – of naar haar ex Loek had willen gooien. Beide mannen zien eruit alsof ze hem hadden willen opvangen, alleen al omdat hij van haar komt, en de een slooft zich nog meer uit dan de ander om haar aandacht te krijgen. Als Loek Yasmijn achternazit en haar eindelijk inzeept staat Joshua er beteuterd bij te kijken, en Alice is benieuwd hoe dit beginnende hanengevecht zich in de loop van de week zal ontwikkelen. Yasmijn heeft het destijds uitgemaakt met Loek en het lijkt erop dat hij na al die jaren nog steeds erg van haar gecharmeerd is. Ze zijn altijd vrienden gebleven en hoewel Alice weet dat dit wat Yasmijn betreft zo blijft, ziet ze dat haar vriendin wel geniet van de aandacht die ze van beide mannen krijgt. Vroeger was ze al een meester in het naïeve, onschuldige meisje uithangen en blijkbaar bezit ze die vaardigheid nog steeds. Haar vrolijke krullenbos en haar lichtvoetige manier van in het leven staan spreken veel mannen die uit zijn op een simpel avontuurtje aan. Ze laat vaak in het midden of ze daar ook open voor staat, waardoor ze mannen hoop geeft op iets wat ze uiteindelijk niet kan bieden. Het is niet de eerste keer dat Alice er getuige van is geweest dat dat jaloezie opwekt bij de vaste partner met wie Yasmijn op dat moment is. Even krijgt ze medelijden met Joshua, maar dat laat ze ook snel weer varen. Hij ziet eruit als een vent die prima voor zichzelf kan opkomen en grenzen trekt als dat moet. Dat is ook precies wat Yasmijn nodig heeft en wat Loek haar destijds niet kon bieden, omdat hij zelf een te instabiel karakter had. En hoewel Loek ongetwijfeld net als zij allemaal een stuk volwassener is geworden, kan Alice nog niet echt inschatten hoe stevig hij tegenwoordig in zijn schoenen staat.

Ze neemt haar plekje in het busje weer in en sluit het portier, terwijl ze op haar handen blaast om de ergste kou eruit te halen. Al snel volgen de anderen ook en als Jurre als laatste instapt en achter het stuur kruipt, kunnen ze verder rijden. Het is nog een paar kilometer naar het appartement dat ze hebben gehuurd. Olga heeft de boeking uiteindelijk geregeld en de foto's van het interieur die ze heeft rondgestuurd zagen er prima uit. De ingebouwde navigator in de bus loodst hen er feilloos naartoe.

'Kan ik hier gewoon in rijden?' vraagt Jurre aan zijn vrouw als ze overal borden zien die een autovrije zone aangeven.

'Om te laden en lossen mag je doorrijden, maar daarna moet je je auto op het parkeerterrein buiten de zone neerzetten.'

'Oké. Eventuele boetes zijn voor jou,' zegt hij grinnikend,

terwijl hij geconcentreerd de aanwijzingen op de bewegwijzeringsbordjes volgt.

'Appartement l'Aube,' zegt Olga, terwijl ze theatraal met haar arm zwaait als hun accommodatie voor hun ogen opdoemt.

Het complex bestaat uit een viertal grote chalets die opgetrokken zijn uit hout en glas. De besneeuwde bergwand waar ze tegenaan zijn gebouwd, steekt metershoog boven de daken uit. Elk chalet heeft drie woonlagen die opgesplitst zijn in zes appartementen. Elk appartement heeft een eigen balkon aan de voorkant dat een indrukwekkend uitzicht biedt op het grillige berglandschap dat bedolven is onder een witte laag sneeuw. Apart van de chalets staat een eveneens houten gebouw met zwembad en sauna.

'Als het goed is, hebben ze achter dat gebouw ook nog een paar hottubs staan,' licht Olga met verlangen in haar stem toe.

'Eerst maar eens zorgen dat we onze zooi binnen krijgen en daarna mag je aan ontspanning denken,' zegt Jurre, terwijl hij het gas loslaat en de bus rustig laat uitrollen. Met een ferme ruk trekt hij daarna de handrem aan en hij klikt zijn gordel los. 'Olga en ik gaan de sleutel van het appartement even halen bij het receptiegebouw. Als jullie de bagage vast uit de bus halen en klaarzetten, dan kunnen we zo meteen doorlopen. Hoe eerder alles binnen is, hoe liever, want als ik de lucht zo bekijk kunnen we nog wel een sneeuwbuitje verwachten.'

'Ik denk dat je daar weleens gelijk in kunt hebben,' beaamt Alice.

Ilse springt gretig uit de bus. 'Kom maar op met die tassen.'

'Eh, het lijkt me beter als je het sjouwen aan ons overlaat,' tempert Alice haar enthousiasme.

'Hoezo? Ik kan heus wel een paar tassen sjouwen, hoor,' reageert Ilse verongelijkt.

'Daar twijfel ik niet aan, maar het lijkt me beter als je je krachten spaart voor morgen. Het zou toch jammer zijn als je net te weinig energie hebt om die monstertocht te volbrengen omdat je je krachten hebt verspild aan die tassen. Je gaat morgen topsport bedrijven, Ilse. Topsporters hebben ook hulpjes die hun dingen uit handen nemen zodat ze beter kunnen presteren.'

'Dus ik ben een topsporter en jullie zijn mijn hulpjes? Ik geloof dat ik daar wel mee kan leven.'

Er verschijnt een brede grijns op haar gezicht en Alice weet dat ze het pleit heeft gewonnen.

Uit het niets pakt Loek Ilse op en voor ze het weet, zweeft ze in zijn armen al rondjes draaiend door de lucht. 'Ik til het kostbaarste stuk bagage naar binnen, als jullie dat maar weten.'

Bezorgd komt Olga aanrennen als ze haar zus hoort gillen, maar haar gezicht ontspant meteen als ze ziet dat er niks aan de hand is. 'Let's go!' Ze zwaait met de sleutel van het appartement door de lucht. 'We zitten op de derde verdieping.'

Jurre loopt achter haar aan en stopt de boekingspapieren en paspoorten in zijn ruime binnenzak voordat hij twee tassen pakt. De anderen storten zich ook op de bagage en bepakt en bezakt lopen ze de houten trap op naar de bovenste verdieping. Loek houdt woord en sjouwt Ilse helemaal naar boven.

'Zo prinses, nu mag je het zelf weer doen.' Voordat hij Ilse hijgend op de grond zet, geeft ze hem als bedankje een kus op zijn wang. Alice meent te zien dat ze licht bloost en kan een glimlach niet onderdrukken. Misschien bloeit er de komende dagen wel iets moois op tussen die twee. Het zou mooi zijn als Ilse iemand vindt die helemaal voor haar gaat, die haar verzorgt als het nodig is en een stap terug doet als het kan om haar zo volwaardig en zelfstandig mogelijk te laten leven. Ze had Ilse en Loek nooit als een setje gezien, maar nu Yasmijn niet meer beschikbaar is... Wie weet. Zou de kus voor Loek ook minder onschuldig zijn geweest dan hij op het eerste gezicht leek? Aan zijn gezichtsuitdrukking kan ze niets aflezen. Misschien moet ze hen een beetje helpen.

'Eigenlijk vind ik dat je haar ook nog over de drempel moet dragen, Loek.'

Demonstratief grijpt Loek even naar zijn rug, maar dan tilt hij Ilse meteen weer op. 'Je heb helemaal gelijk. Als je aan een klus begint, moet je hem ook afmaken.'

'Een klus? Nou, dat klinkt ook niet erg romantisch.' Ilse grinnikt en slaat haar armen plagerig om zijn nek.

Olga heeft inmiddels de deur van het appartement geopend en Alice vangt een glimp op van het interieur. Modern, knus en veel daglicht – zo te zien een prima verblijfplaats. Ze laat de anderen voorgaan, Loek met Ilse voorop, en loopt dan zelf uiteindelijk ook naar binnen met haar eigen en Ilses bagage. Ze zet de tassen op de grond en loopt meteen door naar het grote raam dat zich over de hele breedte van het appartement uitstrekt.

'O, jongens, wat een uitzicht,' verzucht ze als ze haar ogen over het witgekleurde landschap laat gaan. 'Lijstje erom, aan de muur en niks meer aan doen.'

Ze knijpt haar ogen een beetje dicht tegen de felle zon die in de verte op een hoge bergtop rust en haar stralen zo ver mogelijk uitspreidt over de lagergelegen heuvels. De lucht is grillig. Heldere stukken, afgewisseld door grote vlekkerige wolken die worden voortgedreven door de wind.

'Ik mis alleen nog wat bomen.' Joshua komt naast haar staan met zijn handen in zijn zakken.

‘Ik had jou niet ingeschat als een bomenknuffelaar,’ zegt Alice lachend.

‘O, ik heb nog veel meer verborgen kanten, bomen knuffelen is er slechts één van. Je komt er de komende dagen vanzelf achter wat ik allemaal te bieden heb.’ Joshua geeft haar een knipoog.

‘Nou, maak me gek. Maar over die bomen, ik vrees dat ik je moet teleurstellen. Die zul je in Val Thorens nauwelijks vinden. Het ligt grotendeels boven de boomgrens, op zo’n 2.300 meter, als ik het me goed herinner. Het wordt niet voor niets het hoogstgelegen skidorp van Europa genoemd. Maar het gebrek aan bomen wordt ruimschoots gecompenseerd door de hogere sneeuwkans en daar komen we tenslotte voor. Boompjes kijken doe je thuis maar.’ Ze geeft hem een vriendschappelijke duw tegen zijn schouder en hij duwt haar meteen terug. Hoewel ze hem amper kent, voelt het toch heel natuurlijk.

‘Ik ski eigenlijk altijd in Oostenrijk,’ vertrouwt Joshua haar toe. ‘Frankrijk is eerlijk gezegd nogal onontgonnen gebied voor me.’

‘Nou, net als in Oostenrijk is de sneeuw hier ook wit.’

‘Ja, tot die conclusie was ik wonderwel ook al gekomen. Maar toch mis ik mijn boompjes. Ik vind het prettiger om op een mistige dag door de bossen te skiën dan over van die hoge kale toppen. Bomen geven houvast bij slecht zicht.’

‘Waar zie jij dan mist?’ vraagt Alice grinnikend.

‘Op dit moment nergens, maar je weet hoe snel het weer in de bergen kan omslaan en dan heb ik graag een back-up.’

‘Met je boompjes.’

‘Met mijn boompjes, ja.’

Alice draait zich hoofdschuddend om en laat haar blik door het appartement gaan. Ze vergaapt zich aan het hoge plafond dat eindigt in een puntdak en gemaakt is van eikenhout. Door de grote brede spanten die in het zicht zijn gelaten voelt het toch al royale vertrek extra ruim aan. Voor de witte hoogglanskeuken met alles erop en eraan staat een grote industriële tafel met een blad van mangohout en een zwartgelakt stalen onderstel. Eromheen staan tien comfortabel ogende antracietkleurige stoelen. In de linkerhoek van de ruimte is een zithoek gecreëerd met twee driepersoons chesterfields van een camelkleurige veloursstof. Ze zijn niet zo sfeervol als haar eigen leren chesterfield, maar geven haar wel meteen een behaaglijk gevoel. De zithoek is verder aangevuld met donkerbruine fauteuils met dezelfde bekleding als de banken. Boven de eet- en zithoek hangen grote moderne glazen hanglampen waarvan de lichtsterkte kan worden ingesteld met een dimmer. Alles oogt even fris en comfortabel.

'Je hebt jezelf overtroffen met dit appartement, Ootje,' verzucht Alice bewonderend.

'Ja, het is mooi, hè? Ruim genoeg om ons ieder een eigen kamer te geven én elkaar niet in de weg te lopen. Er was er nog precies eentje beschikbaar toen ik ging boeken.'

'We zijn je dankbaar, Ootje.' Yasmijn slaat haar arm om Olga en Alice heen. 'We zijn allemaal een beetje te oud voor die spartaanse hutten waar we vroeger heen gingen.'

'Nou, dat niet per se,' fluistert Olga, terwijl ze even om zich heen kijkt, 'maar ik wil dat het Ilse aan niets ontbreekt. Bovendien is het belangrijk dat ze in een schone accommodatie verblijft omdat haar weerstand zo laag is. Ik moet er niet aan denken dat ze iets oploopt omdat ik een paar euro heb bespaard. Het is al een wonder dat ze zo goed hersteld is van die nierbekkenontsteking.'

'Het blijft een vechter en je weet: wat ze in haar kop heeft, heeft ze niet in haar kont,' zegt Alice lachend. 'Ik zou het niet kunnen, hoor, steeds weer ziekenhuis in en ziekenhuis uit.'

'Nou, volgens mij doe je niet anders,' zegt Yasmijn grinnikend.

'Dat is waar, maar als patiënt zou ik het niet volhouden.'

'Ik vind het zo'n geruststellend idee dat je mee bent en een oogje in het zeil kunt houden,' zegt Olga en ze trekt Alice even tegen zich aan.

'Nou, eerlijk gezegd had ik echt niet verwacht dat jullie me weer met open armen zouden ontvangen. Ik ben er nog steeds een beetje beduusd van en ik weet ook niet zeker of ik het wel verdien na alles...'

'Daar moet je nou eens over ophouden, Alice,' zegt Olga met ferme stem. 'Het is niet aan jou om te bepalen of je dat verdient, maar aan ons, en wij vinden unaniem van wel. Het is niet dat je ons zomaar in de steek liet, dat had een duidelijke reden die ik – en nu spreek ik voor mezelf – ergens ook nog wel kan snappen.'

'Ik ben het met Olga eens,' beaamt Yasmijn. 'Misschien had ik in jouw geval wel hetzelfde gedaan. Ik begrijp wel dat je er helemaal klaar mee was en opnieuw wilde beginnen.'

'Het was niet echt een keuze. Het was voor mij de enige manier om te overleven. Ik wist gewoon niet hoe ik het anders moest doen. Ik voelde zoveel onmacht en verdriet, en dan dat torenhoge schuldgevoel. Vluchten, vluchten, vluchten, dat was het enige waar ik aan kon denken en wat ik de afgelopen jaren heb gedaan.'

'Ik hoop dat het je heeft geholpen.' Olga knijpt haar zachtjes in haar bovenarm.

'Was het maar waar. Het was alleen maar uitstel van executie. Ik heb geleerd dat je niet voor jezelf kunt vluchten. Hoe hard ik ook rende, ik nam mezelf altijd mee.'

'Maar je bent desondanks wel verder gekomen dan het punt waar je acht jaar geleden was.'

'Ach, ik weet het niet.'

'Natuurlijk wel, anders had je hier vandaag toch niet tussen ons in gestaan? We beseffen echt wel hoe moeilijk het voor je was om ja te zeggen tegen Ilse en daarom zijn we je ook extra dankbaar. Zonder jou had ik deze trip met haar niet durven maken, Alice, dat moet je goed beseffen. Door jou krijgt mijn zusje de kans om haar langgekoesterde wens in vervulling te laten gaan.' Olga kijkt haar doordringend aan.

'Wie weet heeft mijn therapie dan toch nog zin,' zegt Alice. Het komt er cynischer uit dan ze bedoelt. 'Mijn psycholoog heeft me erg zitten pushen om mee te gaan, dus misschien moet je haar wel dankbaarder zijn dan mij.'

'Onzin. Ik ken je goed genoeg om te weten dat jij je nooit laat dwingen tot dingen die je echt niet wilt. Je psycholoog heeft je net dat laatste zetje gegeven om te doen wat je zelf toch al van plan was. Waar of niet?'

Alice maakt een hummend geluid dat zowel voor een bevestiging als een ontkenning door kan gaan. Ze merkt dat ze dit openhartige gesprekje prettig vindt, maar dat het haar ook veel energie kost. Het is een beladen onderwerp en ze kan het allemaal niet zomaar van zich af schudden. Hopelijk komt ooit de dag dat dit haar wel zal lukken, wat een bevrijding zal dat zijn.

'Goed, ik ga mijn tas even naar mijn kamer brengen,' kondigt ze aan. Ze heeft even een korte break nodig om tot zichzelf te komen en de woorden die zojuist zijn uitgesproken te laten bezinken.

Olga klapt in haar handen totdat ze ieders aandacht heeft. 'Zullen we ons allemaal even gaan installeren en dan over een uurtje verzamelen om vast een beetje in te skiën voor morgen?'

'Denk je dat we aan een uur genoeg hebben?' vraagt Jurre, terwijl hij een knipoog aan zijn vrouw geeft.

'Oh, get a room,' roept Loek.

'Ja, dat gaan we ook doen.' Jurre gooit zijn eigen tassen en die van Olga over zijn schouder en wenkt haar met een hoofdknik.

Alice observeert het duo. Het is de eerste keer dat ze haar oude vrienden als koppel meemaakt en het valt haar op dat Jurre duidelijk de leiding heeft en Olga zich volgzamer gedraagt dan ze van haar gewend is. Even vraagt ze zich af of het wel een gezonde verhouding is. Het gezamenlijke verdriet om Noahs dood heeft hen bijeengebracht en de jaren daarna, die in het teken stonden van de zorgen om Ilse, hebben hun relatie versterkt. Is het de focus op anderen die hen bindt, in plaats van de gevoelens die ze voor elkaar hebben?

Niet stoken in een goed huwelijk, Alice. Het gaat je niks aan.

Inderdaad, het gaat haar niks aan. Als Jurre en Olga een modus hebben gevonden om met elkaar om te gaan waar ze zich goed bij voelen, wie is zij dan om daar iets van te vinden? Het is makkelijk om te oordelen als je niet de volledige context kent en zij is wel de laatste die zich ermee mag bemoeien. Alsof ze het zelf allemaal zo goed heeft gedaan de afgelopen jaren.

Ilse komt van het toilet af met een tokkelende telefoon. 'Wen er maar aan, dat ga je vaak horen de komende week. Is mijn pillenalarm, een van de vele,' zegt ze grinnikend. Ze zet het alarm uit en haalt een plat hardplastic doosje in een fluorescerende groene kleur uit haar broekzak.

'Zo, dat doosje ziet er minstens zo chemisch uit als de inhoud,' zegt Alice met een lach.

'Haha, ja hè, daar heb ik hem speciaal op uitgezocht.' Met

een triomfantelijk gezicht pakt Ilse een paar pillen uit haar doosje, stopt ze in haar mond en slikt ze zonder water door.

'Smakelijk.'

Ze trekt een overdreven vies gezicht.

'Clown die je bent. Zeg, we hebben net afgesproken dat we onze tassen even naar onze kamers brengen en ons over een uurtje verzamelen om de sneeuw in te gaan. Even een paar pistes pakken om de schwung weer te krijgen. Ik ben benieuwd of ik het nog kan na al die tijd.'

De bezorgdheid in haar stem is niet helemaal gespeeld.

'Skiën is net als fietsen: als je het eenmaal kunt, verleer je het niet meer,' reageert Ilse nuchter. 'En jij al helemaal niet. Oké, ik denk dat ik dan nog even een uurtje ga tukken. De reis was best vermoeiend.'

'Dat lijkt me een heel goed plan.'

'Wie zegt dit nu? Alice de vriendin of Alice de dokter?'

'Allebei.'

'Oké.'

Voordat Alice kan protesteren, grist Ilse haar bagage van de grond en loopt ermee weg. Alice wil haar tot de orde roepen, maar besluit het uiteindelijk niet te doen. Het laatste waar Ilse op zit te wachten, is nog iemand die haar de hele tijd als een moeder corrigeert. Olga heeft daar al een handje van en hoewel het goedbedoeld is, merkt Alice dat het soms ook tot wat spanning leidt tussen die twee.

Ze besluit Ilses voorbeeld te volgen en pakt haar tas op. Even liggen kan geen kwaad. Ook voor haar als gezond mens is de ruim elfhonderd kilometer lange reis vermoeiend geweest en haar lijf voelt stram van de lange rit. Haar spieren kunnen dus wel wat ontspanning gebruiken voordat ze straks de lange latten onderbindt. Ze is benieuwd hoe het zal voelen, hoe het gaat als ze na al die tijd weer zigzaggend door de sneeuw stuift. Wellicht was het beter geweest als ze de afgelopen weken nog wat had getraind op een indoorbaan, maar buiten dat het haar aan tijd ontbrak, had ze zich er niet toe kunnen zetten. Als ze weer op de ski's stapt, dan wil ze het meteen goed doen, in échte sneeuw, omringd door een écht landschap. Over haar conditie maakt ze zich totaal geen zorgen, ze legt elke dag rennend en vliegend genoeg afstanden af in het ziekenhuis om geen sportschoolabonnement meer nodig te hebben. Ook al is het een monstertocht die ze morgen gaan doen, ze is ervan overtuigd dat haar uithoudingsvermogen voldoende is om het aan te kunnen. En wat betreft haar vaardigheden: het zal best even onwennig zijn en daarom is het goed dat ze straks even op haar gemakje kan oefenen om haar spiergeheugen op te frissen met alle handigheidjes en trucjes die ooit een tweede natuur voor haar waren.

Nee, met het skiën zit het wel goed, daar maakt ze zich geen zorgen over. Maar er is één ding waar ze wél mee zit, en dat is haar mentale gesteldheid. Want hoe zal het zijn om voor het eerst weer door het gebied te racen waar Noah het leven liet? Zal het de herinneringen weer naar boven halen? Zullen die haar weer verlammen, zoals vaker is gebeurd? Is ze straks een gevaar voor zichzelf en mogelijk ook voor anderen? Met dat in het achterhoofd drukt de verantwoordelijkheid voor Ilse zwaar op haar. Ze was destijds niet in staat om goed voor Noah te zorgen, is ze nu dan wel in staat om dat voor Ilse te doen?

21

Alice wordt wakker vlak voordat de wekker van haar telefoon gaat. Een uurtje liggen bleek geen overbodige luxe, maar ze heeft zo diep geslapen dat ze er hoofdpijn van heeft gekregen. Reden te meer om zo een frisse neus te gaan halen. Ze loopt naar de wasbak op haar kamer en drinkt een paar flinke slokken water. Daarna haalt ze vluchtig een borstel door haar haren en bindt ze met elastiek in een lage staart zodat ze haar skimuts straks niet in de weg zitten. Kauwend op een pepermuntje loopt ze naar de woonkamer, waar ze Olga aantreft. Ze heeft een bril met een opvallend montuur op haar neus en zit zo geconcentreerd over een stapel papieren gebogen dat ze Alice niet hoort aankomen.

'Waar is iedereen?'

Olga kijkt geschrokken op. 'Ilse ligt nog op bed en de rest is buiten.'

'Je bent toch niet aan het werk, hè?' vraagt Alice.

'Betrapt,' antwoordt Olga. 'Ik moet deze week een beslissing nemen over dit manuscript. Ik heb een voorsprong op andere uitgeverijen gekregen van de literair agent. Vanaf volgende week wordt het breed rondgestuurd en ik wil een veiling voorkomen die de prijs opdrijft.'

'Zo'n veiling pakt financieel toch beter uit voor de schrijver en die agent? Waarom zetten ze daar niet meteen op in?'

'De auteur heeft zijn duidelijke voorkeur uitgesproken voor onze uitgeverij en wil mij als redacteur.'

'Nou, dat compliment kun je mooi in je zak steken. Heb je ooit eerder met deze schrijver samengewerkt?'

'Geen idee. Het gaat om een pseudoniem en alle contacten verlopen via de agent.'

'Man of vrouw?'

'Zelfs dat weet ik niet.'

'Waarom al die geheimzinnigheid?'

'Ik heb het vermoeden dat het om een heel bekende literaire auteur gaat die met een schone lei wil beginnen in een ander genre. Die auteur die de *Harry Potter*-boeken schreef heeft dat jaren geleden ook gedaan toen ze detectives ging schrijven. Ze was al de hysterie rond haar persoontje zat en wilde weer eens gewoon op haar werk beoordeeld worden en niet op haar naam. Ik snap dat wel en heb er ook respect voor. Het getuigt van veel lef als je die sprong in het diepe weer durft te maken nadat je jarenlang iets hebt opgebouwd. Het is een groot risico en je weet nooit hoe het uitpakt.'

'En wat is dit voor soort boek?'

'Het is geschreven vanuit een man die helemaal idolaat is van een vrouw en bereid is alles te doen om haar te krijgen. Hij stalkt haar al jaren met zijn camera. Eerst in het geheim, maar later stuurt hij haar ook boodschapjes om haar bewust te maken van zijn aanwezigheid.'

'Klinkt creepy.'

'Is het ook. Van sommige passages lopen de rillingen me over de rug. Het is een echte psychologische thriller.'

'Ik lees niet veel, maar als ik het doe moet ik je eerlijk zeggen dat ik eerder naar een roman of een thriller grijp dan naar een zwaar literair werk. Ik ben de hele dag al zo druk op mijn werk en moet continu nadenken over ingewikkelde vraagstukken. Als ik dan vrij ben, wil ik me ontspannen en een niet al te ingewikkeld boek lezen of een filmpje kijken.'

'Exact, en dat geldt voor heel veel mensen. Niks mis mee.'

'Is het een goed boek?' Alice wijst op de stapel papieren.

'Ja, ik zie er wel wat in, op basis van wat ik tot nu toe heb gelezen. Met een beetje gesleutel kan dit een enorme knaller worden en eerlijk gezegd kunnen we die op de uitgeverij hard gebruiken. Ik denk dat hij of zij het in zich heeft om een echte bestsellerauteur te worden.'

'Maar je hebt het nog niet definitief aangekocht?'

'Nee, ik wil het manuscript helemaal gelezen hebben. Ik heb in het verleden weleens de fout gemaakt om iets te kopen op basis van een paar veelbelovende hoofdstukken, maar de rest van het boek was zo zwaar onder de maat en teleurstellend dat er nauwelijks iets van te maken viel.'

'Maar weet je dan zeker dat die agent het echt voor jou vasthoudt deze week? Voor hetzelfde geld zegt hij...'

'Zij, het is een zij.'

'... zegt zij dat tegen meerdere uitgeverijen.'

'Dat is een kwestie van vertrouwen. Dat moet ik hebben, anders kan ik mijn werk niet doen.'

'Nou, ik zou er toch knap nerveus van worden en dat boek allang hebben aangekocht. Ik ben van de actie.'

'En daarom red jij mensenlevens en hou ik me met woorden en zinnen bezig,' zegt Olga grinnikend.

'Hoe heet het boek?'

'De werktitel is *Dagboek van een fotograaf*, maar dat heb je niet van mij. Het is trouwens niet ondenkbaar dat we een andere titel gaan verzinnen, eentje die wat lekkerder bekt en meer spanning oproept.'

'En commerciëler is,' vult Alice haar vriendin aan.

'Jij snapt het.'

Alice schuifelt wat dichter naar Olga toe en gluurt mee over haar schouder. Ze kan niet ontkennen dat ze nieuwsgierig is naar de stapel 'talent' die op tafel ligt. Haar ogen vallen op de laatste alinea van de pagina en haar adem stokt in haar keel als ze de onderste zinnen leest. Zinnen die haar heel bekend voorkomen en haar niet voor de eerste keer de kriebels bezorgen.

Het zou zo mooi kunnen zijn, maar we leven nog steeds apart, als een gespleten persoonlijkheid. Ik wil me niet meer verstoppen, het heeft lang genoeg geduurd. Geduld kent grenzen, ook het mijne. Daarom kon ik niet anders dan wat forceren. Je een duwtje in de rug geven om je in mijn kamp te krijgen. Ik hoop dat je het me niet kwalijk neemt en dat we er over een tijdje samen om kunnen lachen. Want weet je, lief, de dag dat we elkaar gaan ontmoeten, komt steeds dichterbij. Ik verheug me erop, jij ook? Of, wacht... misschien hebben we elkaar al ontmoet. Jij zag mij niet, maar ik jou wel. Wie zal het zeggen?

'Ootje, weet je echt niet van wie dat manuscript is?'

'Hoezo?' Olga draait zich om naar Alice en krijgt meteen een bezorgde uitdrukking op haar gezicht. 'Wat is er aan de hand? Je ziet ineens lijkbleek, alsof je een spook hebt gezien. Kom, ga even zitten en drink wat.'

Ze zet een stoel naar achteren en terwijl Alice erop gaat zitten, schuift Olga haar een roze Dopper met water toe. Met trillende hand pakt ze de fles en neemt een paar slokken.

'Geef me die pagina eens,' zegt ze als ze weer een beetje bekomen is van de eerste schrik. Olga geeft hem haar.

'Ik ken deze tekst.'

'Wat zeg je?'

‘Kijk, deze zinnen.’ Alice plaatst haar vinger bij de bewuste tekst. ‘Vanaf “Want weet je, lief” tot en met “Wie zal het zeggen”.’

Olga fronst haar wenkbrauwen. ‘Maar wat bedoel je nou precies? Buiten de literair agent, de auteur en ik heeft niemand dit manuscript nog gelezen.’

‘Die zinnen stonden op een kaartje dat ik ontving bij een bos bloemen van een anonieme afzender. Heeft Jurre je niet verteld dat ik al een tijdje een soort van gestalkt wordt?’

‘Nee, Jurre heeft helemaal niets gezegd. Vertel.’

‘Ik krijg al een halfjaar lang wekelijks een bos bloemen met een cryptische tekst van een anonieme afzender toegestuurd op mijn werk. Het begon toen ik nog in het ziekenhuis in Limburg werkte en sinds ik naar Utrecht ben verhuisd krijg ik daar steeds bloemen. Een aantal weken geleden, op de dag dat ik Jurre zag lopen toen hij bij Ilse op bezoek was geweest, kreeg ik een kaartje waar exact deze zinnen op stonden.’ Ze tikt op het papier en wijst ze nogmaals aan.

‘Heb je dat kaartje nog?’

‘Ja, thuis ergens. Ik heb ze allemaal bewaard.’

‘Wat vreemd.’

‘Mag ik het manuscript eens doorbladeren? Misschien herken ik nog wel meer stukjes tekst.’

Olga schuift de stapel papier met duidelijke tegenzin naar haar toe. Alice scant de pagina’s en komt al snel weer een zin tegen die haar bekend voorkomt. ‘Kijk hier, deze ook: “Ik steel momenten van je, maar ik beloof je dat ik ze eens aan je teruggeef.” En deze: “De eerste stap van samen alleen naar alleen samen is gezet.”’ Als ze een pagina of vijftig vluchtig heeft doorgenomen, heeft ze er al minstens tien zinnen uit gepikt. Olga ziet inmiddels net zo bleek als Alice.

'Wat heeft dat te betekenen, Ali? Ik krijg het er helemaal koud van.'

'Dat betekent dat het misschien geen toeval is dat juist jij dit manuscript hebt gekregen. Het betekent dat degene die hierachter zit, weet dat jij en ik elkaar kennen.'

'Maar dat is helemaal niet logisch als je zegt dat je die bloemen al kreeg toen je nog in Limburg woonde. Toen hadden we al een eeuwigheid geen contact gehad en zag het er ook nog niet naar uit dat we weer herenigd zouden worden.'

'Wanneer heb je dit manuscript precies gekregen?'

'Begin vorige week.'

'Op dat moment hadden we wel weer contact. Als het iemand is die me zonder dat ik het doorheb in de gaten houdt, dan weet hij misschien ook dat we deze week samen in een appartement in Val Thorens zijn. Wellicht kickt hij op de gedachte dat jij daar dat manuscript zit te lezen, terwijl ik om je heen dartel. Misschien hoopt hij wel dat je passages citeert en dat ik zinsneden herken.'

'Dat klinkt allemaal wel een beetje vergezocht, vind je niet? Misschien moet je zelf thrillerauteur worden. Ik heb nog wel een plekje voor een debutant.'

'Ja, doe er maar grappig over, maar zeg nou zelf: dit is toch op zijn minst vreemd te noemen. Degene die dit manuscript heeft geschreven stuurt mij kaartjes met fragmenten uit zijn boek en vervolgens belandt het manuscript op jouw bureau. Ik wil best af en toe in toeval geloven, maar in dit geval is het wel héél toevallig.'

'Wat is toevallig?' Jurre komt binnenlopen. Zijn neus en wangen zijn rood van de kou. Hij kijkt naar Olga en dan naar Alice.

'Weet je nog dat ik je tijdens ons etentje van laatst vertelde over die stalker die mij bloemen stuurt? Ik heb je het kaartje dat zat bij de bloemen die ik die dag had gekregen laten zien, toch?'

Jurre kijkt bedachtzaam en knikt dan. 'Ik kan me de tekst niet meer letterlijk voor de geest halen, maar ik weet nog wel dat ik het zo griezelig vond dat ik je tegen je zin thuis heb gebracht omdat ik het niet verantwoord vond dat je alleen over straat ging.'

'Dit was de tekst, herken je hem?' Alice pakt de pagina uit het manuscript erbij en duwt hem onder Jurres neus. 'Laatste regels.'

'Verdomd,' mompelt hij na het lezen van de tekst. 'Maar... hoe kan dat nou?'

'Dat is nou precies wat Olga en ik ook weleens zouden willen weten. We moeten erachter komen wie dit manuscript geschreven heeft. Dat is de enige manier om te achterhalen wie er in mijn nek hijgt. Tot nu toe word ik nog lastiggevallen met "onschuldige" bosjes bloemen...'

'Nou, zo onschuldig vind ik het anders niet,' valt Jurre haar in de rede. 'Je spoort toch niet als je al maandenlang bloemen naar een vrouw stuurt die je blijkbaar begeert, zonder jezelf bekend te maken?'

'Dat is een feit. Bovendien worden de teksten steeds ongeduldiger en dreigender. Wie weet wat me te wachten staat als deze persoon zichzelf uiteindelijk bekendmaakt. Wat zou hij dan met me uithalen? Hoe loopt dat manuscript af?'

Alice en Jurre kijken Olga aan.

'Ik heb het nog niet uit, dus dat weet ik niet. Ik ben nu bij het stuk waarin steeds duidelijker wordt dat de hoofdpersoon een dubbelleven leidt.'

'Overdag is hij fotograaf, maar 's nachts stalkt hij een mooie vrouw...' bootst Jurre de stem van Paul Jambers na met een zwaar Belgisch accent.

Olga geeft hem een duw. 'Niet grappig.'

'Je moet die agent bellen, Ootje. We moeten weten wie de schrijver is en hem confronteren. Misschien moet ik wel aangifte doen als we weer in Nederland zijn. Misschien had ik dat allang moeten doen, maar ik vond het vooral irritant en niet echt griezelig. Maar dit zet alles wel even in een ander licht.'

'Ik had er net zo over gedacht als ik in jouw schoenen stond,' antwoordt Olga. 'Ik heb genoeg thrillers gelezen, maar als het dan zo dichtbij komt is het toch moeilijk om te geloven dat zulke verknipte mensen ook je eigen leefomgeving kunnen binnendringen. Ik vind het nog steeds moeilijk om te geloven dat wat in boeken en Netflix-series plaatsvindt, ook in het echt gebeurt.'

'Kom op, Ootje, jij bent nog naïever dan Alice. Het kwaad blijft niet beperkt tot een tv-scherm dat je uit kunt zetten als de beelden je niet bevallen.'

'Ik heb er gewoon moeite mee dat er ook echt slechte mensen bestaan,' antwoordt Olga hem fel. 'Bovendien nam jij het in eerste instantie ook niet zo serieus, want ik hoor dit verhaal nu pas voor het eerst van Alice, terwijl ze het blijkbaar al een tijd geleden met jou heeft gedeeld. Waarom heb je niks gezegd?'

Olga's gezicht is rood aangelopen en haar mond trilt.

'Ik had je zoveel te vertellen over mijn ontmoeting met Alice, dat het er gewoon bij ingeschoten is. Ook ík vergeet weleens wat. Sorry hoor.'

'Verwijt mij dan niet dat ik niet meteen het allerergste denk, als je dat zelf ook niet hebt gedaan.'

'Maar...'

'Hoe dan ook,' onderbreekt Olga hem kribbig, 'ik zal vanavond die agent bellen en kijken of ik meer te weten kan komen.'

'Vanavond? Waarom vanavond pas?' vraagt Alice. 'Dit is belangrijk, dit moet nu!'

'Omdat deze week een keer niet om jou draait, Alice, maar om Ilse. Ik wil niet dat ze hier iets van meekrijgt, begrepen? Dit is voor haar de kans van haar leven en die laat ik door niks en niemand verpesten. Vanavond bel ik die agent, als Ilse niet in de buurt is, en geen seconde eerder. Einde discussie.'

Wat? Waar komt dit ineens vandaan?

'Ootje, kom op...' probeert Jurre haar te kalmeren.

'Het is toch zo?'

Alice kijkt haar stomverbaasd aan. 'Het draait een keer niet om mij? Zei je dat nou echt?'

'Er mankeert toch niks aan je oren?'

'Nee, maar ik ben ook zeker geen aandachtstrekker, als dat is wat jij beweert. Als ik alleen met mezelf bezig zou zijn, had ik hier nu niet gestaan, want net als jij ben ik hier voor Ilse. We hebben allemaal hetzelfde doel, haar een topweek bezorgen, dus kunnen we het misschien een beetje gezellig houden?'

Ze kijkt naar Jurre om te zien wat hij van de situatie vindt. Hij schudt bijna onzichtbaar zijn hoofd, alsof hij wil aangeven dat het niet verstandig is om hierop door te gaan.

'Ik ga Ilse wakker maken,' zegt Olga op een toon die geen tegenspraak duldt, terwijl ze haar manuscript bij elkaar graait en onder haar arm steekt. 'We gaan skiën, daar kwamen we tenslotte voor.'

'Misschien moet je jezelf daar eens aan herinneren,' reageert Jurre bitter.

'Wat bedoel je daarmee?'

'Dat jij degene bent die weer zo nodig werk moest meenemen, en kijk nou eens wat ervan komt. Eén week, Ootje, kon dat er nou echt niet vanaf? Je wilt dat iedereen offers brengt voor Ilse, en dat doen we met liefde, maar jij...'

'Ik breng al mijn hele leven offers voor Ilse, Jurre. Meer dan jij je ooit zult kunnen voorstellen.' Met betraande ogen loopt ze de kamer uit. Ze sluit de deur zo zachtjes dat de klap alleen maar harder aankomt.

22

'Allemachtig, wat is er ineens met haar aan de hand?'

Alice kijkt Jurre verbaasd aan, nog steeds een beetje in shock door de heftige reactie van Olga.

'Ze heeft het gewoon niet makkelijk de laatste tijd. De uitgeverij waarvoor ze werkt wordt harder geraakt dan ze wil toegeven en ze heeft keihard een succes nodig. Ze had al haar hoop voor komend najaar gevestigd op het manuscript waar ze nu mee bezig is.'

'En dan begin ik over dat manuscript te zeiken...'

'Ik zou het geen zeiken willen noemen. Het zijn heel terechte vragen die je hebt bij die teksten. Olga had naar me moeten luisteren en haar werk thuis moeten laten, dan was dit allemaal niet gebeurd.'

'Nou, ik ben eerlijk gezegd wel blij dat ze niet naar je geluisterd heeft. Omdat zij zo'n workaholic is, weet ik nu dat de bloemen die ik krijg te herleiden zijn tot de schrijver van dat manuscript. Het enige wat we nu nog hoeven te doen, is achterhalen wie dat is zodat die onzin eindelijk stopt. Hoewel de afdelingssecretaresse haar wekelijkse bloemetje wel zal gaan missen.'

'Geef je ze aan haar?'

'Ja, die bloemen kunnen er ook niks aan doen. Ik hoef ze uiteraard niet, maar het is toch zonde om ze zomaar weg te gooien.'

'Ben je nooit in de verleiding gekomen om ze thuis in

een vaas te zetten? Je bent toch dol op bloemen?'

'Ik ben zeker gek op bloemen, maar ik koop ze liever zelf dan dat ik ze van een of andere griezel krijg, hoe mooi ik ze ook vind. Bovendien worden ze op de afdeling beter verzorgd dan bij mij thuis; ik ben er nauwelijks en denk er dan weer niet aan om het water bij te vullen of te verversen. Als je mij een bos bloemen wilt geven, dan kun je beter meteen een droogboeket kopen.'

Ze lacht om haar eigen grapje, maar Jurre lijkt er de lol niet zo van in te zien en dus probeert ze hem wat op te beuren. 'En weet je wat nog een voordeel is van het feit dat ik dit manuscript onder ogen heb gekregen? Dat ik Olga ervoor heb behoed om met een of andere louche en misschien wel gevaarlijke schrijver in zee te gaan.'

'Dat is nog maar de vraag. Het zou zomaar kunnen dat ze dit heel commercieel bekijkt en alsnog met hem in zee gaat. Als er een randje aan een boek of auteur kleeft, is dat over het algemeen alleen maar goed voor de verkoop. Negatieve publiciteit is ook publiciteit, en mensen zijn dol op *dirt* zolang het henzelf niet betreft.'

'Denk je echt dat ze dat zou doen? Dat ze dat boek zou verkiezen boven mij?' vraagt Alice geschokt.

'Je moet het niet te persoonlijk opvatten.'

'Nou, dat doe ik dus wel,' zegt ze boos.

'Laten we niet op de zaken vooruitlopen,' sust Jurre. 'We weten helemaal niet wat Olga uiteindelijk doet. Ik zeg ook maar wat.'

'Je zegt niet zomaar wat. Je zegt het omdat je Olga door en door kent. Jij kent haar beter dan ik en als jij als haar man zo'n uitspraak doet, dan neem ik die serieus. Ik had niet gedacht dat Olga in zo'n keiharde zakentante zou veranderen. Zo was ze vroeger helemaal niet.'

'We zijn allemaal veranderd, Alice, wij net zo goed als jij.

En vergeet niet dat er, ondanks wat Olga beweert, toch nog wel wat oud zeer is.'

'Ze neemt het me dus wel degelijk kwalijk dat ik een tijdlang geen contact heb opgenomen?'

'Een tijdlang? Bijna een kwart van haar leven, bedoel je.'

'Als ze dat manuscript toch doorzet, ondanks de informatie die ze nu heeft, dan moet ik dat dus zien als een *payback* voor wat ik haar heb "aangedaan". Goed om te weten. Wie doet er hier nou niet zijn best om er een topweek voor Ilse van te maken?'

'Alice, rustig nou. Vergeet wat ik allemaal heb gezegd, ik maak er een puinhoop van. Ik meende het niet. Jij en Olga moeten dit soort dingen samen bespreken en daar moet ik me helemaal niet mee bemoeien.'

'Nou, ik ben blij dat je je er wel mee bemoeit. Dan krijg ik tenminste het echte verhaal te horen en weet ik dat achter al die vriendelijkheid en dat begrip grotendeels toneelspel schuilgaat.'

'Dat is niet waar, Alice, nu overdrijf je.'

'Is dat zo?'

'Je moet het niet zo op jezelf betrekken. Het heeft allemaal een heel andere oorzaak.'

'Wat dan?'

'Het... het heeft vooral te maken met die kinderwens.' Hij kijkt even van haar weg, alsof hij niet zeker weet of hij verder wil gaan. Dan draait hij zijn hoofd weer naar haar toe en ze ziet dat er tranen in zijn ogen staan.

'Gaat het?' vraagt ze zachtjes.

'Ootje heeft het er nog steeds erg moeilijk mee dat ze geen moeder zal worden,' gaat hij verder. 'Ze voelt zich mislukt omdat haar lichaam niet meewerkt en dat probeert ze op andere manieren te compenseren. Ze wil in alles de beste zijn, streeft perfectie na, en als dingen niet lopen zoals ze gepland had, dan ontbreekt het haar vaak aan veerkracht om haar verlies te nemen en weer verder te gaan. Het is niet makkelijk om daarmee om te gaan, eigenlijk is het vaak best ingewikkeld.'

'Voor jou, maar ook voor haar. Gaat het wel goed tussen jullie?'

Jurre haalt zijn schouders op. 'Ik denk het. Soms heb ik het gevoel dat ze me probeert te straffen omdat ik niet bereid ben om met ons "probleempje" naar een dokter te gaan. Dat ze iedereen probeert te straffen die haar diep gekwetst heeft.'

'Daar hoor ik dus ook bij.'

'Ik vrees van wel.'

Alice laat het antwoord even op zich inwerken. 'Dank je wel dat je dit met me hebt gedeeld, Jur, ik had er geen idee van dat ze zo erg met zichzelf in de knoop zat. Ik denk dat ze zich erg eenzaam voelt.'

'Ja, dat denk ik ook. En het vreet aan me dat ik haar daarbij kennelijk niet kan helpen.'

'Ik zal deze week proberen met haar te praten als zich een goed moment voordoet.'

'Het is niet jouw taak om het eenzame gevoel van mijn vrouw weg te nemen.'

'Sommige vrouwendingen moet je aan vrouwen overlaten, dat kunnen wij gewoon beter. En je hoeft je ook niet aangesproken te voelen, want ik zie je al kijken. Ik vind niet dat je tekortschiet, je hoeft jezelf niets te verwijten. Als ik zie wat je allemaal voor Olga en Ilse hebt gedaan de laatste jaren, petje af. En kinderen moet je met zijn tweeën willen, dat is niet iets wat je koste wat het kost moet doordrukken. Dat gebeurt al veel te vaak en over het algemeen worden mensen daar niet gelukkiger van, omdat er altijd, diep vanbinnen, iets blijft wringen. Van sluimerende verwijten die tijdens ruzies steeds weer naar de oppervlakte komen tot veranderingen in gedrag. Ik heb het allemaal gezien toen ik meeliep op de gynaecologiepoli.'

'Hoezo verandering in gedrag?'

'De partner die het gevoel heeft dat hij of zij tegen zijn zin ergens in is geduwd, heeft vaak een overdreven geldingsdrang vanuit de gedachte: dat gebeurt me niet nog een keer en mijn mening telt ook. Elk klein ding wordt een issue, opgeblazen tot onrealistisch grote proporties. Nou ja, wat ik eigenlijk wil zeggen: je kunt het beter zuiver houden en dat doe je, je bent eerlijk over wat je wel en vooral ook niet wilt, ook al is dat een boodschap die Olga liever niet wil horen.'

'Ik had niet verwacht dat jij mijn kant zou kiezen, eerlijk gezegd.'

'Ik kies niet zozeer jouw kant, ik heb begrip voor je standpunt. Olga en haar pijn snap ik net zo goed. Het verhaal dat ik net aan jou heb verteld, kan ik in aangepaste vorm ook aan haar vertellen, vanuit haar standpunt. Jullie visies en wensen staan zo ver uit elkaar dat het een uitdaging is om daar een modus in te vinden. Er zal er altijd eentje teleurgesteld zijn.'

'Een compromis is in ons geval niet echt te vinden. We kunnen geen half kind nemen of zo.' Jurre laat een triest lachje horen. 'Soms vraag ik me af of ik wel de juiste man voor haar ben. Ik kan haar niet honderd procent gelukkig maken zonder mezelf te verloochenen. Er lopen vast zat mannen rond die haar wel kunnen geven wat ze zo graag wil.'

'Spreek je die gedachten weleens naar haar uit?'

'Ja, dat heb ik weleens gedaan, maar toen werd ze nogal boos. Uiteindelijk dacht ze dat ik het gebruikte als een goedkope smoes om bij haar weg te gaan, terwijl ik haar juist wilde laten weten dat ik het zou snappen als ze mij zou verlaten, hoeveel pijn me dat ook zou doen. Ze beschuldigde me ervan dat ik niet voor haar en voor ons wilde vechten en dat ik bij de eerste de beste tegenslag mijn kop al liet hangen. Het werd een heel nare discussie die een totaal andere kant op ging dan ik had beoogd. Voordat het echt uit de hand kon lopen, heb ik het afgekapt.'

'Verstandig.'

'Maar of het uiteindelijk ook het beste is geweest... Die discussie heeft een paar weken geleden plaatsgevonden en sinds die tijd is Ootje veranderd. Ze is kribbig, afstandelijk. We lachen nauwelijks nog samen en elke keer als ik toenadering zoek, wijst ze me met een stomme smoes af. Ik word er soms wanhopig van. Ze lijkt alleen nog maar oog voor haar werk te hebben, en voor Ilse natuurlijk.'

'Weet Ilse dat het niet zo lekker gaat tussen jullie?'

'O, nee. We proberen in haar buurt zo normaal mogelijk te doen.'

'Ilse is niet gek, hè. Als ík al merk dat Olga niet lekker in haar vel zit, dan merkt Ilse het zeker. Die twee hebben zo'n nauwe band.'

'Ootje kan ontzettend goed toneelspelen, vergis je niet. Ze is tot alles bereid om Ilse te beschermen, zelfs faken dat ze dolverliefd op mij is. Ik vraag me echt weleens af of ze nog wel van me houdt.'

'Ik geloof er helemaal niets van dat ze niet meer van je zou houden. Als Olga zich ergens in vastbijt, dan laat ze nooit meer los. Dat is haar zwakte, maar ook haar kracht. Maar goed, nu hebben we samen wel genoeg geklaagd. Jullie zijn een leuk stel samen, Jurre, en ik beloof je dat ik met haar zal praten zodra de gelegenheid zich voordoet. Ik kan niet garanderen dat ik iets bereik, maar ik ga mijn uiterste best doen om een luisterend oor en een brede schouder voor haar te zijn. Zoals ik dat overigens ook voor jou probeer te zijn, mocht je dat nog niet doorhebben.' Alice knijpt zachtjes in zijn schouder om haar woorden kracht bij te zetten.

'Dank je wel, Ali. Mag ik je een knuffel geven?'

'Kom hier.' Alice spreidt haar armen en slaat ze vriendschappelijk om Jurre heen. Hij drukt haar stevig tegen zich aan. Het voelt een beetje wanhopig, alsof hij inderdaad al te lang niet is aangeraakt. Voordat ze zich uit zijn omhelzing heeft kunnen losmaken, gaat de deur open.

'Hebben jullie het een beetje gezellig met zijn tweeën?' klinkt het cynisch. 'Stoor je vooral niet aan mij, hoor.'

Alice laat Jurre ogenblikkelijk los. Hoewel ze niks verkeerd heeft gedaan, voelt ze zich toch betrapt. 'Jurre en ik haalden even wat herinneringen op aan vroeger en dat werd een beetje emotioneel,' zegt ze ongemakkelijk.

'Nou, ontzettend fijn dat jullie elkaar gevonden hebben dan.' Olga draait zich resoluut om. 'Als jullie klaar zijn met je onderonsje: wij staan buiten op jullie te wachten.'

23

'Zenuwachtig?' Jurre glijdt naar Alice, die de bindingen van haar ski's voor de zoveelste keer controleert.

'Valt wel mee,' zegt ze zelfverzekerder dan ze zich voelt. 'Maar alles dubbelchecken als je zo lang niet op de latten hebt gestaan kan geen kwaad, toch?'

'Zeker niet, neem vooral geen onnodige risico's. Nou, succes dan maar, ik zie je zo weer beneden.'

Alice kijkt Jurre een tijdje na voordat ze de laatste controles op haar uitrusting uitvoert. Het is duidelijk dat hij veel heeft bijgeleerd sinds de laatste keer dat ze hem op de ski's zag. Ze speurt de witte omgeving af op zoek naar Ilse, Olga en de anderen, maar ziet hen zo snel niet. Olga's reactie op de omhelzing van haar en Jurre zit haar niet lekker en ze wil graag nogmaals uitleggen dat het niks te betekenen had. Ze voelt zich niet aangetrokken tot Jurre en bovendien zou ze er nooit met de man van een vriendin vandoor gaan, en dat zou Olga ook moeten weten. Acht jaar is een lange periode, maar dergelijke principes veranderen toch niet zomaar? Maar goed, eerst moet ze maar eens ongeschonden die heuvel af zien te komen.

Ze klikt haar ski's onder en schuift ze voorzichtig door de sneeuw terwijl een waterig zonnetje door de wolkenlucht heen probeert te breken. Het beetje blauw dat eerder nog te zien was, is geheel verdreven. Het weer is guurder dan voorspeld, mede door de oostenwind. Ze klemt haar handen zo stevig om de skistokken heen dat het bijna pijn doet. Ze is tot op het bot gespannen.

Kom op, Alice, het is maar een blauwe piste en deze ken je bovendien als je broekzak.

Toen ze hier als tiener regelmatig was, nam ze altijd een blauwe piste bij Plein-Sud of La Moraine om haar benen wat los te schudden voordat ze aan het echte werk begon. Inmiddels zijn er vier blauwe pistes op Plein-Sud en op het pistekaartje heeft ze gezien dat de nieuwste piste via een mooie route helemaal terug naar Val Thorens voert. Ze is nieuwsgierig naar deze nieuwe route, maar in overleg met de anderen heeft ze er toch voor gekozen om samen met hen de fonkelnieuwe La Moraine-lift te nemen. Ze herinnert zich nog de krakkemikkige oude stoeltjeslift die hier eerst was, waarin het altijd ijskoud was en die er een eeuwigheid over deed om boven te komen. De tocht die ze daarnet met de nieuwe cabinelift heeft gemaakt, was in vergelijking met de oude supercomfortabel te noemen. Kou lijden was er niet bij en de snelheid was flink verbeterd, en de grootste verrassing was het grote glazen gebouw waar de lift op uitkwam. De weidse blik die het nieuwe glazen gebouw bood op de omgeving was de mooiste start die ze zich maar kon wensen voor haar eerste skitrip in jaren.

Terwijl zij met een brok in haar keel de prachtige omgeving in zich had opgenomen, waren de anderen enthousiast naar buiten gerend, Ilse voorop. Alleen Jurre was bij haar gebleven. Hoewel ze het waardeert dat hij bezorgd om haar is en haar in de gaten houdt, had ze liever gehad dat hij met zijn vrouw was meegegaan. Wat zal Olga ervan denken dat ze hier samen boven bleven hangen, terwijl de rest al met de afdaling bezig was? Ze hoopt vurig dat Olga het niet in de gaten heeft gehad, omdat ze te veel in beslag werd genomen door Ilse. Bovendien is Jurre nu alsnog voor haar uit gegaan, alsof hij aanvoelde dat ze haar eerste afdaling alleen wilde maken. Nu kan ze alleen zijn met haar gedachten en zich vrij voelen om alle emoties de vrije loop te laten, zonder dat er iemand over haar schouder meekijkt.

Een man passeert haar en kijkt haar aan. Zijn gezicht komt haar bekend voor, maar ze kan het zo gauw niet plaatsen. Ze pijnigt haar hersenen en dan weet ze het ineens. Het is die voormalige tv-presentator van het NOS *Journaal* en NOS *Sport*, Herman van der Zandt. Ze heeft hem pas nog op de radio gehoord toen hij *Langs de Lijn en Omstreken* presenteerde. In het echt vindt ze hem knapper dan op tv. Het lijkt of hij haar gedachten kan lezen, want hij kijkt nog even om en lacht. Verlegen lacht ze terug en ze kijkt hem na als hij naar beneden begint te skiën.

Iets wat jij ook moet doen. Ophouden met dat getrut en gaan!

Alice snuift de vrieskou tot diep in haar longen op en begint te hoesten van de prikkeling die dat geeft. Ze sluit haar ogen en probeert zich te concentreren. Ze steekt haar skistokken diep in de sneeuw en zet zich af. Met haar benen maakt ze een schaatsende beweging om een beetje op gang te komen over het nu nog vlakke stuk. Als ze genoeg vaart heeft, zet ze haar voeten naast elkaar, buigt lichtjes door haar knieën en leunt met haar bovenlichaam wat naar voren. Haar ski's glijden als vanzelf naar beneden en maken inmiddels zoveel snelheid dat ze de ondersteuning van haar skistokken niet meer nodig heeft. Ze steekt ze onder haar oksels, gaat weer wat meer rechtop staan en slalomt met een constante snelheid in royale bochten verder naar beneden. Haar heupen voelen bij de eerste korte bochten die ze maakt nog wat stijf aan, maar al snel worden haar bewegingen minder houterig en gaan ze vloeiend in elkaar over. Met haar lijf naar de vallei gericht ondersteunt ze haar heupbewegingen van de ene in de andere bocht en laat ze haar benen als een klepel onder haar bovenlijf door bewegen. Wedelen wordt gezien als een nogal ouderwetse techniek, maar zij is er altijd dol op geweest. Het is voor haar de ideale manier om haar lijf los te gooien en de kwaliteit van de sneeuw te testen, zodat ze morgen klaar is voor de grote dag. Het belooft een bijzondere tocht te worden en hoewel ze nog onzeker is, kriebelt het ergens toch ook al een beetje. Een hele dag gewoon maar dom naar beneden raggen om dan weer in de skilift te stappen en het nog eens dunnetjes over te doen, heeft haar nooit getrokken. Ze is altijd op zoek geweest naar iets nieuws, naar een uitdaging. Althans, dat was vroeger zo, voordat…

Voordat Noah hier om het leven kwam.

Zou het haar ooit lukken om niet meer alleen in 'voor' en 'na' te denken? Om verleden en heden te laten samenvallen, zonder dat het eerste het tweede zo beïnvloedt dat het haar verlamt? Ze is er zo aan toe om haar eigen leven weer te gaan leiden en haar vrijheid terug te krijgen. Heel even sluit ze haar ogen en stelt ze zich haar hoofd voor als een ballon die op knappen staat. In gedachten prikt ze er een gaatje in en laat ze alle gedachten die zo zwaar op haar drukken eruit lopen. Een hele seconde lang beeldt ze zich in dat het helpt en dat ze zich een stuk lichter voelt, maar de donkere gedachten keren als een boemerang terug en wurmen zich weer in haar hoofd.

Boos vanwege het gevoel van onmacht dat zich van haar meester maakt, zet ze flink aan en zakt door haar knieën om meer snelheid te maken. Ze stopt met wedelen en kiest voor een rechte lijn naar beneden. Haar ski's snijden soepel door het witte oppervlak en nu pas wordt ze zich bewust van de goede kwaliteit van de sneeuw. De koude lucht in combinatie met de zon zorgt ervoor dat de sneeuw zacht is zonder papperig te worden. Er zit geen verraderlijke ijslaag onder en ze komt nauwelijks oneffenheden tegen. Ze gaat harder en harder en doet geen enkele moeite om haar snelheid te minderen. De wind fluit rond haar oren en klauwt in de stukjes blote huid op haar gezicht. Het geeft een aangenaam schrijnend gevoel. Ze zakt nog iets verder door haar knieën en haar lijf plooit zich als vanzelf in de door haar gewenste standen, alsof ze de afgelopen acht jaar niets anders heeft gedaan, en hoe meer snelheid ze maakt, hoe groter de lach op haar gezicht wordt.

Skiën is net als fietsen.

Voortgestuwd door adrenaline zet ze haar mond wagenwijd open en gilt alsof haar leven ervan afhangt. Voor het eerst heeft ze het gevoel dat ze iets van de spanning kwijtraakt die zich de afgelopen acht jaar in haar lijf heeft vastgezet, dat ze eindelijk de uitlaatklep heeft gevonden waar ze al zo lang naar op zoek is, en ze stopt pas met gillen als ze beneden in het dal staat. Daar aangekomen neemt ze hijgend de prachtige omgeving in zich op. De bergreuzen die aan weerszijden hoog boven haar uitsteken. De zonnestralen die fel weerkaatsen in de witte sneeuw. De rust die ze ervaart is met geen pen te beschrijven. Ze wil dit gevoel zo lang mogelijk vasthouden…

Alice' keel wordt dik van emotie als ze zich realiseert dat ze, ondanks alles wat ze heeft meegemaakt, in wezen niet veel is veranderd. Net als vroeger kan ze haar ei nog steeds kwijt in skiën. Ook toen was het een uitlaatklep, een heerlijke manier om alles aan de kant te gooien en in een bubbel van sneeuw rond te zoeven en nergens anders aan te denken. Met een gevoel van spijt realiseert ze zich ook dat ze zichzelf dit genot al die jaren heeft ontzegd. Als boetedoening voor Noahs dood. Uit schuldgevoel en angst, omdat ze te zwak was om te erkennen dat ze een trauma had en daar iets aan moest doen. Zou Noah vinden dat ze hem recht heeft gedaan door zichzelf de afgelopen jaren elk beetje geluk te ontzeggen? Ze weet wel beter. Hij zou haar duidelijk hebben gemaakt dat ze stom bezig was, net zo lang totdat ze zou luisteren. Ze heeft hem al die jaren gewoon als excuus gebruikt om zich achter te verschuilen, omdat dat de gemakkelijkste oplossing was. Zij was 'een slachtoffer'. Maar langzamerhand is ze gaan inzien dat ze helemaal geen recht had op die titel. Noah is het enige echte slachtoffer in dit hele verhaal. Hij is om het leven gekomen, zij en Jurre hebben het overleefd. En ineens krijgt ze meer respect en bewondering voor Jurre. Ze had er eerlijk gezegd behoorlijk wat moeite mee dat hij de tragische gebeurtenissen had verwerkt en verder was gegaan, alsof Noah geen wezenlijk onderdeel van zijn leven was geweest, alsof hij een piepklein radertje in het geheel was dat zonder problemen gemist kon worden. Nu schaamt ze zich voor dit harde oordeel. Ze beseft dat al die gevoelens eigenlijk voortkwamen uit jaloezie. Jaloezie jegens Jurres kracht en realiteitszin, twee belangrijke elementen die bij haar ontbraken. Het enige wat zij heeft gedaan, is vluchten. Keihard wegrennen zonder dat het haar iets heeft gebracht.

Maar nu niet meer.

Ze is vastbesloten haar leven te beteren, meer te waarderen wat ze heeft en dat ook uit te spreken. Daarbij zal ze moeten leren op anderen te vertrouwen, te beginnen met Jurre. Hij kan een heel belangrijke steunpilaar en adviseur zijn in dit hele proces en ze zal haar terughoudendheid moeten laten varen als ze daar gebruik van wil maken. Zonder dat ze Olga daarmee voor het hoofd stoot, uiteraard. Ze wil Jurre niet in een nog lastigere positie brengen. Hij is de enige die haar echt kan helpen, omdat hij de enige is die haar begrijpt. Hij was erbij toen Noah verongelukte en heeft alle emoties die zij heeft gevoeld net zo intens beleefd. Voor de tweede keer deze dag is ze heel blij dat ze heeft besloten om mee te gaan met deze trip. Niet alleen voor Ilse, maar ook voor zichzelf.

Vol hernieuwde energie zet ze haar ski's weer in beweging. Ze kan bijna niet wachten tot het morgen is en ze samen met haar vrienden de Grand Tour gaat doen. De hele dag vrijwel onafgebroken skiën. Ver weg van stalkers die boeken schrijven die ze via haar vriendin willen slijten.

24

Het loopt tegen het einde van de middag en de zon heeft al flink aan kracht ingeboet. Het skiën en de paar uur buitenlucht hebben hen allemaal een beetje rozig gemaakt. Ilse is meteen bij thuiskomst even op bed gaan liggen en Olga en Jurre zijn in hun slaapkamer verdwenen. Yasmijn en Joshua hangen knuffelend op de bank, terwijl Loek het met argusogen gadeslaat. Het is duidelijk dat hij er moeite mee heeft om zijn ex met een andere man te zien. *Een gekrenkt ego, of zit er meer achter?* vraagt Alice zich af, terwijl ze Loek naar de keuken wenkt. Met tegenzin staat hij op uit zijn fauteuil.

'Wat is er?' vraagt hij nors.

'Jij ook iets te drinken?'

'Doe maar een biertje.'

'Weet je het zeker?'

'Ja, waarom niet?'

'Omdat je morgen fit moet zijn.'

'Eén biertje, Alice, dat kan ik echt wel handelen.'

Ze geeft hem een blikje aan en trekt zelf een colaatje open. 'Op één biertje,' proost ze. 'Hoe is het met je, Loek? We hebben elkaar nog nauwelijks gesproken. Heb je het een beetje naar je zin?'

'O, ja hoor, prima.'

'Weet je het zeker?'

'Je valt in herhaling.'

'Dat gebeurt de besten weleens. Maar vertel, wat heb jij de afgelopen jaren zoal uitgespookt?'

'Niks bijzonders.'

'Oké... Kan het kloppen dat je spraakwaterval is opgedroogd? Vroeger was je een stuk luidruchtiger.'

'Vroeger was een andere tijd.'

'Klopt.' Alice neemt een slok cola om een nieuwe vraag te verzinnen die dit stroeve gesprek op gang kan brengen. 'Ben je getrouwd, heb je kinderen?'

'Niets van dat alles, zelfs geen vriendin.'

'Je bent dus alleen?'

'Ja, dat lijkt me de enige juiste conclusie.'

'Leuk en bijzonder dat jij en Yasmijn nog steeds vrienden zijn,' zegt ze quasiopgewekt. 'Je ziet niet vaak dat geliefden die als vrienden uit elkaar gaan, ook daadwerkelijk vrienden blijven.'

'Je hebt altijd uitzonderingen op de regel.'

Allemachtig, van de vlotte babbel die hij vroeger had is echt niets meer over. Ze neemt maar weer een slok cola, vooral om iets te doen te hebben, en kijkt opgelucht op als de deur van de woonkamer opengaat en Jurre binnenloopt.

'Ha, lekker, een biertje, ik doe er eentje met je mee, Loek.'

'Eerst toestemming vragen aan mams hier.'

Loek maakt een verveelde hoofdbeweging naar Alice. Ze besluit niet te reageren en trekt in plaats daarvan de koelkast open zodat Jurre een biertje kan pakken. 'Ootje nog op jullie slaapkamer?'

'Ja, die pleegt dat telefoontje waar we het eerder over hadden.'

Alice knikt afgemeten en voelt meteen weer hoe de spanning zich opbouwt in haar buik. Loek kijkt hen met opgetrokken wenkbrauwen aan. 'Heb ik iets gemist?'

Alsof het zo afgesproken is, schudden Alice en Jurre tegelijk hun hoofd.

'Oké, dan niet. Ik ga even een peuk doen. Kunnen jullie ongestoord geheimpjes met elkaar delen.' Loek loopt weg en laat hen verbouwereerd achter.

'Wat is er met hem aan de hand?' vraagt Alice. 'Ik probeerde een beetje met hem te socializen, maar ik kwam er niet doorheen. Echt niet te doen.'

Dat ze niet begrijpt waarom Loek überhaupt mee is, houdt ze maar even voor zich. Vanaf het moment dat ze in Nederland in de bus zijn gestapt, heeft hij zich nog niet echt in het groepsgebeuren gemengd.

'Hij gaat door een moeilijke periode. Hij is zijn baan kwijt, woont noodgedwongen weer bij zijn ouders, en door zijn gedragsproblemen van de afgelopen jaren heeft hij niet echt een sociaal leven of iets wat voor een vriendenkring kan doorgaan, afgezien van dit cluppie. En na jaren aanklooien heeft hij vorig jaar eindelijk de diagnose manisch-depressief gekregen.'

'Zo, dat is heftig. Ik had geen idee.'

'Yasmijn is eigenlijk de enige die hem altijd is blijven steunen, ook toen hij haar rot behandelde en ze een punt achter hun relatie had gezet. Ik denk dat ze zich altijd een beetje verantwoordelijk voor hem is blijven voelen. Ze heeft echt alles uit de kast getrokken, maar het was pure zelfdestructie om samen te leven met Loek. Hij was zo onvoorspelbaar.'

'Zit hij op medicatie?'

'Ja. De boel is eindelijk redelijk goed ingeregeld, maar het maakt hem vlak en wat ongeïnteresseerd.'

'Dan begrijp ik het ineens een stuk beter. Maar was het wel verstandig om hem mee te nemen?' vraagt ze voorzichtig. 'Omdat we geen gedoe willen vanwege Ilse, bedoel ik.'

'Yasmijn stond erop en Ootje en ik zijn daar uiteindelijk in meegegaan. Als hij zijn medicatie maar goed slikt, dan is er niks aan de hand.'

'Dat biertje had ik hem dus toch niet moeten geven. Alcohol en medicijnen gaan meestal niet lekker samen.'

'Eentje kan geen kwaad, toch? En maak je geen zorgen, ik zorg er wel voor dat hij de komende dagen niet te veel drinkt. Maar dan moet jij beloven dat je Loek niet te veel op de huid zit met goedbedoelde adviezen. Die jongen moet al elke dag dealen met een overbezorgde moeder.'

'Dus dat is waarom hij me mams noemde?'

'Ik vrees van wel. Hij is gewoon blij dat hij even een weekje kan ontsnappen.'

'Maar dit allemaal wetende, ben ik er nog steeds niet van overtuigd dat het een goed idee was om Loek mee te nemen. Ik gun het hem uiteraard, net als jullie, van harte, maar als het Yasmijn was die hem zo graag mee wilde hebben, waarom heeft ze dan nu alleen maar oog voor Joshua? Ik bedoel, ik snap het, hij is haar vriend, maar volgens mij is Loek strontjaloers. Een nieuwe partner en een ex die op elkaars lip zitten, dat is een explosieve situatie, zeker met Loeks achtergrond.'

'Joshua is een onwijs vriendelijke, coole gast die geen enkel probleem heeft met Loek. "Leven en laten leven" is zijn devies. Hij heeft er werkelijk nooit moeilijk over gedaan dat Yasmijn nog zoveel met hem omgaat.'

'Ja, maar andersom ben ik daar nog niet zo zeker van.'

'Laten we het niet groter maken dan het is. Geef Loek een beetje de ruimte en dan komt het allemaal goed, daar ben ik van overtuigd.'

'Oké, als jij het zegt. Jij kent Loek beter dan ik.'

'Hoe was het voor je om weer op de ski's te staan?' verandert Jurre van onderwerp.

‘In het begin een beetje onwennig, maar ik had de slag al snel weer te pakken.’

‘Uw ogen beginnen te stralen, mevrouw De Vreede.’ Jurre geeft haar lachend een speels duwtje. ‘Zo te zien heb je ervan genoten.’

Er verschijnt een glimlach op haar gezicht. ‘Ja, ontzettend. En het heeft me veel inzichten gegeven.’

‘Aha, zoals?’

‘Daar hebben we het nog weleens over op een rustig moment. Het is nogal persoonlijk.’

‘Ik heb met Ootje afgesproken dat we voor het eten nog even in de hottub duiken. Geen idee hoe lang ze nog bezig is met haar telefoontje, maar anders kunnen wij vast gaan. Het is in elk geval een rustige plek waar we kunnen praten.’

‘Nou, ik weet niet of dat nou zo’n goed idee is. Olga lijkt zich er niet heel prettig bij te voelen dat jij en ik elkaar steeds opzoeken.’

‘Dat valt wel mee, joh, ze bedoelt het niet zo. Er is toch niks waar ze zich zorgen om hoeft te maken?’

‘Nee, wat mij betreft niet.’

‘Wat mij betreft ook niet, dus waar hebben we het over?’ wuift Jurre haar bezwaren weg.

‘Ik denk niet dat je er zo makkelijk overheen moet stappen, Jur. Of er nou aanleiding toe is of niet, Ootje zit al niet lekker in haar vel – dat zei je zelf – en ik wil niet degene zijn die daar onbedoeld nog een schepje bovenop doet. Dat verdient ze niet en bovendien heb ik nogal wat goed te maken.’

‘Wat is dat toch met vrouwen, dat ze dingen altijd zo ingewikkeld moeten maken? Als ik beloof dat ik ruim anderhalve meter bij je vandaan ga zitten, kan ik je dan verleiden tot een bad? Je spieren zullen me dankbaar zijn. Je wilt morgen toch soepel zijn?’

Alice zucht. Dat laatste is een argument waar ze niet omheen kan, maar ze twijfelt nog steeds. Hoe zal Olga hierop reageren? Zal ze begrijpen dat er niks aan de hand is? Het laatste wat Alice wil, is haar vriendin tijdens deze week van verzoening voor het hoofd stoten. Maar deze week draait niet om verzoening, dringt ineens tot haar door. Het gaat er primair om dat Ilse de week van haar leven heeft en om daarbij te helpen, zal Alice de volgende dag zo fit mogelijk moeten zijn. Hoe kan ze anders Ilse bijstaan als dat nodig is?

'Oké, ik ga met je mee, meneer de drammer,' neemt ze een besluit. 'Maar zodra Olga komt, is het bad voor jullie en trek ik me terug. Ik ga me even omkleden, let jij op dat niemand wat in mijn drankje doet?' Ze knipoogt naar Jurre en zet haar halfvolle blikje cola op het aanrecht.

Ze spurt naar haar kamer en trekt haar blauwgroene bikini aan, met daaroverheen de grote witte badjas die ze in de kast vond. Gewapend met een dikke zachte badhanddoek en badslippers begeeft ze zich weer naar de woonkamer. Als ze langs de kamer van Olga en Jurre loopt, hoort ze haar vriendin praten. Veel meer dan geroezemoes vangt ze niet op en ze onderdrukt de neiging om ordinair aan de deur te gaan luisteren. Het gesprek gaat tenslotte indirect over haar. Met tegenzin loopt ze door en bij elke stap die ze zet, wordt het zeurende gevoel in haar buik erger. Het gekibbel over het manuscript en zijn mysterieuze auteur komt weer in volle hevigheid terug. Zal Olga loyaal blijken aan haar, of aan haar werk? Mag ze sowieso loyaliteit van Olga verlangen, nadat Alice haar zelf in de steek heeft gelaten? Als ze heel eerlijk is, heeft ze geen enkel recht van spreken. En toch... Vroeger kon ze haar vriendin altijd blind vertrouwen; die koos zonder nadenken voor haar. Altijd. En hoewel ze weet dat ze dat zelf allemaal op het spel heeft gezet, doet het toch pijn.

Jurre staat nog steeds bij het aanrecht en geeft haar het blikje cola weer aan. 'GHB-vrij.'

'*Thank you, sir*,' antwoordt ze met een bekakt Engels accent. 'Moet jij je nog omkleden?'

'Nee, ik heb mijn zwembroek al aan.'

'Geen handdoek mee?'

'Daar zou Olga voor zorgen.'

'Getver, wat traditioneel. Als je mijn vent was, dan mocht je er mooi zelf voor zorgen.'

'Daarom ben ik ook niet jouw vent, maar die van Olga.'

Alice mept hem met haar handdoek tegen zijn hoofd en hij rent naar buiten, terwijl hij zijn handen beschermend om zijn hoofd slaat. Alice rilt als ze zelf ook naar buiten stapt. Misschien had ze toch beter nog een jas over haar badjas kunnen aantrekken. De wind lijkt ijziger dan een paar uur geleden en het gebrek aan zon maakt het er niet beter op. De badslippers beschermen haar voeten ook nauwelijks tegen de kou. Haar voeten zakken weg in de sneeuw en als haar blote tenen in aanraking komen met het ijskoude poeder, begint ze spontaan te klappertanden.

Ze zet het net als Jurre op een lopen om zich zo snel mogelijk in het warme bad te kunnen onderdompelen. In de verte ziet ze Loek lopen. Hoofd gebogen, handen in zijn zakken. Afgemeten loopt hij steeds over hetzelfde paadje heen en weer, terwijl pluimpjes rook en condens boven zijn hoofd hangen. Het doet haar denken aan een dier in gevangenschap, en op een bepaalde manier is Loek ook een gevangene. Een getroebleerde geest, opgesloten in een groot slungelig lichaam, in bedwang gehouden door zijn medicatie. En dat is nou precies wat Alice zorgen baart. Wat als de geest uit de fles ontsnapt en het niet meer lukt om hem terug te stoppen? Wat als Loek het deze week niet zo nauw neemt met zijn medicatie omdat hij op vakantie is? Ze bidt dat hij oud en wijs genoeg is om zijn medicatieschema nauwkeurig te volgen, en dat hij deze week niet voor problemen gaat zorgen waar ze geen van allen op zitten te wachten.

25

'O, wat is dit zalig,' kreunt Alice vergenoegd, terwijl ze zich zuchtend tot aan haar hals in het warme water laat zakken. De vochtige damp die van het warme water af komt, ademt ze diep in. Jurre, die haar met een grote grijns aankijkt, schuift wat op om haar voldoende ruimte te geven en ze maakt er dankbaar gebruik van door haar benen even helemaal te strekken. Ze sluit haar ogen terwijl haar in- en inkoude lijf opwarmt en tot haar opluchting zegt Jurre even helemaal niets en gunt hij haar dit moment.

Na een paar minuten stilzwijgend genieten kijkt ze door de spleetjes van haar ogen en ziet ze dat hij naar haar kijkt.

'Wat?' vraagt ze. 'Wat zit je te gluren?'

'Ik vind jou nou eenmaal interessanter dan de wand van een tub.'

Ze slaat met haar hand in het water en spettert hem nat. Meteen komt er een golf haar kant op en ze proest het uit.

'Zo, zijn jullie al een beetje doorgekookt?' Olga komt aanlopen in een badjas met twee badlakens over haar arm geslagen. Ze doet haar best om haar gezicht in de plooi te houden, maar aan haar stem te horen vindt ze het tafereel dat ze aantreft maar niks.

'We zitten er net in, in afwachting van jou.' Jurre spreidt zijn armen overdreven ver uit. 'Kom in mijn armen, mijn liefste.'

Olga hangt haar badjas op aan een haakje in het houten

badhuisje dat bij de hottubs staat. Als ze zich omdraait, gunt ze Alice voordat ze in het bad stapt een blik op haar strakke lijf met aanzienlijke borsten.

'Wow, Ootje, je ziet er prachtig uit,' complimenteert Alice haar, terwijl ze met een schuin oog naar haar eigen bescheiden B-cupje kijkt en onder water aan de lichte bolling van haar buik voelt.

'Dank je.' Gracieus laat Olga zich in het bad zakken, om zich vervolgens in Jurres armen te nestelen.

'Ik gun jullie wel even een privémomentje,' zegt Alice knipogend, terwijl ze met een spijtig gevoel opstaat. 'Onder de voorwaarde dat je me straks bijpraat over je telefoontje met die literair agent.'

'Ik heb een veel beter idee. Jij blijft in bad zitten en Jurre gaat eruit.' Ze geeft hem een kus als zijn gezicht betrekt. 'Alice en ik hebben wat te bespreken.'

'Sinds wanneer hebben wij geheimen voor elkaar?' vraagt Jurre verongelijkt. 'Ik ben net zo benieuwd als Alice wat je te weten bent gekomen.'

'Jij hebt je momenten met Alice vandaag ruimschoots gehad, nu is het mijn beurt. Ik heb nog amper de kans gekregen om fatsoenlijk met haar te praten. Bovendien denk ik dat het goed is als jij je even om Loek gaat bekommeren.'

'Ik wist niet dat ik oppasdienst had.'

'Jur, hou op met zeuren en vertrek gewoon, wil je. Loek wil vanavond per se gaan stappen en Yasmijn krijgt het hem niet uit zijn hoofd gepraat. Van Joshua neemt hij per definitie al niks aan en als er niemand met hem meegaat, dreigt hij alleen te gaan en dat lijkt me in zijn toestand niet zo'n goed idee.'

'En dus mag ik het weer oplossen?'

'Olga heeft gelijk, Jurre,' bemoeit Alice zich met het gesprek. 'Na wat je me vertelde over zijn toestand, lijkt het me niet verantwoord om hem in zijn eentje op pad te sturen. Dat kan alleen maar gedoe opleveren.'

'Hij wil helemaal niet in zijn eentje op stap, zegt Ootje net, hij wil dat wij meegaan.'

'Maar als wij morgen fit aan de Grand Tour willen beginnen, zullen we vanavond allemaal echt op tijd moeten gaan slapen. Het kan toch niet zo zijn dat we de tocht eerder moeten afblazen omdat een van ons zich niet goed voelt? De enige reden om te stoppen moet zijn als Ilse aangeeft dat het haar te veel wordt, maar we gaan haar deze overwinning op zichzelf niet door de neus boren door ons eigen onverantwoorde gedrag. En dat geldt ook voor Loek.'

'Absoluut,' mompelt Olga, en ook Jurre knikt instemmend.

'Dus geen ruige stapavond en geen drank. Wanneer we die tocht hebben volbracht kan iedereen losgaan, maar tot die tijd moeten we elkaar in het gareel houden.'

'Lijkt me een goed plan,' zegt Jurre.

'Maar wat moeten we nu dan met Loek?' Olga kijkt hem vragend aan.

'Wat als ik Loek nou eens meeneem voor een drankje? Heeft hij toch het idee dat hij er even uit is en dan kunnen we hem vanavond hopelijk binnenhouden.'

'Lijkt me een prima compromis,' antwoordt Alice.

'Oké, en wat doen we vanavond dan met eten?' vraagt Olga.

'Uurtje of zeven een pizza in het dorp?' stelt Alice voor. 'Zijn we lekker vroeg weer thuis.'

'Lijkt me een goed plan.' Jurre stapt uit het bad en slaat een handdoek om zich heen. 'Dan zorg ik dat Loek en ik om halfzeven weer hier zijn.'

'Jur, zorg dat hij niet meer dan één biertje drinkt, want hij heeft er net ook al eentje op. In combinatie met zijn medicijnen daalt dat dubbel zo hard in.'

'Komt voor elkaar, mevrouw de dokter. Later, dames.' Jurre maakt een lichte buiging en rent dan naar het appartement.

'Brrr, ik krijg het al koud als ik naar hem kijk,' mompelt Alice.

'Hou dat vooral zo,' reageert Olga. Het klinkt net iets te bits.

'Ootje, Jurre en ik zijn vrienden en that's it. Ik weet niet wat je je allemaal in je hoofd haalt, maar stop daarmee. Nergens voor nodig. Ik zou never, never nooit de man van een vriendin afpakken.'

'Ach, weet ik ook wel. Ik voel me gewoon zo verrekte onzeker de laatste tijd en dan ga ik op alle slakken zout leggen.'

'En een beetje spoken zien. Maar serieus, waar moet jij in godsnaam onzeker over zijn? Je bent prachtig en Jurre houdt zielsveel van je.'

'Heeft-ie dat gezegd?'

'Meerdere malen.'

'Jammer dat hij het wel tegen jou zegt, maar niet tegen mij.'

'Hij heeft me verteld dat jullie in een beetje moeilijke periode zitten.'

'Heeft hij verteld over onze vruchtbaarheidsproblemen?'

'Ja. Ik hoop niet dat je dat vervelend vindt.'

Olga haalt haar schouders op. 'Ik heb liever dat hij het met jou bespreekt dan met zijn vrienden die het toch niet begrijpen.'

'Ik heb geprobeerd een luisterend oor voor hem te zijn en als je daar behoefte aan hebt, dan ben ik dat ook voor jou. Maar ik wil me niet opdringen. Ik voel me naar jou toe erg onzeker. We hebben elkaar zo lang niet gesproken en ik vind niet dat ik het recht heb me ongevraagd met jouw leven te bemoeien nadat ik je zo lang heb genegeerd.'

'Ja, dat is wel wat je gedaan hebt, ja.'

Het klinkt zo vinnig dat er, ondanks de aangename warmte van het bad, een rilling over Alice' rug loopt.

'Sorry,' laat Olga er na een paar seconden op volgen. 'Als ik de hele tijd oude koeien uit de sloot blijf halen, komen we nooit verder. Ik waardeer het zeer dat je hier bent voor Ilse en...'

'Ik ben hier ook voor jou, Ootje. Je moet echt weten dat het voor mij ook niet makkelijk is geweest. Ik heb je al die jaren ontzettend gemist, ook al was ik het zelf die het contact had verbroken, en ik heb nooit meer een vriendin gehad zoals jij. Ik hoop dat je me ooit kunt vergeven en bereid bent me een tweede kans te geven. Ik zou niets liever willen.'

Olga staart even zwijgend voor zich uit en laat dan haar gespannen houding wat varen. Ze steekt haar hand uit en Alice pakt hem aan.

'Weet je wat ik het ergst vind, Ali? Dat ik er moeite mee heb om je te vertrouwen. Wie zegt me dat je me niet weer in de steek laat als je wat tegenslagen hebt?'

'Het was wel wat meer dan een "tegenslag". Toen Noah doodging raakte ik alles kwijt.'

'Sorry, maar dat zie ik toch een beetje anders. Je raakte Noah kwijt, niet alles. Het was jouw eigen keuze dat je mij kwijtraakte. Ik was er gewoon al die tijd en je had me niet hoeven buitensluiten. Ik had je kunnen helpen of troosten, of met je mee kunnen huilen of je een schop onder je kont kunnen geven als dat nodig was. Je hebt me alleen nooit die kans gegeven.'

'En dat verdiende je wel, ik weet het. Ik kan blijven zeggen dat het me spijt, maar dat maakt het niet minder erg. Woorden van spijt doen geen recht aan hoe slecht ik met je ben omgegaan.'

'Dat ben ik met je eens en daarom wil ik proberen het verleden te laten rusten en opnieuw te beginnen. Maar laat me niet nog eens barsten, Ali, want dat trek ik niet. Ik heb de afgelopen jaren genoeg aan mijn hoofd gehad. Alle zorgen om Ilse, mijn onvervulde kinderwens, zwaar weer op mijn werk. Ik zit echt aan mijn taks. Ik ben gewoon zo verschrikkelijk moe, er zijn dagen dat ik 's ochtends mijn bed niet meer uit wil komen. Dan wil ik een deken over mijn hoofd trekken en me een jaar niet meer verroeren. Nergens aan denken, nergens voor zorgen, gewoon alleen maar liggen.'

Olga's ogen worden waterig en ook in Alice' keel vormt zich een brok.

'Ik voel me zo incompleet zonder kinderen, Ali. Je weet dat ik ze altijd heb gewild.' Ze stompt zichzelf in haar buik. 'Ik haat dit lijf.'

'Ootje, weet je zeker dat het aan jou ligt? Het probleem kan bij jou liggen, maar ook bij Jurre of zelfs bij jullie allebei, maar het is ook mogelijk dat er niets aan de hand is en dat het een kwestie van geduld is. Daar heb ik het met Jurre ook over gehad, dat het heel veel onzekerheid en spanning bij jullie allebei zal wegnemen als je weet wat er precies aan de hand is.'

'En hoe reageerde hij daarop?'

'Hij leek wel te begrijpen wat ik bedoelde, maar ik geloof niet dat ik hem heb kunnen overhalen om tot actie over te gaan. Hij is nogal stellig in zijn overtuiging dat kinderen krijgen een natuurlijk proces is dat je gegeven is of niet. Hij wil geen "laboratoriumbaby".'

Olga knikt triest.

'Ik heb hem uitgelegd dat er tussen een natuurlijke zwangerschap en een laboratoriumbaby nog een wereld aan mogelijkheden ligt, maar dat lijkt hij gewoon niet te willen inzien.'

‘Dat wil hij ook niet. We hebben het hier al zo vaak over gehad en ik snap gewoon niet waarom hij het niet voor me overheeft om te laten testen waar het probleem zit. Als je van iemand houdt, dan doe je toch alles voor die persoon? Hij is gewoon bang dat het aan hem ligt. Misschien denkt hij wel dat ik hem dan in de steek laat.’

‘Misschien, maar ik kreeg het idee dat het vooral een overtuiging is, of een geloof, iets waar hij een principekwestie van heeft gemaakt. En van dat principe weigert hij af te wijken. Zijn kinderwens is minder groot dan die van jou en hij is bereid te accepteren dat hij misschien nooit vader wordt. Dat is een groot verschil tussen jullie. Kinderen krijgen is niet zomaar iets, daar komt een wereld aan verantwoordelijkheid en zorgen bij kijken.’

‘En liefde, vooral liefde.’

‘Dat ook, zeker.’

‘Dus Jurre loopt gewoon weg voor die verantwoordelijkheid?’

‘Het zou kunnen meespelen dat hij daartegen opziet, maar ik ben ervan overtuigd dat dat niet het belangrijkste is. In de gesprekken die ik met hem heb gevoerd, komt hij juist heel verantwoordelijk op me over. Hij heeft nou eenmaal een sterke overtuiging en daar blijft hij achter staan, ook als jij hem onder druk zet. Om heel eerlijk te zijn is dat eigenlijk iets waar ik wel respect voor kan opbrengen. Ik heb in het ziekenhuis genoeg mannen gezien die het gedram van hun vrouw zat waren en uiteindelijk maar toegaven. Niet dat ik wil zeggen dat jij hebt lopen drammen, maar op een enkeling na zijn die koppels er niet gelukkiger op geworden. Er blijft onder de oppervlakte altijd iets wringen wat telkens weer de kop opsteekt. Elke ruzie eindigt uiteindelijk in hetzelfde verhaal. En dan heb ik het nog niet eens over wat zoiets met een kindje doet.’

Olga slaakt een diepe, wanhopige zucht. 'Laten we het maar over een ander onderwerp hebben, want ik word hier zo verdrietig van. Ik kom er niet verder mee.'

'Mag ik je nog één ding vragen, en ik hoop niet dat ik je ermee beledig of dat je er boos van wordt.'

'Kom maar op.'

'Speelt Ilses toestand ook mee in je kinderwens?'

'Hoe bedoel je dat?'

'Wil je graag een kindje om het gat op te vullen dat Ilse straks achterlaat als ze er niet meer is? We weten allebei dat Ilse wat reservetijd heeft gekregen, maar ook dat ze niet het eeuwige leven heeft.'

'Wie wel?' antwoordt Olga stuurs. 'Niemand heeft toch het eeuwige leven?'

'Je weet wel wat ik bedoel.'

'Leer je dat in je artsenopleiding, om zo recht voor zijn raap te zijn?'

'Ja, maar dat doet er niet toe. Ik ben er oprecht benieuwd naar, ook al gaat het me uiteindelijk natuurlijk niets aan. Als ik in jouw schoenen stond, dan zou wat er met Ilse aan de hand is zeker in mijn achterhoofd zitten.'

'Ik weet het niet. Ik heb er op die manier eigenlijk nooit zo over nagedacht, maar onbewust zal het misschien best een rol spelen. Het klinkt wel logisch, als je het zo zegt. Is dat erg?'

'Het ligt eraan hoe je ermee omgaat. Als je een kindje echt als vervanging ziet, dan zal dat een enorme druk op hem of haar leggen. Er is maar één Ilse op deze aarde en niemand kan haar plaats innemen en als je dat wel verwacht van een kindje, dan krijgt dat een zwaar leven. Je kunt het namelijk bij voorbaat al nooit goed doen, omdat je nou eenmaal een ander persoon bent.'

'Hmm, ik vind het wel erg confronterend wat je zegt,

maar je hebt me iets gegeven om over na te denken. Een beetje zelfonderzoek op zijn tijd kan geen kwaad. Maar nu gaan we het echt over iets anders hebben, praten over dit onderwerp put me uit. Ik heb de literair agent van onze mysterieuze auteur gesproken.'

'En?' Alice gaat meteen rechterop zitten.

'Nou ja, zoals te verwachten viel, ben ik niet veel verder gekomen. Eigenlijk helemaal niets. De agent houdt heilig vast aan het pseudoniem en vanuit haar bezien snap ik dat ook. Als ze niet vertrouwelijk omgaat met de gegevens van de mensen die ze vertegenwoordigt, dan kan ze wel inpakken. Een pseudoniem is niet voor niets een pseudoniem.'

'Maar heb je de situatie uitgelegd?'

'Ja, natuurlijk heb ik dat gedaan. Haar letterlijke tekst was: "Ik ben wel agent, maar ik werk niet voor de politie."'

'Heb je er met je baas over gesproken?'

'Ja, maar die vindt het gezien het achtergrondverhaal dat ik hem verteld heb juist éxtra belangrijk om het pseudoniem in stand te houden. Legio mogelijkheden om het uit te buiten in de pers door er een zweem van mysterie en gevaar omheen te houden. Als het aan hem ligt, dikken we het zelfs nog aan.'

'Nou, lekker is dat. Als ik het goed begrijp, moet ik het dus maar zelf uitzoeken?'

Olga's gezicht betrekt. 'Ik weet ook niet zo goed wat ik nog kan doen.'

'Mij het manuscript geven, dan ga ik er zelf wel mee naar de politie. Zij hebben wellicht dwangmiddelen waar ze de zwijgplicht van die literair agent mee kunnen doorbreken. Als ik ze de overeenkomst laat zien tussen de teksten uit het manuscript en de teksten op de kaartjes die ik kreeg, dan zien ze vast in dat ik mogelijk gevaar loop.'

'Ik snap dat het hele gebeuren je beangstigt, maar ik ben

er niet volledig van overtuigd dat je ook echt gevaar loopt. Je ontvangt die bloemen al een tijdje en tot nu toe is het daarbij gebleven. Degene die erachter zit heeft je nog niet face to face benaderd of bedreigd.'

'Meen je dat nou?' vraagt Alice. 'Ik krijg teksten die steeds bedreigender worden, jij ontvangt als mijn vriendin een manuscript waar die teksten in terug te vinden zijn…'

'Ho, ho, ik ontving dat manuscript niet als je vriendin, maar als redacteur.'

'Denk je nou werkelijk dat je dat manuscript toevallig hebt gekregen? Dat het feit dat wij elkaar kennen daar niets mee te maken heeft? Denk even niet aan de commerciële kansen die je ziet, maar wees eerlijk.'

'Zullen we het hier weer over hebben als we terug zijn in Nederland, Ali? Vanuit hier kan ik toch weinig doen, buiten het manuscript vakmatig beoordelen.'

'Je overweegt nog steeds om met die schrijver in zee te gaan?'

'Nou, eh… ik heb net een bod gedaan en dat is geaccepteerd. Mijn baas wil het hebben en...'

'Werkelijk, ga je je nu achter je baas verschuilen? Wat valt me dat van je tegen, zeg. Je zou eens een voorbeeld moeten nemen aan je man, die staat tenminste ergens voor.'

Op het moment dat ze het eruit flapt, slaat ze meteen haar hand voor haar mond. Maar ze kan wat ze gezegd heeft niet meer terugnemen.

'Wát zei je?'

'Sorry, Olga, zo bedoelde ik het niet. Ik reageerde uit emotie omdat ik me in de steek gelaten voelde.'

'Kutgevoel is dat, hè, als iemand je in de steek laat? Weet je ook eens hoe dat voelt.' Olga kijkt haar fel aan.

'Ik had gewoon wat meer steun van je verwacht. Dat is toch niet zo raar?'

'Toen je acht jaar geleden steun van me kon krijgen gaf je niet thuis, nu haak ik even af.' Olga komt overeind. Water klotst woest door het bad en zonder zich af te drogen, stapt ze in haar badjas en banjert weg.

Alice' eerdere blijdschap over haar deelname aan de skitrip verdwijnt op slag. Binnen een paar minuten staan ze weer lijnrecht tegenover elkaar en van de schone lei en een tweede kans lijkt weinig meer over. Het verleden staat nog altijd tussen hen in en misschien zal dat altijd wel zo blijven. Er zijn dingen kapotgemaakt die moeilijk en misschien wel helemaal niet meer te repareren zijn. Het liefst zou ze onmiddellijk haar biezen pakken en een vlucht naar huis boeken, maar de gedachte aan de teleurstelling die dat bij Ilse teweeg zou brengen, houdt haar tegen. Ze moet zich maar focussen op het einddoel: de Grand Tour skiën en Ilse ongeschonden naar de eindstreep brengen. Daarna ziet ze wel verder en kan ze altijd nog eerder vertrekken. Als ze dat doet is wel haar relatie met Olga voorgoed verstoord, maar is het nu heel anders? Dit is al de tweede keer vandaag dat Olga boos is weggelopen en haar meteen met oud zeer om de oren slaat omdat iets haar niet zint; als een lik-op-stukrelatie het enige is wat Olga nog voor haar in de aanbieding heeft, dan hoeft het voor Alice niet meer zo nodig. Het was natuurlijk ook een illusie om te denken dat ze hun vriendschap na acht jaar met wat kleine aanpassingen weer op konden pakken. Jurres positieve woorden hadden haar stiekem hoop gegeven dat het allemaal misschien toch weer goed zou komen, maar ze vreest dat hij de wrokgevoelens van zijn vrouw toch heeft onderschat. En als Olga inderdaad klaar met haar is en geen extra stappen wil zetten om de identiteit van de schrijver die haar lastigvalt te achterhalen, zal ze dat moeten accepteren. Het is jammer, maar het is niet anders. En toch...

Het geeft haar de kriebels dat de schrijver Olga heeft weten te vinden en haar op sneaky wijze in zijn kamp heeft weten te krijgen. Je zou bijna denken dat het iemand is die hen allebei kent. Maar wie dan? Ze laat in gedachten hun gemeenschappelijke vrienden en kennissen de revue passeren en komt na enige tijd bij Noahs jongere broer Justin terecht. Zou dat mogelijk zijn? Dat hij haar na al die jaren nog steeds als schuldige ziet voor de dood van zijn broer en uit is op wraak? Maar waarom heeft hij Jurre dan niet ook op de een of andere manier benaderd? Die was net zo goed aanwezig bij het fatale moment. Misschien moet ze beginnen met het bellen van Justin. Durft ze dat, na al die jaren, en dan ook nog met zo'n beschuldiging? Misschien kan ze beter eerst even overleggen met Jurre, mogelijk heeft hij nog andere of betere ideeën waar zij niet aan heeft gedacht. Op dit moment schaart ze zichzelf namelijk niet onder de meest heldere denkers. De brij aan emoties en gedachten die door haar heen gaat, maakt het vrijwel onmogelijk om wijs te worden uit dit mysterie.

Ze hoopt Jurre nog even onder vier ogen te spreken te krijgen, maar ze weet niet zeker of Olga haar daar de ruimte voor zal bieden. In de tussentijd kan ze misschien beter alvast proberen bewijsmateriaal te verzamelen. Ze moet zorgen dat ze op een onbewaakt moment foto's kan maken van de bewuste passages in het manuscript, zodat ze die samen met de bloemenkaartjes uiteindelijk bij de politie kan afleveren, mochten de zaken toch uit de hand lopen. Door de onwil van Olga en haar uitgeverij zit het preventief stoppen van de stalker door hem aan te spreken en eventueel aangifte te doen er vooralsnog niet in. Zonder identiteit heeft ze amper iets in handen.

Ze duikt onder water om even niets te horen, niets te voelen, niets te zien. Als ze happend naar adem bovenkomt, lijkt er iets veranderd in de atmosfeer, maar als ze om zich heen kijkt lijkt alles nog hetzelfde. Geen alarmerende geluiden of vreemde mensen in de buurt. Toch heeft ze het gevoel dat iemand haar in de gaten houdt.

Je bent paranoïde, Alice.

Maar de kriebels kruipen omhoog langs haar ruggengraat. Ineens voelt ze zich heel kwetsbaar, zo in haar eentje in dat bad. Als iemand haar hier aanvalt, ziet niemand het. Het zweet breekt haar uit en ze wil geen seconde langer blijven zitten. Ze komt zo snel omhoog dat ze bijna onderuitglijdt, en ze weet zich nog net aan de rand van het bad vast te klampen om te voorkomen dat ze een flinke smakker maakt. Beelden van zichzelf terwijl ze met een fikse hoofdwond bloedend in het bad drijft terwijl niemand haar komt redden, verschijnen op haar netvlies. Ze moet het water uit. Haar tweede poging om uit het bad te komen is iets minder onbezonnen en slaagt wel. Rillend droogt ze zich af en trekt haar badjas aan. Haar blote voeten glibberen in de badslippers, die een soppend geluid maken als ze haastig terugloopt naar het appartementengebouw.

Wanneer ze de deur opgelucht achter zich dichtdoet, hoort ze tot haar verbazing Loeks stem.

'Loek?'

'Ja, wie anders?'

'Jij zou toch met Jurre naar de kroeg gaan?'

'Klopt, maar ik vond er geen reet aan. Ik ben niet zo van dat skihutgedoe, dus ik ben teruggegaan.'

'En Jurre dan?'

'Die is daar gebleven. Hij treft ons straks in die pizzeria. Overmorgen draait Afrojack in club Malaysia en daar gaan Jur en ik heen. Heeft hij beloofd, op voorwaarde dat ik vanavond vroeg mijn bedje in duik.'

Alice slaakt een zucht van opluchting. Over vanavond hoeft in elk geval geen discussie meer gevoerd te worden met Loek. Het verbaast haar wel dat Jurre in zijn eentje in de kroeg is achtergebleven. Was hij dan toch bozer dan ze dacht nadat Olga hem de hottub uit had gestuurd? Had hij even tijd nodig om het te laten zakken? Ze merkt aan zichzelf dat ze het vervelend vindt dat ze hem misschien gekwetst heeft, maar meteen komt daarbij het besef dat het initiatief van zijn echtgenote kwam en dat Alice daar alleen in mee is gegaan. Jurre is met Olga getrouwd en niet met haar.

Het hele gebeuren met Olga zit haar ook niet lekker. Moet ze achter haar aan gaan en proberen het uit te praten, of moet ze haar juist even met rust laten? Vroeger voelde ze haar vriendin feilloos aan, maar nu kan ze geen hoogte van haar krijgen. Haar gedrag is zo vreselijk wisselvallig. Uit alles blijkt dat Olga ontzettend gekwetst is en steeds als Alice met haar praat, krijgt Olga's boosheid uiteindelijk de overhand. Dat aantrekken en afstoten is ronduit verwarrend. Voor haar, maar ook voor Olga zelf, stelt ze zich zo voor.

Er trekt een rilling door haar lijf en ze realiseert zich dat ze nog steeds in haar bikini en een badjas in de kamer staat. Haar voeten voelen aan als ijsklompen.

'Ik ben even douchen,' kondigt ze aan, maar ze is een roepende in de woestijn. Loek is druk met zijn mobiel in de weer en Yasmijn en Joshua lijken al helemaal geen acht op haar te slaan. Met haar ziel onder de arm loopt ze de kamer uit en botst bijna tegen iemand aan in de gang.

'Pas op! Tegenligger!' roept Ilse.

'Hé, lieffie, lekker geslapen?'

Ilses wangen zijn rood en ze knikt Alice stralend toe. 'Ik heb over morgen gedroomd. O, Ali, het wordt zo gaaf! Ik zou willen dat het al zover was.'

Weer weet Ilse Alice te ontroeren met haar puurheid, haar oprechte blijheid. Kon zijzelf het leven maar net zo omarmen. Nu ze haar zo sprankelend en vol verwachting voor zich ziet staan, is ze zich er meer dan ooit van bewust dat ze haar eigen sores aan de kant moet zetten. Ze móét deze week voor Ilse goed door zien te komen en haar plan om na de skitocht de eerste vlucht naar huis te pakken, schiet ze ter plekke af. Ze moet haar meningsverschil met Olga zien te parkeren, zodat Ilse later alleen met positieve gevoelens zal terugkijken op deze week. Van enige spanning mag ze niks merken. En Olga moet daar ook van doordrongen zijn, dus dat zal ze zo meteen met haar gaan bespreken.

Ilse kijkt haar onderzoekend aan en Alice perst er een lach uit om de ongetwijfeld zorgelijke blik van haar gezicht te krijgen. 'Voel je je goed?' vraagt ze ter afleiding.

'Ja, dokter, beter dan ooit.'

'Mooi zo, dat horen we graag.'

'Ik had de neiging om vandaag meteen door te skiën, maar ik heb me kunnen bedwingen en het heel rustig aan gedaan om mijn krachten te sparen.'

'Het is voor het goede doel. Wedden dat je morgen nog fitter bent dan vandaag omdat je je nu rustig hebt gehouden?'

'Ik hoop het zo! Het is zo moeilijk om mijn energie goed te doseren. Als ik me een dag fit voel, dan kan ik gewoon niet stil blijven zitten. Dan wil ik rennen, kilometers rennen met mijn armen wijd als de vleugels van een vogel. Vrij! En als ik dan eindelijk stilsta, dan wil ik luisteren naar het bonken van mijn hart. Mijn hand erop leggen om het te voelen kloppen. Voelen dat het aan het werk is voor mij, dat is het mooiste wat er is. Elke slag is een teken dat ik leef!'

Ilse pakt haar hand en legt hem op haar borst. Haar eigen hand legt ze eroverheen. 'Hier, voel je het?'

Alice sluit haar ogen en laat het ritmische gebonk tot zich

doordringen. Ze voelt zich even heel close met Ilse en beseft hoe bijzonder het is dat zij dit speciale moment met haar wil delen. Een gevoel van dankbaarheid overspoelt haar. Van de wrok die Olga tegen haar koestert, is bij Ilse geen sprake. En terwijl ze Ilses hart voelt kloppen, voelt ze haar eigen hart vollopen met liefde. Het laatste restje boosheid lost op. Ze weet dat Olga op dit moment uiterst kwetsbaar is en daar moet ze meer rekening mee houden. Als ze heel eerlijk is, kan ze ook wel enig begrip opbrengen voor de lastige spagaat waar Olga in zit ten aanzien van het manuscript. De druk vanuit haar werkgever is heel groot en die kan ze niet negeren zonder haar baan op het spel te zetten. Ze weet dat haar vriendin zich dat niet kan permitteren. Banen in de uitgeefwereld liggen niet voor het oprapen en zij en Jurre kunnen absoluut niet zonder haar salaris. 'Het is elke maand sappelen,' heeft Jurre haar enkele dagen geleden nog toevertrouwd.

Alice voelt dat Ilse zachtjes in haar hand knijpt en hem dan van haar borst haalt.

'Wat bijzonder om te voelen, Ilse, dank je wel.' Ze geeft een kus op haar hand en baalt ervan dat haar afdwalende gedachten het magische moment al hadden afgebroken voordat het echt voorbij was.

'Graag gedaan.'

'Weet je toevallig waar je zus is?'

'Die kwam net uit de douche en ligt nu op bed te lezen. Spoeddingetje voor haar werk.'

Alice knikt. Ja, daar weet ze alles van, maar ze slikt de woorden in.

26

Ondanks het vroege tijdstip is het een drukte van belang in de woonkamer van het appartement. Slaperige hoofden en de geur van roerei met spek en vers gezette koffie overheersen. De enige die haar ogen wijd open heeft, is Ilse.

'Heb je goed geslapen?' vraagt Alice, terwijl ze langs Ilse reikt om de koffiepot te pakken.

'Als een roosje.'

'En je voelt je goed?'

Ilse, die net een hap brood met roerei in haar mond heeft gestoken, steekt haar duim op.

'Als het niet zo is dan zeg je het ook eerlijk, hè? Dan stellen we de tocht gewoon een dag uit. Of twee. Net wat jij nodig hebt.'

'Niet nodig. Vandaag is de dag,' is het smakkende antwoord.

'Ik wil zo nog wel even naar je hart luisteren en je bloeddruk opnemen.'

Ilse rolt met haar ogen.

'Ik snap dat je dat vervelend vindt, maar ik wil zeker weten dat het verantwoord is wat we doen.'

'Relax, Ali.' Jurre knijpt haar bemoedigend in haar schouder. 'Het komt allemaal goed. We gaan er een topdag van maken, nietwaar, Ilse?'

Ilse knikt, terwijl ze geestdriftig verder kauwt op haar stevige ontbijt.

'Nou, ik ben het anders met Alice eens,' klinkt het ineens uit onverwachte hoek.

Alice draait zich om naar Olga, die in de deuropening is verschenen. Gisteravond hebben zij en Olga nog even kort met elkaar gesproken en haar vriendin heeft beloofd om omwille van Ilse hun meningsverschillen de rest van de week aan de kant te zetten. Een soort koude oorlog die op een later moment uitgevochten moet worden en waarvan de uitkomst nog niet vaststaat.

'We moeten zeker weten dat je het aankunt en een paar extra controles zijn daarbij een goede graadmeter,' zegt Olga streng tegen haar zus.

Die trekt een overdreven pruillip.

'We zijn zuinig op je, zussie. Ík ben zuinig op je, je bent mijn kostbaarste bezit. Samen met Jurre,' gooit ze er snel achteraan als Jurre zijn wenkbrauwen quasibeledigd optrekt.

Ilse gooit in een gebaar van overgave haar handen in de lucht. 'Hoe laat word ik op het spreekuur verwacht, dokter De Vreede?'

'Binnen nu en een halfuur,' zegt Alice glimlachend, terwijl ze op haar horloge kijkt. 'Om zeven uur wil ik echt op de ski's staan, anders gaan we het niet redden. Zullen we de route nog even doorspreken?'

Jurre tikt met zijn vork tegen zijn glas met jus d'orange. 'Speech!'

Het geroer van lepels in mokken en het gekras van bestek op borden verstommen en alle ogen zijn op Alice gericht.

'Kom, ga staan, we willen tegen je opkijken,' roept Loek.

Alice grinnikt en gaat staan. Hoewel ze de hele route uit haar hoofd kent, heeft ze het papier met het parcours dat ze vandaag gaan skiën stevig in haar hand geklemd. Als ze van de zenuwen de draad kwijtraakt of twijfelt, wil ze kunnen spieken. Want zenuwachtig is ze. Wat als er onder haar toezicht iets met Ilse gebeurt? Olga zou haar dat nooit vergeven. Het zou de doodsteek zijn voor het restje vriendschap dat er nog over is. Nog los van wat het met haarzelf zou doen als Ilse iets zou overkomen. Even laat ze haar gedachten teruggaan naar het bijzondere moment dat ze gisteren hadden. De herinnering is zo intens dat haar lip begint te trillen en als ze begint te praten, hapert haar stem even.

'Ik, eh… heb een plan A en een plan B. Als alles goed gaat gaan we uiteraard voor A, maar als we tegenslagen krijgen, dan kunnen we de tocht gemakkelijk inkorten terwijl we nog steeds op alle plaatsen van de Trois Vallées komen. We gaan hoe dan ook vandaag de Grand Tour halen.'

Loek begint te joelen en dat komt hem op een corrigerende tik van Yasmijn te staan. 'Sssttt! Laat Alice effe uitpraten, dan weten we allemaal waar we aan toe zijn.'

'Dank je, Yasmijn. We beginnen onze tocht uiteraard in Val Thorens en skiën dan als eerste naar Les Menuires. Op dat stuk dalen we van 2.300 meter naar 1.850 meter. In Les Menuires nemen we de Roc 1-lift. Van daaruit skiën we over de groene piste La Violette naar lift Roc 2. Daar dalen we via de blauwe pistes Grand Lac, Pelozet en Biolley af naar Saint-Martin-de-Belleville. Als we in dat plaatsje zijn aangekomen, lijkt me dat een mooi moment voor wat koek-en-zopie en kan Ilse even rustig haar medicatie innemen. Gezien het schema hebben we geen tijd voor een terrasje met uitgebreide lunch; mijn voorstel zou zijn om het zo lang mogelijk vol te houden op het water en de energierepen die we in onze rugzakken meenemen. Jurre heeft zich als vrijwilliger opgeworpen om Ilses versnaperingen te dragen, zodat zij al haar energie in het volhouden van de tocht kan stoppen. Heeft iemand daar bezwaar tegen? Ilse in het bijzonder?'

Ilse schudt haar hoofd en lijkt voor één keer geen moeite te hebben met haar uitzonderingspositie.

'Mooi, dan is dat geregeld. Als we voldoende hebben bijgetankt gaan we op weg naar Méribel. Om daar te komen nemen we de St. Martin 1, daarna St. Martin Express en vervolgens de blauwe pistes Crêtes, Choucas en Roc de Fer.' Alice kijkt de tafel rond en constateert dat haar vrienden steeds waziger zijn gaan kijken. 'Ik snap dat het allemaal een beetje klinkt als abracadabra, misschien is het handiger als jullie zelf even de route bestuderen aan de hand van de kaartjes en aanwijzingen die ik voor iedereen heb uitgeprint. Als er dan vragen zijn, hoor ik het wel.'

Er wordt instemmend geknikt terwijl Alice de papieren uitdeelt.

'Ik verwacht niet dat jullie elke vierkante millimeter uit je hoofd leren, maar wel dat jullie globaal weten welke plaatsen we aandoen en hoe we daar komen. Ik ken de route helemaal uit mijn hoofd en ik geef onderweg aanwijzingen via het communicatiesysteem in onze helmen. Op die manier moet het lukken om redelijk bij elkaar te blijven zonder dat iemand de weg kwijtraakt.'

Opnieuw knikt iedereen instemmend.

'Oké, dan ga ik ondertussen mijn tanden vast poetsen, dan hebben jullie niet het idee dat ik als een schooljuf op jullie vingers zit te kijken.'

'Heb je genoeg gegeten dan?' vraagt Yasmijn, terwijl ze naar het nog halfgevulde bord van Alice kijkt.

'Ja, meer dan genoeg. Skiën met een extreem volle maag werkt voor mij niet.'

Ze maakt zich snel uit de voeten voordat er nog meer vraagtekens worden geplaatst bij haar bescheiden ontbijt. Ze is namelijk helemaal niet van plan om haar tanden te gaan poetsen. Nu iedereen aan de eettafel bij elkaar zit en de route bestudeert, kan zij proberen wat foto's te maken van het manuscript dat op de kamer van Olga en Jurre ligt. Sinds ze dat gisteren heeft bedacht, heeft het haar hoofd niet meer verlaten en dit is een uitgelezen moment om een poging te wagen. Het plan om Jurre in te lichten heeft ze laten varen, om er honderd procent zeker van te zijn dat Olga geen lucht krijgt van haar voornemen. Ze moet voorkomen dat haar vriendin het manuscript verstopt voordat ze er de hand op heeft weten te leggen.

Ze racet haar eigen kamer voorbij en checkt de gang nog even voordat ze die van Olga en Jurre binnengaat. De deurklink piept als ze hem naar beneden duwt. Ze houdt haar adem in. Het kan niet anders dan dat de rest het gehoord heeft. Ze verwacht elk moment iemand te zien die poolshoogte komt nemen en ze tuurt door de deuropening naar de gang. Als die leeg blijft, durft ze weer voorzichtig door te ademen. De kamer van Olga en Jurre is een kopie van die van haar. De zandkleurige sprei op het bed is teruggeslagen en de matrassen zien er duidelijk beslapen uit. Over de stoel in de hoek hangt een slordige stapel kleren. Op een van de nachtkastjes naast het bed ziet ze het manuscript open en bloot liggen, met een leesbril erbovenop. Ze is allang blij dat het blijkbaar niet bij Olga opkomt dat Alice het misschien nog wel nader wil bestuderen.

Vlug pakt ze haar telefoon uit haar skibroek en opent de camerafunctie. Het manuscript legt ze op het bed. Van een aantal papieren waar belastende teksten op staan heeft ze de paginanummers in haar hoofd geprent en die begint ze als eerste te fotograferen. Ondanks de tijdsdruk controleert ze telkens eerst of de foto is gelukt voordat ze verdergaat. Het gaat haar niet gebeuren dat ze door haar haast allemaal onbruikbare wazige kiekjes maakt. Dit is waarschijnlijk haar enige kans en die mag ze niet verprutsen.

Als ze al het gewenste materiaal heeft verzameld, kijkt ze op haar horloge. Tot haar verbazing zijn er slechts een paar minuten verstreken, terwijl ze voor haar gevoel al uren in die kamer is. Ze pakt het manuscript en begint het van voren af aan door te bladeren. Haar ogen vliegen diagonaal over de pagina's in de hoop dat ze nog meer teksten vindt die overeenkomen met de teksten op haar kaartjes. Ze vindt er nog drie in de eerste vijftig pagina's en dan hoort ze voetstappen naderen. Het zweet breekt haar uit. Als ze in deze kamer betrapt wordt, heeft ze wat uit te leggen. Koortsachtig probeert ze een plausibele smoes te bedenken, terwijl ze het manuscript en de leesbril weer precies op het nachtkastje legt zoals ze ze aantrof bij binnenkomst. Ze hoort iemand hoesten op de gang. Het klinkt als Jurre en hij is veel te dichtbij.

In paniek zoekt ze naar een plek waar ze zich kan verstoppen. Onder het bed zitten extreem lage poten, dus daaronder kruipen kan ze wel vergeten. De enige mogelijkheid is de grote diepe kledingkast. Het ziet eruit alsof ze makkelijk in het royale hanggedeelte moet passen. Ze glipt naar binnen en stoot bijna een kledinghanger van de roede. De deur met magneetsluiting klikt achter haar dicht als ze zich gehurkt in de verste hoek perst. Ze zit amper op haar plek als ze het gekraak van de deurklink hoort en Jurre fluitend de kamer in loopt. Ze kan niet horen of hij alleen is of samen met Olga. Er begint een kraan te lopen in het badkamertje dat aan de slaapkamer grenst. De kraan wordt dichtgedraaid en kort daarna spoelt een toilet door. Het geluid wordt iets harder, wat erop duidt dat Jurre de badkamerdeur opendoet en de kamer weer in loopt. Ze krimpt ineen als haar maag begint te rommelen. Het klinkt zo oorverdovend hard dat ze zeker weet dat hij het gehoord heeft. Ze zet zich schrap, in de veronderstelling dat hij elk moment de kastdeur open kan trekken en ze er gloeiend bij is, maar de deur blijft dicht en tot haar opluchting hoort ze de deurklink piepen. Ze houdt haar adem in en wacht op het verlossende geluid van de deur die in het slot klikt, want dat zou betekenen dat Jurre de kamer heeft verlaten. Maar dat is niet wat ze hoort…

Haar telefoon begint keihard te rinkelen.

Met trillende handen schakelt ze onmiddellijk het geluid uit en klikt de oproep van BJ weg. Maar nog voordat ze haar collega goed en wel heeft kunnen vervloeken, gaat de kastdeur al met een ruk open en staat ze oog in oog met Jurre.

'Wat doe jij hier?'

'Jur, eh, hoi.'

Ze zet haar liefste gezicht op, terwijl ze stuntelig uit de kast kruipt. Jurre is niet gevoelig voor haar charmeoffensief en steekt geen poot uit om haar te helpen. Hij kijkt haar kwaad aan.

'Punt één: wat doe jij in onze kamer? Punt twee: waarom zit je in een kast?'

'Ik kan het allemaal uitleggen.' Ze klopt haar kleren voor de vorm af om wat tijd te winnen. De perfecte smoes wil echter nog steeds niet komen.

'Nou, ik ben heel benieuwd.' Er schemert een sprankje nieuwsgierigheid door de boosheid in Jurres ogen heen. Hij kruist zijn armen voor zijn borst en tikt ongeduldig met zijn voet op de vloer.

En nog steeds komt er geen smoes bij haar naar boven. Open kaart dan maar, besluit ze.

'Het, eh, heeft met dat manuscript van Olga te maken. Je weet dat voor haar de kous af was na dat telefoontje. Dat heeft ze jou vast ook verteld, toch?'

Jurre knikt kort.

'Maar voor mij is de kous daarmee niet af. Ik zit met een

mafkees die me al maanden bloemen en vage teksten stuurt. Door dat manuscript kunnen die bloemen en kaartjes misschien eindelijk aan een naam worden gekoppeld, aan een daadwerkelijke persoon. Ik wil dat het stopt, Jur. Het voelt onveilig, ook al vindt Ootje dat ik me aanstel. Ik weet wel dat er tot nu toe nog geen fysiek contact met me is gezocht, maar de teksten beginnen daar wel steeds meer op te duiden. Dit kan inderdaad iemand zijn met een crush die dat op een onhandige manier uit, maar het kan ook een of andere gek zijn en dan loop ik gevaar. Heeft Olga je verteld hoe het met de vrouw in het manuscript afloopt? Niet best. Ik heb het laatste hoofdstuk net even gelezen.'

'Denk je niet dat het een beetje ver gaat om je te vereenzelvigen met de vrouwelijke hoofdpersoon in een fictief verhaal? Gaat je fantasie nu niet een beetje met je op de loop?'

'Wat is dat nou voor rare opmerking? Feit één: ik heb aan mij persoonlijk gerichte teksten ontvangen die letterlijk terugkomen in dat boek. Feit twee: die mysterieuze schrijver richt zich in zijn boek tot de vrouwelijke hoofdpersoon met teksten die in real life aan mij gekoppeld zijn. Hoe kun je dat anders verklaren dan met een verband tussen het manuscript en mij? Logisch toch dat ik er de kriebels van krijg? Het is iemand die me van Limburg naar Utrecht is gevolgd, die me in de gaten houdt. Ik wil de politie daar op zijn minst van op de hoogte stellen en daar heb ik bewijs voor nodig. Sterker nog, dat bewijs heb ik zojuist sneaky moeten verzamelen omdat jouw vrouw me niet serieus neemt.'

'Wat heb je dan gedaan? Pagina's uit het manuscript meegenomen?'

'Nee, natuurlijk niet. Ik heb foto's gemaakt van de fragmenten die overeenkomen met de teksten die ik zelf heb ontvangen. Als ik die aan de politie laat zien, dan is dat hopelijk reden genoeg voor hen om erin te duiken.'

'Kansloos.' Jurre schudt zijn hoofd. 'Als vrouwen die zichtbaar gestalkt worden al hemel en aarde moeten bewegen om iets van de politie gedaan te krijgen – en vaak nog zonder resultaat – dan lukt dat jou op basis van deze vage info zéker niet.'

'Meen je dat nou echt?'

'Wat?'

'Dat het "vage info" is.' Alice maakt met haar vingers aanhalingstekens in de lucht. 'Ik zou toch zeggen dat ik best concrete informatie in handen heb. Maar ik begrijp het niet helemaal. Eerst was je het met me eens en maakte je je ook zorgen om mijn veiligheid, en nu zit je ineens in het kamp van Olga en haar uitgever, die het allemaal niet zo serieus nemen en er een commercieel slaatje uit willen slaan.'

'Olga is mijn vrouw en ze verdient mijn steun.'

'Ook als ze onzin kletst?'

'Je kunt ook te ver gaan, Alice.'

Ze steekt in een afwerend gebaar haar handen omhoog. 'Nou, ik weet niet wat ik je misdaan heb of wat Olga tegen je heeft gezegd, maar je hebt een opmerkelijke ommezwaai gemaakt die ik niet begrijp.'

'Als ík het maar begrijp. En Olga. We hebben gisteren een goed gesprek gehad en we gaan de oneffenheden in onze relatie proberen glad te strijken. Dat begint met onvoorwaardelijke steun aan elkaar.'

'Dit is geen steun, maar ja en amen zeggen om conflicten te vermijden. Niet mijn idee van aan je relatie werken.'

'Weet je, Ali, het maakt ook helemaal niet uit wat jij ervan vindt of dat jij het anders zou doen. Dit is iets tussen Olga en mij en als dit voor ons werkt, dan is dat prima. We willen elkaar niet kwijt.'

'Hé, doe vooral waar jullie je goed bij voelen, dan doe ik dat ook. Maar voor mij is dat niet de boel maar op zijn beloop laten, met alle mogelijke gevolgen van dien.'

'Pak je telefoon eens.'

'Waarom?'

'Jij en ik gaan die foto's wissen die je net stiekem van Olga's manuscript hebt gemaakt, want ik wil niet dat ze in de problemen komt. Het is materiaal waar copyright op rust en dat mag niet zomaar rondslingeren, hoe gerechtvaardigd je bedoelingen in jouw ogen ook zijn. Als je ze nu verwijdert van je telefoon, dan krijgt Olga dit niet te horen.'

'Zijn geheimpjes voor je vrouw ook onderdeel van je nieuwe relatiestrategie?' vraagt Alice sarcastisch.

'Deleten nu, anders doe ik het.'

'Goed, wat jij wilt. Ik verzin wel een andere manier om de aandacht van de politie op dat manuscript te vestigen, in elk geval tot jullie weer bij zinnen zijn.' Alice verwijdert de foto's een voor een terwijl Jurre meekijkt. Als de laatste is verdwenen, wil ze haar telefoon in haar zak stoppen.

'Ho, ho, niet zo snel. Ik wil ook dat je de map Recent verwijderd leegmaakt.'

Shit.

De deur zwaait open en Ilse komt binnen. 'Ik dacht al dat ik stemmen hoorde. Als we jouw schema willen aanhouden, Ali, dan begint de tijd te dringen. Ik ben klaar voor je check-double-check-onderzoekjes.'

'Loop maar even mee naar mijn kamer.' Alice haakt haar arm in die van Ilse en loopt zonder Jurre nog een blik waardig te keuren langs hem heen de gang op. Ze is in de war door zijn plotselinge ommekeer. Was hun vriendschap van de afgelopen tijd niet oprecht? Ze kan de aardige vent die zijn hart bij haar heeft uitgestort niet rijmen met de Jurre die net lijnrecht tegenover haar stond.

‘Gaat het goed met je, Ali?’
‘Ja, hoezo?’
‘Je lijkt zo afwezig.’
‘Ik ben niet afwezig, ik ben gefocust,’ zegt ze met een zo oprecht mogelijke glimlach. ‘We gaan jou eens even die Trois Vallées over jagen!’

Alice trekt het klittenband van de bloeddrukmeter los en Ilse kijkt haar gespannen aan. ‘En?’
‘Keurig bloeddrukje. Doe je shirt maar omhoog, dan kan ik nog even naar je hart luisteren.’ Ilse gehoorzaamt en Alice knikt tevreden als ze het ritmische gebonk van Ilses hart in haar stethoscoop hoort. ‘Prima. Wat mij betreft staat niets je tocht meer in de weg.’
Ilse stompt met haar vuist in de lucht. ‘Yes!’
‘Heb je al je medicatie bij je?’
‘Zelfs mijn portie voor vanavond laat.’ Ze klopt zichzelf als een braaf kind op het hoofd. ‘Ga je mee? De anderen zitten op ons te wachten.’
‘Ik kom eraan, nog even naar het toilet. Ga jij maar vast.’
Ilse verlaat de kamer en Alice trekt zich vlug terug in het toilet. Pas als ze de deur op slot heeft gedaan, voelt ze zich veilig. Met trillende handen ontgrendelt ze haar telefoon en begint als een gek de foto’s van het manuscript die nog in de map met verwijderde items zitten naar zichzelf te mailen. Ilse kwam precies op het goede moment binnen om haar weg te kapen bij Jurre. Een minuut later en Alice was al haar bewijsmateriaal kwijt geweest, dan had ze de foto’s onder Jurres druk moeten verwijderen. De dreiging die van hem uitging toen hij ontdekte dat ze die foto’s had gemaakt en de dwingende manier waarop hij eiste dat ze ze onmiddellijk zou verwijderen... Ze schrok ervan. Ineens zag ze weer een spoor van de oude Jurre, die in de verste verte niet

leek op de Jurre waar ze de afgelopen maanden een band mee had opgebouwd.

Wat had Olga allemaal uit de kast getrokken om hem als een blad aan de boom te doen omslaan?

Ze baalt dat het juist nu gebeurt, terwijl ze voor een zware tocht staan waarin groepsdynamiek en vertrouwen heel belangrijk zijn. Als ze zo meteen op de ski's staan, moet ze er nog maar eens op hameren dat eenheid in de groep noodzakelijk is om de tocht tot een goed einde te brengen. Het is van groot belang dat ze elkaar allemaal goed in de gaten houden en goed voor elkaar zorgen. Als je het zwaar hebt en wilt opgeven, kan een oprechte peptalk, het gevoel dat je allemaal in hetzelfde schuitje zit, je erdoorheen slepen. Als er daarentegen ruzie is of wantrouwen, kan dat ernstige gevolgen hebben.

Haar rol deze dag is duidelijk. Alice is op Ilses verzoek meegegaan om haar in de gaten te houden én de tocht te leiden, omdat zij nog altijd de meeste ski-ervaring heeft, zelfs na acht jaar niet skiën. Ze kan dit echter alleen maar doen als iedereen haar als leider accepteert en zonder commentaar haar aanwijzingen opvolgt. Geen eigenwijsheid of muiterij om haar positie te ondermijnen. Ze hoopt maar dat Olga en Jurre de meningsverschillen die ze met haar hebben voor een dag opzij kunnen zetten. Over zichzelf maakt ze zich wat dat betreft geen zorgen.

Wanneer alle foto's zijn doorgestuurd, controleert ze of alles in haar mailbox is aangekomen. Tevreden verplaatst ze daarna alle foto's naar de map Privé, zodat ze niet meer direct zichtbaar zijn in haar inbox, en vervolgens wist ze de foto's uit de verwijderde items in haar fotoalbum. Mocht Jurre er nog naar vragen, dan kan ze laten zien dat ze heeft gedaan wat hij vroeg. Voor de zekerheid wijzigt ze de pincode van het toegangsscherm van haar telefoon. Ze denkt niet dat Jurre of Olga in haar telefoon zal gaan snuffelen, maar je weet maar nooit. Of is ze nu paranoïde?

Better safe than sorry.

Even sluit ze haar ogen en ze ademt een paar keer diep door voordat ze zichzelf uit het toilet bevrijdt.

27

De schemer begint langzaam op te trekken als de zon boven de horizon uit kruipt. De ochtendlucht heeft een vlammende roze-oranje kleur waar de bergtoppen majestueus tegen afsteken. Op het gekras van ski's op de ijzige berghelling na is het stil. Het communicatiesysteem in de helmen van de groep skiërs zwijgt. Ze zijn begonnen met de afdaling naar Les Menuires en hebben afgesproken dat ze bij elke skilift op elkaar zullen wachten totdat de groep weer compleet is voordat ze verdergaan. Alice heeft erop gehamerd dat ze deze tocht gezamenlijk doen; voor solistisch optreden is geen ruimte. Tijdens de tocht zal zij aanwijzingen geven over de route – waar ze zich bevinden en waar ze heen gaan – maar mocht een van hen afgesneden raken van de groep en het communicatiesysteem in de helmen niet goed werken of uitvallen, dan hebben ze allemaal de route en een papieren kaart van het gebied bij zich om op terug te vallen.

Als hekkensluiter kan Alice haar vrienden goed in de gaten houden. Hoewel zij de leiding heeft, skiet Jurre op haar verzoek vooraan. Ze heeft gisteren gezien dat hij een goede skiër is en zij wil Ilse graag vóór zich hebben, zodat ze haar in het vizier kan houden. 'Mocht er iets met je aan de hand zijn, dan ben ik tenminste meteen bij je,' heeft ze voor vertrek tegen haar gezegd.

Ze skiën zo veel mogelijk in een treintje naar beneden,

maar door de hobbels op de piste stuiven ze soms uit elkaar. Het vergt veel concentratie en kracht om hun snelheid onder controle te houden en de hobbels te ontwijken, maar tot nu toe is iedereen nog overeind gebleven en lukt het steeds weer om te groeperen. Valpartijen zijn iets waar Alice zich vroeger nooit zoveel zorgen over maakte, het hoorde bij de sport. Maar vandaag is alles anders. Een van de medicijnen die Ilse slikt heeft botontkalking als bijwerking, waardoor ze een groter risico loopt op een breuk bij een eventuele valpartij. Het is iets om serieus rekening mee te houden, want ze moet er niet aan denken dat Ilses heroïsche tocht voortijdig eindigt in een gipsvlucht. Dat zou toch wel heel zuur zijn.

Het onderwerp van haar gedachten skiet intussen een paar meter voor haar uit en maakt een fitte indruk. Behendig springt Ilse over oneffenheden heen als het niet lukt om ze te mijden, en steeds weer weet ze de ideale baan uit te kiezen. Alice volgt in haar spoor, terwijl haar benen en rug protesteren tegen de bewegingen die ze niet meer gewend is te maken. De soepelheid van weleer heeft ze nog niet te pakken en dat heeft ze volledig aan zichzelf te danken. Ze had zich beter moeten voorbereiden, SnowWorld moeten platlopen en niet zo overmoedig moeten zijn. Kilometers lopen op de ziekenhuisvloer levert geen skiconditie op en haar schromelijke zelfoverschatting komt haar nu duur te staan. Ze bijt op haar tanden en trekt een grimmig gezicht. Het gaat haar echt niet gebeuren dat Ilses tocht voortijdig aan zijn einde komt omdat zijzelf moet afhaken. Never nooit niet.

Ze probeert de zeurende pijn te negeren en zich te focussen op de frisse wind die langs haar gezicht blaast. Vroeger hielp dat enorm als ze een dipje begon te krijgen, maar nu lijkt het zijn magische effect te hebben verloren. Langzamerhand begint ze zich dan ook een beetje zorgen te maken. Het skiën gaat veel zwaarder dan zou moeten, hoe kan dat? Ineens komt het antwoord in haar op. Zou ze soms tegen een hongerklop aan zitten? Ze heeft vanochtend natuurlijk niet genoeg gegeten omdat ze dat manuscript zo nodig moest fotograferen en dat wreekt zich nu. Haar rugzak zit vol met energierepen, maar gelukkig is ze ook zo slim geweest om er nog een paar in haar jaszak te doen voor als ze acuut iets nodig heeft en niet wil stoppen. In de tijd dat ze nog regelmatig op de ski's stond is ze vaker overvallen door een hongerklop, dus het fenomeen is haar niet onbekend. Het staat of valt met op tijd ingrijpen om de bloedsuikerspiegel weer op peil te krijgen. Als de dip te groot wordt, stort je op een gegeven moment helemaal in en dan moet je halt houden om je lichaam tijd te geven zich te herstellen. Met het moorddadige schema dat ze voor vandaag heeft opgesteld, kunnen ze zich dat niet permitteren. De tijdsdruk is te hoog.

Ze gaat wat rechterop staan en remt wat af. Op een stuk dat er aardig egaal uitziet pakt ze vlug twee repen uit haar jas en werkt ze in hoog tempo naar binnen. Ze neemt amper de tijd om te kauwen en heeft daar meteen spijt van als een kleverige brok met banaan-karamelsmaak bijna in het verkeerde keelgat schiet. Een hevige hoestbui is het gevolg en het lukt haar nauwelijks om op de been te blijven. De afstand tussen haar en de groep wordt groter en ze is even niet bij machte om daar iets aan te doen. Gelukkig voelt ze zich na een paar minuten al een stuk beter en de pijn en verzuring in haar spieren nemen drastisch af. De wereld ziet er ineens een stuk minder somber uit en ze krijgt weer goede moed. Natuurlijk gaat ze deze tocht tot een goed einde brengen! Ze snapt nu al niet meer dat ze daar nog geen kwartier geleden aan twijfelde.

Met hernieuwde moed zakt ze door haar knieën en brengt

haar rug in de ideale houding om zo weinig mogelijk wind te vangen. Ze duwt haar stokken in de sneeuw en zet een paar keer stevig af. Ze concentreert zich op het roze bolletje beneden zich waarvan ze weet dat het Ilse is. Daar moet ze naartoe. Alice trekt in gedachten een streep en zet de ideale lijn uit over de steile brede piste. De sneeuw op dit stuk begint iets soepeler te worden en het gekras van haar ski's neemt af. Haar latten snijden soepel door de witte poederlaag, die een stuk minder verborgen obstakels en oneffenheden bevat dan in het begin van de afdaling. Als de zon straks op zijn hoogtepunt is, zouden ze weleens te maken kunnen krijgen met papsneeuw en in het ergste geval zelfs stukjes moeten lopen met hun ski's op hun schouders. Ze hoopt dat het niet zover komt. Het zou de tocht aanzienlijk vertragen en er misschien toe leiden dat ze een gedeelte moeten inkorten, en dat heeft vast niet Ilses voorkeur. De hare ook niet trouwens, nu ze de energie weer door haar lijf voelt stromen.

Ze schroeft haar tempo nog een beetje op om het laatste stukje te overbruggen. Uiteindelijk gaat ze naast Ilse skiën en steekt haar duim vragend op. Ilse knikt enthousiast en vormt een cirkel met haar duim en wijsvinger. Haar ogen sprankelen meer dan ooit.

'Ik vind het zo tof dat jullie dit samen met mij willen doen!' klinkt Ilses stem in Alice' helm.

Ze krijgt er een brok van in haar keel, beseft opnieuw hoeveel deze tocht voor Ilse betekent. Ze moet echt alles op alles zetten om deze dag voor haar te laten slagen en de druk die ze op haar schouders voelt neemt weer toe. Kan ze dit? Kan ze er zijn voor Ilse, die op haar rekent? Acht jaar geleden faalde ze, toen was ze er niet voor Noah toen híj op haar rekende, dus waarom zou het nu anders zijn?

Omdat ik verstandiger en verantwoordelijker ben dan acht jaar geleden. En deze keer blijf ik keurig op de pistes.

28

De lucht is opengebroken en de zon staat aan een heldere blauwe hemel. De pistes liggen nu vol in de zon en hebben een prettige grip. Niet te hard, niet te zacht, en de vervelende ijsplaten van vanochtend vroeg zijn verdwenen. Alice' spieren maken dankbaar gebruik van het minder zware parcours. Ze heeft op het eerste hobbelige deel flink moeten afzien en haar benen doen pijn van alle draaiende bewegingen die ze heeft moeten maken om de vele oneffenheden in het parcours te ontwijken.

Het moeizame eerste stuk heeft hun wonder boven wonder geen vertraging opgeleverd. Sterker nog, ze lopen iets voor op de planning wanneer ze bij het op 1.450 meter hoogte gelegen Savoyaardse skidorp Saint-Martin-de-Belleville arriveren, in het hart van de Trois Vallées. Hoewel ze oorspronkelijk niet van plan waren een horecagelegenheid aan te doen, besluiten ze van dat voornemen af te wijken. Ilse en Olga moeten even een sanitaire stop maken en zien het niet zo zitten om dat open en bloot hurkend in de sneeuw te doen. Alice merkt dat haar blaas ook wel wat verlichting kan gebruiken.

Ze klikken hun ski's los en lopen een stukje het lagergelegen gedeelte van het dorp in, waar de meeste restaurantjes te vinden zouden moeten zijn. Het valt Alice meteen op dat het hier een stuk rustiger en authentieker is dan in hun verblijfplaats Val Thorens. Het eeuwenoude Saint-Martin-de-Belleville heeft een echte Franse uitstraling en een ouderwetse kern met een heuse barokke dorpskerk. De statige klokkentoren torent overal boven uit. Aan de smalle straten ligt een mix van stenen en houten huizen. Het aantal hotels, chalets en appartementen is hier beduidend lager dan in Val Thorens en voor het grote uitgaansgeweld hoef je hier ook niet te zijn. Discotheken zijn er niet te vinden; wel wat winkeltjes, barretjes en restaurantjes, die zich voornamelijk bevinden in oude, verbouwde boerderijen. In een oogopslag is te zien dat dit dorp uitermate geschikt is voor gezinnen met kinderen, en ook mensen die niet de hele dag willen skiën kunnen zich hier prima vermaken. Er zijn leuke paden en een kinderweide gecreëerd en er worden georganiseerde activiteiten zoals wandeltochten, sneeuwschoentochten, sledetochten met honden en fakkelafdalingen aangeboden.

De familiaire uitstraling van het dorp spreekt Alice wel aan. Ze ziet Olga kijken naar twee kleine kinderen die met hun ouders een barretje binnenlopen. Jurre houdt haar hand vast en kijkt een andere kant op; hij heeft het niet in de gaten.

'Zullen we hier even naar binnen gaan?' stelt Olga voor terwijl ze wijst naar het barretje, maar Jurre trekt haar al mee naar een bakkerij aan de overkant die wat eenvoudige zitjes heeft.

'Hier kun je vast ook plassen. Dan koop ik voor ons allemaal een stukje van dat spul.'

Hij wijst naar een geplastificeerd reclamebord waar een stuk cake met amandelen en bessen wordt aangekondigd als de traditionele specialiteit Bellevillois.

'Dat ziet er inderdaad lekker uit,' valt Yasmijn hem bij. 'O, en ik zou een moord doen voor een warme chocomel...' hint ze naar Jurre, die galant de deur openhoudt.

'Dames, na jullie.'

Ilse gaat als eerste naar binnen, gevolgd door haar zus, Yasmijn en Alice. Terwijl Jurre zich naar de toonbank met glazen vitrine vol lekkernijen begeeft, gaan Loek en Joshua ieder aan een eigen tafeltje zitten. Het toilet bevindt zich volgens een bescheiden bordje achter in de zaak en is bereikbaar via een smal gangetje. Ilse loopt er direct heen, gevolgd door Olga en Yasmijn. Alice sluit de rij en vlak voordat ze in het gangetje verdwijnt, hoort ze dat Joshua een poging doet om een gesprekje met Loek aan te knopen. Loek bromt stuurs wat voor zich uit en zegt geen woord meer dan strikt noodzakelijk is. Joshua laat het er maar bij zitten.

Wanneer ze twintig minuten later allemaal een stuk Bellevillois hebben weggewerkt, is het alweer tijd om te gaan. Alice maakt een rondje met de vraag of iedereen zich nog goed voelt en er weer klaar voor is, en er klinkt een eenduidig 'Ja' uit alle monden. De cake en de warme drankjes hebben hun allemaal zichtbaar goedgedaan.

So far, so good.

Ze vervolgen hun tocht en stappen na de gondelbaan St. Martin 1 over op de St. Martin Express, om hun tocht over een drietal blauwe pistes voort te zetten in de richting van Méribel. Het zonlicht wordt tot Alice' spijt weer wat wateriger als er her en der wat wolken in de lucht verschijnen. Ze hoopt dat de hemel niet verder dichttrekt. Hoewel de voorspellingen nog steeds goed zijn, weet ze uit ervaring dat het weer in de bergen snel kan omslaan. Ze moeten op deze tocht al genoeg afzien en op zwaardere omstandigheden zitten ze niet te wachten.

Met een bezorgd gezicht kijkt Alice naar Ilse, die er een stuk vermoeider uitziet dan tijdens het eerste gedeelte van hun tocht. De korte pauze in Saint-Martin-de-Belleville lijkt haar uit haar ritme te hebben gehaald. Haar schouders hangen vermoeid en haar bewegingen zijn trager en schokkerig. Alice hoopt dat het allemaal snel weer bijtrekt, want het zwaarste stuk moet nog komen. De medicijnen die Ilse slikt tasten haar spierconditie aan en zorgen ervoor dat ze minder snel herstelt dan gezonde mensen. Alice hoeft zich maar even te concentreren op de brandende pijn in haar eigen spieren om te weten hoe Ilse zich voelt. Het moet enorm frustrerend voor haar zijn. Ze heeft zo hard getraind, maar in plaats van iets structureels op te bouwen, moet ze in feite elke dag weer in gevecht met haar medicatie om minimaal stabiel te blijven. Op doorzettingsvermogen zal ze deze tocht zeker halen, maar is haar lichaam sterk genoeg om haar sterke geest bij te benen? Alice hoopt het van harte, maar het weerhoudt haar er niet van om Ilses fysieke gesteldheid goed in de gaten te houden. Wanneer ze straks in Méribel zijn, wil ze haar hartslag en bloeddruk voor de zekerheid opnieuw controleren. En als er ook maar iets is wat ze niet vertrouwt, zal ze de tocht onmiddellijk afbreken.

Alice probeert haar zorgen om Ilse even van zich af te schudden en te genieten van het gedempte geluid van haar ski's die soepel over de sneeuw glijden. De bergen die haar omringen, geven haar een ambivalent gevoel. De robuuste hellingen zijn een bron van gevaar, met hun afgronden en potentiële lawines, maar er gaat ook een beschermende werking van ze uit, alsof ze alle klappen probleemloos voor haar opvangen. Ze strekt haar rug en benen even om haar spieren wat te ontlasten en zakt dan weer door haar knieën, terwijl ze haar schouders naar beneden brengt. Ze versnelt en maakt korte, felle bewegingen tijdens de afdaling. Sneeuw stuift om haar heen en er verschijnt een lach op haar gezicht. Dit wil ze voelen, vrijheid! Even nergens aan denken. Ze stelt zich voor dat haar hoofd vol zit met sneeuw die haar gedachten absorbeert en focust zich op de volgende bocht. Aangezien het skiën intussen alweer een stuk vanzelfsprekender gaat, wordt het tijd om het niveau wat op te schroeven.

Ze zet haar voeten wat uit elkaar zodat ze op heupbreedte staan. Daarna buigt ze haar enkels, knieën en heupen, waarbij ze ervoor zorgt dat haar voetzolen gelijkmatig belast worden. Haar handen houdt ze voor haar lichaam. Als ze tevreden is over haar houding zet ze meer druk op haar buitenski door simpelweg de druk op haar binnenski te verlagen. Een eenvoudige en beproefde methode die veel minder energie en spierkracht kost dan haar buitenski stevig in de sneeuw drukken. Daarna zet ze haar ski's op hun kant om meer grip te krijgen. De drukopbouw is perfect en het lukt haar de ski's de hele bocht op hun kant te houden. Ze gilt uitgelaten als ze achteromkijkt en twee volmaakte lijnen in de sneeuw achter zich ziet. Ze is het carven na al die jaren nog niet verleerd.

Als ze haar ski's weer recht in de sneeuw heeft gezet, gaat haar blik vanzelf weer naar de lucht. Het lijkt wel of de wolken lager hangen dan daarnet en de lucht steeds verder dichttrekt. Het lukt de zon nauwelijks om nog door het dichte hemeldek heen te breken en dat heeft direct invloed op de temperatuur. De wind is ook wat opgestoken en het begint te sneeuwen. Eerst zachtjes, maar al snel harder. De donkere wolken zakken nog verder en de zon is nu volledig verdwenen. Er valt een onheilspellende duisternis over de bergtoppen, die nog geen halfuur geleden als lichtende toortsen overal boven uitstaken.

Een gordijn van sneeuw hangt al snel als een vitrage tussen Alice en het dal voor haar. Dikke vlokken hechten zich aan haar sneeuwbril en bemoeilijken het zicht nog eens extra. Ze remt af en wanneer ze stilstaat, zoeken haar ogen naarstig naar het roze skipak van Ilse. Tevergeefs. Ook de rest van de groep, die een stuk voor haar skiet, ziet ze niet. Ze begint te praten in het communicatiesysteem in haar helm.

'Jongens, het ziet ernaar uit dat het weer is omgeslagen en ik kan niet goed inschatten hoe dit zich verder gaat ontwikkelen. Laten we dus zo snel mogelijk naar Méribel gaan, dan kunnen we daar eventueel schuilen, mochten de omstandigheden te slecht worden.'

Ze wacht tot ze van iedereen een bevestigend antwoord heeft gekregen. Ilse reageert als laatste en hijgt zo hard dat haar stem er hees van is.

'Ilse, ben je oké?' vraagt Alice bezorgd.

'Ja. Pit... Pittig,' hijgt ze.

'Hou vol, hè?'

'Doe... m'n... best.'

'Oké. Luister even allemaal, we zullen dichter bij elkaar moeten gaan skiën nu het zicht zo slecht is. Mocht er iemand in de problemen komen, dan kunnen we snel schakelen. Jurre, als jij even stilhoudt, dan komen we allemaal naar je toe.'

'*Copy, Alpha, Bravo*,' grapt Jurre. 'Ik zwaai wel met mijn stokken in de lucht, dan kunnen jullie me misschien beter zien.'

'Goed idee. Oké, we komen eraan. In de buurt van Méribel zijn wat meer bomen te vinden en hebben we wat meer beschutting.'

'Ha, dus toch bomen,' reageert Joshua enthousiast.

In de verte klinkt wat gerommel en Alice kan niet goed horen of het van een lawine is of dat het begint te onweren. In beide gevallen moeten ze wegwezen. Snel probeert ze weer vaart te maken, maar haar ski's zakken diep weg in de verse laag sneeuw, die gestaag dikker wordt. Een ijzige wind blaast vol in haar gezicht en bemoeilijkt haar ademhaling. Het skiën gaat nu steeds zwaarder en om de haverklap moet ze haar bril schoonvegen. Ze houdt haar hoofd wat gebogen in een poging om de ergste wind wat te ontwijken, maar het heeft slechts een minimaal effect. Het huilen van de wind wordt luider en het soepele skiën waar ze amper een halfuur geleden nog zo van genoot, is nu een regelrechte slijtageslag geworden. Haar longen branden en moeten moeite doen om voldoende zuurstof binnen te krijgen. De koude lucht die ze inademt doet ronduit pijn en het lukt haar met moeite om een opkomende hoestprikkel te onderdrukken. Ze heeft een steek in haar zij van de inspanning, haar spieren zijn loodzwaar en haar hart bonkt zo hard dat het pijn doet in haar oren.

En als ik het al zo zwaar heb, hoe erg moet het dan wel niet voor Ilse zijn?

Ze probeert in haar hoofd na te gaan of ze iets gemist heeft. Had ze eerder tekenen moeten en kunnen zien van deze weersomslag? Als ze dit had geweten, waren ze in Saint-Martin-de-Belleville gebleven tot de storm was overgetrokken, maar toen ze in het dorpje waren scheen de zon en was er niets wat duidde op aanstaand noodweer. Ze had dit niet voor kunnen zijn, dat is de enige conclusie die ze kan trekken.

Voor haar doemt ineens een roze silhouet op en Alice moet een haast onmogelijke manoeuvre uitvoeren om Ilse op het nippertje te omzeilen. Ze gaat vol in de remmen en maakt vervolgens een scherpe bocht die haar lichaam honderdtachtig graden draait. Sneeuw spat hoog op langs haar ski's en daalt achter haar neer. Langzaam laat ze zich uitglijden tot ze bij Ilse is. Haar vriendin staat helemaal rechtop met haar armen in de lucht en haar handen gekruist achter haar hoofd. Het is een houding die Alice kent van longpatiënten die na een zware inspanning op adem proberen te komen. Ilses skistokken staan diep in de sneeuw geprikt en de ski's liggen ernaast. Haar ogen zijn gesloten en Alice vraagt zich af of Ilse haar überhaupt heeft opgemerkt.

Voorzichtig legt ze een hand op haar schouder om haar niet te laten schrikken. 'Gaat het een beetje?'

Ilse opent haar ogen en Alice schrikt van de wanhoop die erin staat. Het randje water in haar skibril geeft aan dat ze heeft gehuild.

'Ik... kan niet meer, Ali.' Haar stem klinkt zwak en Alice moet moeite doen om haar te verstaan. 'Ik heb mezelf zo overschat, maar het ging zo lekker en toen ineens... Ik weet gewoon niet meer hoe ik nog vooruit moet komen.'

'Je bent even de man met de hamer tegengekomen. Dat overkomt de besten. Gebeurde mij al in het eerste stuk.'

Alice doet haar handschoen uit en huivert als de kou zich genadeloos in haar blote huid vastbijt en haar vingers doet verstijven. Ze graait in haar jaszak en pakt er een energiereep uit. 'Hier, eet deze even op, dan zul je zien dat je je zo weer een stuk beter voelt. Ik waarschuw de anderen even dat we iets vertraagd zijn.'

De nog steeds toenemende wind trekt aan hun skipakken; de stof maakt een flapperend geluid. Terwijl Ilse de reep naar binnen werkt, voelt Alice haar polsslag. Snel maar regelmatig, concludeert ze opgelucht.

'Je hart geeft geen krimp,' stelt ze Ilse gerust.

Al kauwend op een eigen reep zoekt ze contact met Jurre en brengt hem op de hoogte van Ilses dip.

'De rest van de groep is intussen bij mij,' laat Jurre weten.

'Moet ik naar jullie toe komen?' klinkt Olga's bezorgde stem ineens in Alice' helm.

'Niet nodig, ik ben bij haar en alles is onder controle. Zorg dat jullie allemaal goed bij elkaar blijven. Als Ilse weer een beetje is bijgekomen, komen we meteen jullie kant op.'

Het gerommel dat Alice al eerder hoorde, klinkt weer en nu een stuk harder. In de verte ziet ze de lucht oplichten. Geen lawine dus, maar bliksem. Het onweersgebied hangt nog niet recht boven hun hoofd, maar het is moeilijk in te schatten hoe ver het nog van hen verwijderd is. Onweer in de bergen kan flink losgaan en ze hoopt dat hun dat bespaard blijft totdat ze kunnen schuilen in Méribel. Het kost haar moeite om Ilse niet op te jagen nu de dreiging vanuit de lucht steeds onheilspellender wordt.

Ilse heeft de energiereep inmiddels naar binnen gewerkt en kijkt nu ook argwanend naar de donkere lucht die boven hen hangt. 'Ik denk dat we maar snel moeten gaan, misschien kunnen we die donderbui dan nog net voorblijven,' zegt ze. Behendig klikt ze haar schoenen in haar ski's en steekt haar handen door de polsbandjes van haar stokken, terwijl ze zachtjes 'Ik kan dit, ik kan dit, ik kan dit' mompelt.

'Hé, Ilse...' zegt Alice glimlachend, 'je kunt dit.' Ze prikt haar bemoedigend met haar skistok in haar rug als ze zich allebei in de goede richting draaien. De wind geeft hun meteen de volle laag en blaast hen bijna omver.

'Ready?'

'Ready.'

'Blijf maar achter mij, dan vang ik zo veel mogelijk wind. Ik heb alleen geen ogen in mijn rug, dus beloof me dat je het me meteen laat weten als je achteropraakt of je niet goed voelt, oké?'

'Doe ik, Ali,' klinkt het in haar helm. 'Ergens heeft het ook wel iets gaafs, dat gevecht tegen de elementen. Het is wel echt heel oer.'

Alice is blij dat er weer wat kracht in Ilses stem doorklinkt. Kracht die ze de komende uren nog hard nodig zal hebben. Ze bewondert haar eeuwige optimisme, maar voor haar eigen gemoedsrust had het best een beetje minder 'oer' gemogen. Dwars door haar helm heen hoort ze de wind schel om haar hoofd fluiten als ze haar gewicht naar voren gooit om de strijd weer aan te gaan met de natuurkrachten die hen teisteren. Meer langlaufend dan skiënd weten ze stukje bij beetje vooruit te komen, terwijl de donder hen op de hielen zit. Dikke sneeuwvlokken blijven in hoog tempo naar beneden komen en het zicht is nog maar een paar meter. Ze ploeteren verder en Alice heeft al snel geen idee meer welke afstand ze intussen hebben afgelegd. Door het gebrekkige zicht lijkt de tijd stil te staan. Wanneer er eindelijk vlak voor haar silhouetten opdoemen, kan ze wel janken van blijdschap. Nu pas durft ze ook toe te geven dat ze er eigenlijk een hard hoofd in had dat ze hun vrienden zouden terugvinden in deze storm. Het mag een wonder heten dat ze de groep niet regelrecht voorbij zijn geskied.

'Daar zijn ze!' schreeuwt ze naar Ilse, die gelukkig nog steeds vlak achter haar zit.

Met open armen worden ze opgevangen door hun vrienden. Olga grijpt haar zusje vast alsof ze haar weken niet heeft gezien. De lucht rommelt weer en een nieuwe bliksemflits doet de omgeving een paar seconden fel oplichten.

'We moeten zorgen dat we ergens beschutting vinden, jongens. Het is veel te gevaarlijk hier in deze open omgeving. Hoe langer we hier staan, hoe lastiger het wordt.'

Alice hoort de paniek in haar eigen stem. Het is een illusie om te denken dat ze in dit noodweer op korte termijn Méribel kunnen bereiken. Door het slechte zicht heeft ze geen idee meer waar op de route ze zich precies bevinden en hoe ver ze nog zijn verwijderd van de bomen die ze eerder op de kaart heeft gezien. Bomen die enige beschutting kunnen bieden tegen de storm, maar tegelijkertijd ook een risico vormen op blikseminslag. Ze kijkt naar de lucht in de hoop dat die er ietsje minder donker uitziet, maar een korte aanblik is genoeg om haar hoop de grond in te boren. Het blijft onverminderd hard sneeuwen en het lukt de harde wind niet om de tot een dichte deken samengepakte wolken uiteen te drijven.

'Wat is het plan, captain?' vraagt Jurre.

'Als jij weer vooropgaat, vormen wij een treintje achter je. Ik sluit de rij weer. Zorg allemaal dat je in het spoor van je voorganger blijft zodat we elkaar niet kwijtraken. Mocht het zicht nog slechter worden, dan kunnen we ons altijd nog met onze veiligheidstouwen aan elkaar vastmaken, maar nu lijkt me dat nog niet nodig. Als we iets meer bewegingsvrijheid hebben, zijn we sneller.'

Jurre maakt zich los uit de groep en gaat op kop staan. De rest schaart zich met ongeveer een meter tussenruimte achter hem. 'En go!' roept hij.

Als een geoliede machine zet de groep zich onder zijn leiding in beweging. Zwijgend ploeteren ze voort, stuk voor stuk uiterst geconcentreerd. Alice ziet ontzettend af, maar de aanblik van Ilse, die wonderwel vooruit blijft gaan, houdt haar op de been. Om de paar minuten moet ze haar skibril sneeuwvrij maken en haar benen zijn dik en pijnlijk van de verzuring. Nog nooit eerder heeft ze in zulk slecht weer op de ski's gestaan en ze weet zeker dat dat ook voor de anderen geldt. Voor haar gevoel zijn ze al eindeloos lang op pad en komen ze amper vooruit. Net wanneer ze haar laatste restje moed na een enorme donderklap begint te verliezen, hoort ze plotseling de stem van Jurre in haar oor.

'Ik weet het niet honderd procent zeker, maar het lijkt alsof ik een stukje voor me uit iets van een berghut zie opdoemen.'

Alice kan zich niet herinneren dat ze er eentje op de kaart heeft zien staan, maar misschien heeft ze iets gemist. Met hernieuwde energie ploegt ze verder door de sneeuw. Ondertussen hoopt ze dat Jurre gelijk heeft en dat wat hij heeft gezien geen gezichtsbedrog is. Een berghut is precies wat ze nodig hebben en ze kan wel janken als Jurre schreeuwt: 'Het is er echt een!'

29

Een bliksemflits licht de inmiddels gitzwarte hemel kort op. Alice telt de seconden tot de oorverdovende klap die erop volgt. Het zijn er tien – de kern van de onweersbui is nog iets meer dan drie kilometer van hen verwijderd. Hijgend tast ze de deur van de hut af en probeert hem te openen. Natuurlijk zit de deur op slot, maar toch kan ze haar teleurstelling niet onderdrukken. Het zou zo fijn zijn als het even meezat. De rest van de groep heeft zich rond haar verzameld en hun helmen afgedaan.

'Op slot!' probeert ze boven de wind uit te schreeuwen, zonder dat ze een idee heeft of dat gelukt is.

'Joshua weet vast wel hoe hij die deur moet openmaken!' brult Loek.

'Wat is dat nou weer voor racistische opmerking?' Yasmijn geeft Loek een harde duw. 'Alleen omdat hij uit Aruba komt?'

'Laat maar gaan, Yasmijn. Als ik elke opmerking die ik naar mijn kop geslingerd krijg serieus moet nemen, heb ik geen leven meer. Als Loek wil denken dat alle Antillianen geoefende inbrekers zijn, moet hij dat vooral doen.'

'Zullen we deze discussie even laten voor wat het is en eerst zien dat we binnenkomen?' bemoeit Jurre zich er nu ook mee. 'Ik weet niet hoe het met jullie zit, maar ik begin het behoorlijk koud te krijgen.'

'Ik loop even een rondje om het huis om te kijken of ik

ergens een mogelijkheid kan ontdekken om binnen te komen,' zegt Alice en ze voegt meteen de daad bij het woord. Ze heeft een loopneus van de kou en haar ogen tranen door de harde wind. Jurre, die met haar meeloopt, biedt haar een papieren zakdoekje aan en ze maakt er dankbaar gebruik van. Ze lopen langs de zijkant van het chalet en vinden daar alleen maar ramen waar afgesloten luiken voor zitten. Aan de achterkant hetzelfde verhaal. Ze lopen verder en als ze de hoek omslaan, ontdekt Alice tot haar opluchting een luik boven haar dat niet goed vastzit. Het kleppert in de storm. Jurre ziet het nu ook en hij geeft haar een high five. Zo snel ze kunnen rennen ze terug naar de groep.

'Jongens, ik heb even jullie hulp nodig!' roept Jurre. Gezamenlijk ploeteren ze door de sneeuw naar de zijkant van het huis. Joshua vouwt zijn handen ineen om Jurre op Loeks schouders te helpen. Het is een wankele constructie en even lijkt Jurre zijn evenwicht te verliezen, maar Joshua weet hem wat steun te geven en voorkomt daarmee dat hij met zijn neus in de sneeuw belandt.

'Oké, nu heel stil blijven staan.' Jurre krijgt het luik te pakken en rukt het helemaal open. Het toch al gammele scharnier waar het ding aan hangt breekt af en Jurre kan niet voorkomen dat het luik naar beneden valt. Met een plof landt het in de sneeuw; Alice kan Olga en Ilse net op tijd wegtrekken.

'Enkelglas, zo te zien,' schreeuwt Jurre. 'Geef mijn helm eens aan.'

Joshua beantwoordt aan het verzoek. Jurre pakt de helm aan en slaat er vol mee tegen het raam. De helm veert terug en er lijkt niks te gebeuren. Ook de tweede klap lijkt niets uit te halen, net zomin als de derde. Het raam blijkt een stuk sterker te zijn dan het eruitziet en na talloze klappen neemt Jurre hijgend even pauze.

‘We hebben een sterretje, mensen. Nog een paar flinke tikken en dan zijn we binnen.’

Hij haalt opnieuw uit en er gaat gejuich op als eindelijk de bevrijdende krak klinkt. Met zijn elleboog tikt Jurre het glas zo veel mogelijk naar binnen, maar hij kan niet voorkomen dat er een paar scherpe stukken in Loeks capuchon belanden. Joshua ziet het en plukt ze er meteen uit.

‘Blijf met je poten van me af,’ snauwt Loek, terwijl hij zonder na te denken een stap opzijzet en geheel lijkt te vergeten dat zijn vriend nog op zijn schouders staat. Jurre kan zich nog net vasthouden aan het raamkozijn en grijpt midden in een paar uitstekende glasscherven.

‘Fuck!’ roept hij, bungelend aan het kozijn, terwijl zijn gezicht vertrekt van de pijn.

‘Terug!’ roept Yasmijn terwijl ze Loek een enorme zet geeft, zodat hij weer onder het raam komt te staan. Daar houdt ze hem op zijn plek terwijl Jurre trappelend met zijn voeten Loeks schouders zoekt en zijn balans probeert te hervinden. Het kost hem zichtbaar veel kracht, maar na enige tijd staat hij weer stabiel. Het duurt nog een minuutje voordat hij weer op adem is gekomen en dan probeert hij om door de opening die hij heeft gecreëerd naar binnen te klimmen. Er zijn weinig plekken op het kozijn waar hij met zijn handen grip kan krijgen en bij de eerste paar pogingen glipt hij telkens weg. Hij blijft het proberen en ze zuchten allemaal opgelucht als ze hem even later eindelijk door het gat zien verdwijnen. Nog even en ze zijn veilig.

Jurre is nog niet uit het zicht verdwenen of Yasmijn gaat voor Loek staan. Ze is duidelijk geïrriteerd.

‘Wat deed je nou spastisch, Joshua wilde je alleen maar helpen,’ bijt ze Loek geërgerd toe. ‘Hij heeft het beste met je voor en jij blijft je maar debiel gedragen. Wat hij ook probeert, hij kan in jouw ogen nooit iets goed doen.’

'En dat vind jij raar?'

'Ja, je kunt toch wel normaal doen?'

Joshua staat even verderop en ziet het tafereel met lede ogen aan, maar hij lijkt niet van plan in te grijpen. Alice is het gekibbel echter meteen zat en maakt aanstalten om tussenbeide te komen. Joshua lijkt niet te willen dat ze zich ermee bemoeit en schudt zijn hoofd. Ze twijfelt even, maar respecteert dan toch, met enige moeite, zijn wens.

'Vind je dan niet dat ik een goede reden heb om niet "normaal" te doen?' vraagt Loek.

'Ik heb werkelijk geen idee.'

'Ik heb werkelijk geen idee,' bauwt hij haar met een irritant hoog stemmetje na. 'Hij heeft jou van me afgepakt, wat dacht je daarvan?'

'Jij hebt míj weggejaagd. Je hebt het volledig aan jezelf te wijten dat ik bij je weg ben gegaan. Dát is de correcte voorstelling van zaken.' Ze prikt hem in zijn borst. 'Misschien kun je eindelijk eens je hand in eigen boezem steken in plaats van Joshua continu af te kammen. Ik doe echt mijn best voor je, Loek, dat doe ik al jaren, maar je bent zo… kansloos. Er valt met jou gewoon niet te leven en ik heb er spijt van dat ik zo heb doorgedramd om je deze week mee te nemen.'

Loeks hoofd schiet omhoog en zijn ogen spuwen vuur. Alice besluit alsnog in te grijpen voordat de boel echt uit de klauwen loopt, ongeacht wat Joshua daarvan vindt. Ze slaat haar arm om Yasmijn heen en leidt haar vastberaden bij haar ex vandaan. Haar vriendin protesteert niet en lijkt zelfs opgelucht, en Loek maakt van de gelegenheid gebruik om met een kwaaie kop weg te lopen. Ongetwijfeld om verderop te gaan staan mokken, denkt Alice, maar ze ziet dat hij zich steeds verder van de hut verwijdert. Te ver.

Je hebt zo gelijk, Yasmijn, we hadden hem thuis moeten

laten. Die jongen heeft te veel problemen om te kunnen functioneren in een groep.

'Zorg jij even voor Yasmijn?' vraagt ze Joshua. 'Ik ga achter Loek aan.'

Joshua steekt zijn duim naar haar op en neemt Yasmijn in zijn armen om haar zo veel mogelijk af te schermen van het onstuimige weer. Olga heeft inmiddels hetzelfde gedaan bij Ilse. Alice loopt haastig bij het viertal vandaan en ziet nog net dat Jurre van binnenuit de deur van de hut opengooit. Ze denkt dat hij haar roept, maar ze weet het niet zeker. Loek raakt steeds verder vooruit en ze brult zijn naam om hem te laten stoppen. Het is ijdele hoop, want hij lijkt alleen nog maar meer tempo te maken.

'Loek!'

Ergens heeft ze medelijden met hem. Hoewel hij zich bloedirritant gedraagt, kan hij er niet veel aan doen. Hij is niet in orde en zelfs met medicatie valt zijn gedrag niet volledig onder controle te krijgen. Verdomme, als ze meer over zijn toestand had geweten, had ze de anderen hiervoor kunnen waarschuwen. Aan de andere kant, Yasmijn had zelf ook wel kunnen bedenken dat de aanblik van haar nieuwe vriend als een rode lap op een stier zou werken. Het is puur en alleen aan Joshua's zachtaardige, begripvolle karakter te danken, aan zijn gebrek aan lange tenen en zijn zorgeloze levensinstelling, dat de boel nog niet is ontploft.

Een nieuwe bliksemflits doet haar opschrikken. De donderklap volgt deze keer al na drie seconden, wat betekent dat het onweer amper een kilometer van hen verwijderd is. En dat betekent dat ze zich heel erg snel naar binnen moeten begeven. Het weerlichten houdt nu bijna onafgebroken aan en Alice staart angstig naar de lucht, die een onheilspellende geel-zwarte kleur heeft. Een nieuwe lichtflits, en dan weer een, en dan denkt ze iets te zien. Maar… maar dat is onmogelijk. Ze wrijft in haar ogen en kijkt opnieuw naar het sinistere wolkenspel boven haar. Ze wacht op de volgende bliksemschicht. Nu! En dan weet ze het zeker. Tot haar stomme verbazing ziet ze hoog boven zich hoe een ronde vorm woest heen en weer wordt geslingerd door de wind. Als ze niet beter zou weten, zou ze denken dat het een luchtballon was. Maar dat kan toch niet? Het is ondenkbaar dat iemand in dit noodweer een ballonvaart gaat maken.

Jullie zijn toch ook gaan skiën omdat de voorspellingen niet ongunstig waren, zegt een stemmetje in haar hoofd.

Ze kijkt nog eens goed. Ja, het moet haast wel een luchtballon zijn. Zou de weersomslag de ballonvaarder wellicht net zo overvallen hebben als hen? Het ronde gevaarte ziet er totaal onbestuurbaar uit en ze gelooft nooit dat het de piloot zal lukken het ergens veilig aan de grond te krijgen, als dat zijn plan is.

Een nieuwe donderklap maant haar tot opschieten en als ze Loek niet meer ziet, slaat de paniek toe. Doordat ze afgeleid werd door wat er zich in de lucht afspeelde, is ze hem uit het oog verloren. Ze schreeuwt zijn naam en vloekt hardop als er geen reactie komt. Ze ploegt weer verder door de sneeuw in de hoop dat ze weer een glimp van hem opvangt, haar spieren schreeuwen moord en brand van de zware inspanning. Haar gezicht voelt inmiddels bevroren aan en haar wangen, neuspunt en kin tintelen pijnlijk. Ineens bereikt een vleug sigarettenrook haar neus.

Die klojo staat daar toch niet ergens te paffen terwijl ik mijn leven waag in dit noodweer? Ik maak hem echt af!

Maar dat is precies wat Loek met een uitgestreken gezicht staat te doen, ziet ze een tiental seconden later als ze hem eindelijk heeft gevonden. Volledig buiten adem ploetert ze verder tot ze voor hem staat. Hij kijkt haar arrogant aan en blaast een dikke rookpluim in haar gezicht. Hoestend en proestend draait ze zich om, terwijl ze probeert een beetje op adem te komen. Loek lacht vilein en het kost haar grote moeite om hem niet helemaal verrot te schelden.

'We moeten terug naar het chalet! Het is te gevaarlijk hier!' schreeuwt ze boven de storm uit.

'Straks! Eerst even mijn peuk oproken, nu het nog kan!' schreeuwt hij doodleuk terug, terwijl het noodweer hen om de oren slaat.

Hij heeft de grootste moeite om zijn sigaret te beschermen tegen de wind en de sneeuw en hij heeft zijn aansteker bij de hand om het ding brandende te houden. Loek is de enige van het gezelschap die rookt en ze hebben hem laten zweren dat hij niet in de buurt komt van Ilse met zijn stinkstokkies.

Alice leunt naar voren en brengt haar mond vlak bij Loeks oor om niet te hoeven schreeuwen. 'We moeten echt gaan, Loek. De onweersbui hangt bijna recht boven ons en we moeten nu echt naar binnen. Je kunt wel roken en lopen tegelijk, toch?'

'Bang voor een paar knalletjes?' vraagt hij met treiterende stem, terwijl hij geen millimeter van zijn plek komt. De donderklap die een paar seconden na zijn opmerking klinkt is zo hard, dat zelfs Loek er zichtbaar van in elkaar duikt.

Voor Alice is het de welbekende druppel. 'Weet je wat, zoek het ook maar lekker zelf uit. Ik blijf hier geen seconde langer staan.'

Ze geeft een ruk aan zijn arm en laat hem dan los. Ze draait zich om en voelt de wind op haar lichaam inbeuken. Sommige vlagen zijn zo hard dat ze bijna haar evenwicht verliest. Het lijkt wel of het sneeuwdek veranderd is in een moeras dat haar voeten naar beneden zuigt. Op een stuk waar ze onverwacht diep wegzakt, verliest ze zelfs bijna een van haar schoenen. Met de ene hand voor haar voorhoofd en de andere voor haar mond probeert ze de wind, die haar ademhaling afsnijdt, zo veel mogelijk tegen te houden. Het kost haar zoveel moeite om overeind te blijven dat ze niet de kracht kan opbrengen om te checken of Loek haar volgt. Ze is er niet gerust op. Zal hij echt zo stom zijn om in dit weer buiten te blijven, terwijl er een schuilplaats in de buurt is? Zelfs híj moet toch snappen dat dat levensgevaarlijk is? Ze krijgt er pijn van in haar maag.

Ze ploetert dapper verder en barst bijna in tranen uit als ze het chalet ziet opdoemen. Een nieuwe bliksemflits zet de hut in een spookachtige gloed. Een schim komt op haar afrennen. Pakt haar vast. Het is Jurre. Uitgeput stort ze zich in zijn sterke armen en laat zich meevoeren naar de hut.

'Ik weet niet of Loek mee is gekomen!' probeert ze boven de wind uit te schreeuwen.

'Vlak achter ons,' stelt Jurre haar gerust.

Vlak voor ze het chalet binnengaan, licht de hemel nogmaals op en ineens ziet ze de luchtballon weer. Het ding is een heel stuk dichter naar het chalet toe geblazen en bevindt zich nog maar enkele tientallen meters boven de grond. Het heeft geen verweer tegen de natuurkrachten. De ballon slingert ongecontroleerd door de lucht en maakt dan ineens een duikvlucht.

'Kijk!'

Jurre volgt haar vinger, maar het weerhoudt hem er niet van om haar mee naar binnen te trekken.

'Hij... stort neer!' roept ze volledig buiten adem. 'Mensen... hebben hulp... nodig.'

'Ja, maar we moeten eerst voor onszelf zorgen. We moeten wachten tot dit noodweer voorbij is, het is veel te gevaarlijk.'

'We kunnen ze toch niet aan hun lot overlaten, Jurre?'

'Waarom niet?' Loek loopt langs hen heen en gooit de deur met een klap achter hen dicht. 'Dat heb je met Noah toch ook gedaan?'

Hij geeft haar een knipoog, er hangt een vals lachje rond zijn mond. Een onweersdreun doet het chalet op zijn grondvesten schudden, maar dat is niet de reden dat Alice door haar benen zakt. Het zijn de woorden van Loek die haar volledig knock-out slaan. Als een zielig hoopje mens begint ze op de vloer te huilen. Zeiknat, uitgeput en gebroken. Snot loopt ongecontroleerd uit haar neus en ze doet geen poging om het tegen te houden of weg te vegen. Het kan haar allemaal niets meer schelen.

Jurre geeft Loek een duw. 'Hou je bek nou eens, Loek.'

'Wat nou? Ik bedoel er toch niks mee?'

'Yasmijn!' roept Jurre. 'Neem alsjeblieft Loek mee en zorg dat hij zich koest houdt.'

Yasmijn loodst haar ex meteen naar de zitkamer en wisselt een blik uit met Jurre. Alice heeft het allemaal niet in de gaten. Jurre knielt bij haar neer en neemt haar gezicht in zijn handen. Hij dwingt haar om hem aan te kijken.

'Hé, laat je niet zo opfokken door hem, joh. Je weet dat het onzin is wat hij zegt.'

'Is dat zo?' snikt ze. 'Het is toch mijn schuld dat Noah dood is? Ik heb hem meegenomen, ik heb zijn hand losgelaten. Ik, Jurre, ik!'

Ze begint ongecontroleerd te huilen. Met haar handen grijpt ze haar haren en ze begint heen en weer te wiegen.

'Het heeft geen zin om jezelf te blijven straffen, Ali. Wat gebeurd is, is gebeurd en daar moeten wij allebei mee leven. Ik was er ook bij, weet je nog?'

Ze kijkt hem met grote betraande ogen aan terwijl hij met zijn duimen zachtjes haar wangen streelt. Ineens voelt ze zijn lippen op haar voorhoofd. Het zou misschien ongemakkelijk moeten voelen, maar dat doet het niet. Het is troostend en brengt haar weer wat tot rust, dit... dit gebaar van vriendschap. Het is precies wat ze nodig heeft om weer controle over zichzelf te krijgen.

Jurre trekt zich terug en gaat gehurkt voor haar zitten. Ze veegt de tranen uit haar ogen en maakt dankbaar gebruik van de schone zakdoek die hij haar aanbiedt.

'Sorry dat ik me zo liet gaan,' murmelt ze, terwijl ze overeind probeert te komen.

Jurre steekt haar een hand toe. 'Geen probleem.'

'Ik weet niet wat we met Loek aan moeten,' zegt ze dan, om de aandacht van zichzelf af te halen. 'Hij lijkt steeds dwarser en agressiever te worden.'

'Het valt toch wel mee? Zolang het bij wat kutopmerkingen blijft kunnen we hem wel aan, toch?'

'Ik hoop dat ik me vergis, Jurre, maar ik denk dat je er te luchtig over denkt.' Haar oog valt op zijn handen, die vol opgedroogd bloed en schrammen zitten, en ze schaamt zich dat ze daar geen oog voor heeft gehad. 'Kom, ik ga je handen schoonmaken en verbinden. Doet het veel pijn?'

Hij haalt zijn schouders op. 'Het schrijnt een beetje en ik weet niet zeker of alle glassplinters eruit zijn.'

'Laat de dokter daar maar eens even naar kijken dan,' zegt ze grinnikend.

'Ali?'

'Ja?'

'Het is fijn je weer te zien lachen.'

'Zijn we weer honderd procent vriendjes?' vraagt ze.

'Hoe bedoel je?'

'Nou, vanochtend was je nogal boos op me.'

'O, dat. Daar hoeven we het niet meer over te hebben. Je hebt die foto's verwijderd en dat was waar het me om ging. Ik moest voor Ootje opkomen, dat begrijp je toch wel? Ze is mijn vrouw en komt altijd op de eerste plaats. Ze verdient mijn steun.'

Ook als ze dingen doet die mij in gevaar kunnen brengen?

De woorden branden op haar lippen, maar ze weet dat ze ze beter kan inslikken. Het heeft toch geen zin, en het levert alleen maar geruzie op. Ze heeft de foto's veiliggesteld en verder wil ze er nu niet al te veel over nadenken. Op dit moment heeft ze niks te vrezen. Haar stalker is ver weg en zelfs als hij haar hier zou vinden, weet ze zeker dat haar vrienden haar zullen beschermen als het erop aankomt. Nee, op dit moment is haar grootste probleem het noodweer dat hen ervan weerhoudt om hun tocht af te maken. En de luchtballon die inmiddels waarschijnlijk gecrasht is. Zodra het weer het ook maar enigszins toelaat, moeten ze op zoek naar de passagiers. Dat is ze als dokter verplicht.

En Ilses tocht dan?

Het is een behoorlijk dilemma, maar een enorme onweersdreun laat haar weten dat het noodweer voorlopig nog niet voorbij is. De moeilijke keuze wordt dus noodgedwongen nog even uitgesteld. Want Jurre heeft gelijk, het heeft geen enkele zin om zich op dit moment buiten te wagen terwijl ze geen hand voor ogen kunnen zien en niet eens weten waar ze precies moeten zoeken. Maar van uitstel komt in dit geval zeker geen afstel…

Deel 5

30

Onder hem, zo ver als hij kan kijken, ligt het grillige, bergachtige witte landschap. Hij voelt zich nietig. Op het geluid van de brander na, die met banden vastzit aan de mand, is het stil. Zijn ballon van rood-oranje nylon met kriskras geweven versterkingsnet zweeft traag door de lucht, deint zacht mee met de wind. Aan boord is het windstil. De lucht is fris en prikkelt zijn longen bij elke ademteug. Hij draait de brander een stukje verder open en een grote vlam schiet omhoog. De aangename warmte van het vuur tintelt op zijn hoofd. Met een vertraging van ruim tien seconden kruipt de ballon iets hoger de lucht in. Het geschommel van de hoekige mand van gevlochten wilgentenen geeft een aangename kriebel in zijn buik. De mand is verdeeld in verschillende compartimenten rond het middenvak waar hij als piloot in staat.

Hij zet de brander nog een paar keer goed open en opgestuwd door de hete vlam begint de ballon steeds sneller te stijgen. De afstand tot de grond wordt groter en de volgauto met aanhanger is nog slechts een rode stip onder hem. De wereld lijkt steeds verder weg. Dat is precies wat hij wil. Weg van de wereld en al zijn shit. Het leven is te zwaar voor hem, maar hierboven voelt hij zich even lichter dan de lucht. Hij zou hier wel eeuwig aan de hemel willen blijven zweven, dicht bij haar in de buurt, maar hij weet dat hij ooit weer naar beneden moet om zijn verdriet onder ogen te zien. Het is nu acht jaar geleden en de pijn is nog net zo vers. Wie zegt dat verdriet slijt, is een leugenaar.

Een blik op de variometer vertelt hem dat zijn hoogte inmiddels ruim boven de vierduizend meter is. Veel hoger moet hij niet gaan, want dan zit er niet meer voldoende zuurstof in de lucht. De tijd van flink bijgassen is nu voorbij, en hij kan volstaan met het elke halve minuut gecontroleerd opendraaien van het ventiel van de brander om op hoogte te blijven. Tevreden kijkt hij naar het landschap onder zich en hij heeft het gevoel even los te zijn van zijn problemen. Hij ademt diep in en kijkt omhoog. Hij weet dat het niet kan, maar hij hoopt een glimp van haar op te vangen. Of een teken: een vliegtuigstreep, een vogel in de lucht, iets. Iets wat hem laat zien dat ze ergens nog bestaat. Dat ze niet echt weg is.

Bijna uit het niets verschijnen wolken aan de helderblauwe lucht. Ze vermeerderen zich in rap tempo en ontnemen het landschap zijn zonnige gouden glans. De luchttemperatuur daalt en hij begint het koud te krijgen. Het rustige meditatieve geschommel van de mand verandert in een onrustig en turbulent geschok als de wind aantrekt. De radio die om zijn nek hangt, slaat tegen zijn borst. Hij besluit een stuk te dalen om geen speelbal van de wind te worden. Als de wind aanhoudt of verder toeneemt, zal hij misschien zelfs voortijdig moeten landen.

Hij scant de omgeving op zoek naar een eventuele geschikte plek waar de volgauto ook kan komen. Vanuit zijn ooghoek ziet hij de brandblusser staan. Het grootste gevaar bij een noodlanding is brand. Hij heeft naast de gasfles die hij nu in gebruik heeft nog drie volle flessen bij zich. Potentiële bommen die zijn ingepakt in dikke hoezen zodat hij zich er niet aan kan bezeren tijdens een ruige landing. Hij trekt zachtjes aan de bedieningslijn en laat gecontroleerd wat lucht uit de ballon lopen. Hij telt af van tien tot één en de ballon begint een stukje in westelijke richting te dalen naar een lagere luchtstroom. Opgelucht ziet hij dat de rode stip onder hem keurig volgt. De turbulentie neemt af en de ballon stabiliseert. Hij ontspant zijn verkrampte spieren terwijl hij rustig verder zweeft. Misschien kan hij zijn tocht toch nog afmaken.

Amper een kwartier later moet hij constateren dat dat ijdele hoop was. De lucht wordt razendsnel donker en er trekt een schaduw over de ballon. Met een zorgelijk gezicht kijkt hij naar de meter van de gasfles. Er zit nog genoeg in om nog zo'n tien minuten in de lucht te kunnen blijven. Om de fles te vervangen, wil hij het liefst weer wat hoger in de lucht zitten om de daling die tijdens het vervangen kan ontstaan op te vangen. Plotseling begint de ballon wild te draaien. Rukwinden. Hij trekt aan de bedieningslijn met als doel de ballon verder naar beneden te krijgen en zo uit de heftige luchtstroom te komen. Na een seconde of acht reageert de ballon. De mand daalt veel sneller dan hij wil en het lijkt alsof de ballon in een vrije val is terechtgekomen. De variometer loopt als een gek terug en het voelt alsof hij in een achtbaan zit. Hij zet het gas vol open in een poging de ballon weer omhoog te stuwen. De tien seconden die de ballon nodig heeft om te reageren hebben nog nooit zo lang geduurd. Een kilometer, driekwart. De mand blijft vallen... Wat is er aan de hand? Waarom reageert de ballon niet? Nog minder dan vijfhonderd meter te gaan voordat hij te pletter stort.

De grond blijft razendsnel dichterbij komen en hij begint zich al voor te bereiden op een crash, als de wind de ballon weer optilt en ineens tientallen meters de lucht in smijt. Hij grijpt de rand van de mand vast en voorkomt nog net dat hij eruit wordt geslingerd. Het hek is nu echt van de dam en de mand slingert wild heen en weer terwijl de ballon overhelt. Hij moet al zijn focus en kracht stoppen in het binnenboord blijven. Heel even lijkt de mand zich te stabiliseren en hij maakt van het moment gebruik om de brander helemaal open te zetten. Het propaangas veroorzaakt een metershoge vlam, maar in plaats van de ballon te stabiliseren, zorgt zijn actie ervoor dat deze nog wilder begint te slingeren. Zijn maag keert om van het onophoudelijke wilde gedein en gedraai. Hij is inmiddels zo duizelig dat hij niet meer fatsoenlijk kan staan. Hij grijpt de radio rond zijn nek en probeert contact te zoeken met de volgauto, maar de radioverbinding is zo dood als een pier. Hij staat er helemaal alleen voor…

Moedeloos laat hij zich in de mand zakken. Zijn pogingen om de ballon onder controle te krijgen hebben het tot nu toe alleen maar erger gemaakt. Vanaf nu bepaalt de wind zijn lot en kan hij er alleen nog maar het beste van hopen, en op dat moment komt de ballon in een nieuwe vrije val terecht. Zijn gasfles is zo goed als leeg en kan niet meer voldoende opwaartse druk verschaffen. Hij maakt zichzelf zo klein mogelijk en vouwt zijn armen beschermend om zijn hoofd.

Préparez à l'impact…

31

Alice loopt achter Jurre aan de zitkamer in, waar Joshua inmiddels een bescheiden vuurtje heeft weten te stoken. Hij heeft een deel van het hout gebruikt dat aan weerszijden van de zwartgeblakerde open haard ligt opgestapeld. Alice kijkt de kamer rond en ziet Ilse in een aftandse schommelstoel zitten, met een schapenvacht over haar benen. Ze kijkt helder uit haar ogen en heeft vurige blossen op haar wangen. Alice steekt vragend haar duim naar haar op en Ilse knikt haar lachend toe.

'Kom, eerst dat zeiknatte skipak uit, dan kan het een beetje drogen voor de haard. Je lijkt wel een verzopen kat.' Olga begint aan ritsen te trekken en Alice laat haar begaan. Ook Loek ontdoet zich van zijn pak en even later hangen de twee natte kledingstukken over een stoel bij de haard.

In haar thermo-ondergoed neemt Alice de kamer in zich op. De vloer, de muren, het plafond, alles is van hout, dat duidelijk aan slijtage onderhevig is. Het meubilair bestaat uit een viertal ongemakkelijke houten stoelen, een smal houten bankje rond een wankel tafeltje, de schommelstoel waar Ilse in zit en een eenvoudig wit aanrechtblokje met een spoelbak en kraan. Voor het aanrechtblokje hangen dezelfde smoezelige rood-witgeblokte gordijntjes als voor de ramen. In het midden van de hut staat een driepoot waarin aan haken en kettingen een zwartgeblakerde gietijzeren wok hangt. Een katrol maakt het mogelijk om de hoogte te verstellen. Alice trekt haar neus op als ze in de wok kijkt. Het ding is door de laatste gebruiker duidelijk niet schoongemaakt. Op de tafel en in de vensterbanken staan windlichten met dikke kaarsstompen die de kamer van flakkerend geel licht voorzien.

'Geen elektriciteit zeker?' vraagt ze aan niemand in het bijzonder.

'Nee,' antwoordt Olga. 'En die kraan zit er ook voor de sier, want er komt geen druppel water uit.'

'Hoe is het boven?'

'Vier smalle bedjes met muffe wollen dekens. Ik durfde ze niet terug te slaan om de rest van het beddengoed te bekijken. Voor dit hele huisje geldt: niet te veel bij nadenken.' Ze trekt een vies gezicht.

'Maar we zijn maar wat blij dat deze hut op ons pad kwam. Moet je horen hoe het tekeergaat.' Joshua loopt naar een van de raampjes en tuurt naar buiten. Door zijn adem ontstaat een vochtige kring op de ruit.

Alice kijkt op haar horloge en ziet dat het al halverwege de middag is. Fuck. De kans dat ze de tocht in één dag kunnen volbrengen, is verkeken. Ze kijkt naar Ilse, die weggezakt in de schommelstoel een beetje glazig voor zich uit zit te staren. Ze moet haar het vervelende nieuws maar zo snel mogelijk vertellen, zodat ze geen valse hoop blijft koesteren. Maar hoe? Met pijn in haar hart probeert ze een formulering te verzinnen die niet al te hard aankomt, maar ze kan niks bedenken. Recht voor zijn raap dan maar; de slechte boodschap brengen en dan rustig verder praten over de kansen en mogelijkheden die nog resten.

Ze loopt naar haar toe en gaat op haar hurken voor de schommelstoel zitten. 'Ilse, we gaan het vandaag niet halen.'

'Dat had ik zelf ook al bedacht.'

Ze glimlacht naar Alice. In haar ogen vindt Alice niet de

tranen die ze had verwacht, maar een glanzende twinkel.

'Je lijkt niet erg teleurgesteld.'

'Weet je, Ali, ik vind het al kicken hoe ver we zijn gekomen en zeg nou zelf, dit is toch een supergaaf avontuur! Wie kan er nou zeggen dat hij ergens in een vervallen hut in de Franse Savoie is gestrand met noodweer? Dit is survivallen en dat is precies wat ik wilde.'

'Heb je niet al genoeg ervaring met survivallen? Dat je hier überhaupt zit mag een medisch wonder heten.'

'Ja, ik ben inderdaad een *survivor*, maar dit is toch anders. Ik vecht nu niet tegen een ziekte, maar tegen de elementen.' Op Ilses wangen ligt een felle, rode blos. Van opwinding, maar zeker ook van vermoeidheid.

'Dus je bent het ermee eens dat we teruggaan naar Val Thorens zodra het weer het toelaat?'

'Het zou gekkenwerk zijn om dat niet te doen. Ik wist van tevoren dat het alleen mogelijk was deze tocht in één dag te maken als alle omstandigheden zouden meezitten. En als ik iets heb geleerd, dan is het wel dat dat bijna nooit zo is. Maar ik ben blij dat het weer de spelbreker is en niet mijn lijf. Ik ben er trots op dat ik zo ver ben gekomen zonder serieuze problemen. Ik vond het enorm zwaar, maar ik heb nooit overwogen om te stoppen. Deze ervaring pakt niemand me meer af. En dat is mede mogelijk gemaakt door jou, lieve Ali.'

Ilse pakt haar hand en geeft er een zoen op. 'Ik weet hoe moeilijk het voor je was om mee te gaan en over welke drempels je heen hebt moeten stappen. Ik ben je eeuwig dankbaar dat je dat voor mij over hebt gehad.'

Olga, die op een afstandje heeft staan meeluisteren met hun onderonsje, komt erbij staan. 'Wat Ilse zegt, Ali. Ik vind het echt superfijn dat je dit voor mijn zusje hebt gedaan.' Ze pakt Alice' andere hand en alle meningsverschillen, verwijten en oud zeer lijken even weg te vallen. Als een drie-eenheid blijven ze zo staan, totdat Loek het magische moment verstoort.

'Zeg, luitjes, hoe lang blijven we hier nog rondhangen? Ik krijg onrustige benen van dat gehang.'

Hij loopt naar de deur en Jurre en Joshua blokkeren zijn weg alsof ze het hebben afgesproken.

'Ik weet niet wat je van plan bent, beste man, maar we blijven even binnen.' Joshua klopt hem vriendschappelijk op zijn schouder, maar Loek mept zijn hand weg.

'Ik laat me hier niet gevangenhouden. Ik heb frisse lucht nodig.'

Hij probeert Joshua en Jurre weg te duwen, maar die blijven als een blok beton tussen hem en de deur staan. Loeks gezicht wordt steeds roder en hij begint te snuiven, en Jurre seint naar Yasmijn dat ze haar hulp nodig hebben. Sinds haar woordenwisseling met Loek heeft ze zich afzijdig gehouden en met duidelijke tegenzin staat ze op en wurmt zich tussen Loek en de anderen in.

'Loek, hé, kom even rustig zitten.'

'Dit is zo niet chill, Yassie. Als ik naar buiten wil, dan doe ik dat.'

'En wat wil je buiten dan gaan doen?'

'Wat maakt jou dat nou uit? Ik wil gewoon naar buiten.'

'Volgens mij wil je helemaal niet naar buiten. Niemand wil naar buiten in dit hondenweer. Weet je wat het probleem is met jou? Als iemand anders A zegt, dan wil jij per se B.'

'Ik ben de dwarsdenker des vaderlands, Arthur van Amerongen eat your heart out,' dient Loek haar cynisch van repliek. 'Ik ben het zat om als een klein kind behandeld te worden.'

'Dan moet je misschien eens stoppen je als een klein kind te gedragen.'

Loeks gezicht wordt steeds roder en zijn ogen spuwen vuur. 'Je bent mijn moeder niet, Yasmijn. Sterker nog, je bent helemaal niks. Helemaal niks, hoor je!'

Hij pakt haar bij haar schouders en Joshua en Jurre grijpen meteen in en trekken hem bij haar weg.

'Handjes af van mijn meisje, vriend,' bijt Joshua hem toe, terwijl hij Loek met twee handen tegen zijn borst duwt. Voor het eerst lijkt hij zijn geduld met Loek te verliezen, maar Jurres hand op zijn schouder is genoeg om hem zijn kalmte weer terug te geven. Hij draait zich om en wil weglopen, maar Loek is hem te snel af en haalt uit. Zijn rechtervuist raakt Joshua vol op zijn kaak. Er klinkt een doffe klap, Joshua wankelt door de impact en botst tegen Yasmijn aan, die op de grond valt.

Alice kijkt met open mond naar het chaotische tafereel dat zich voor haar neus afspeelt. Olga is beschermend voor Ilse gaan staan, maar zijzelf staat als aan de grond genageld. *Wat gebeurt hier allemaal?* Jurre grijpt Loek vast en weet hem naar de grond te werken, waar hij hem in een houdgreep neemt. Aan zijn gezucht en gesteun te horen moet hij al zijn krachten aanspreken om hem niet te laten ontsnappen.

'Jongens, ik heb hulp nodig,' gromt hij met opeengeklemde kaken.

Eindelijk schrikt Alice wakker uit haar lethargie en ze stort zich op de eerste de beste rugzak die ze ziet. Ze begint erin te graaien en haalt een stuk veiligheidstouw tevoorschijn. Ze kijkt even om zich heen en wijst dan naar een houten stoel. 'Daar!'

Joshua is inmiddels weer op de been en helpt Jurre de hevig spartelende en tierende Loek naar de stoel te slepen. Met vereende krachten duwen ze hem op het houten zitvlak, zijn schoppende benen ontwijkend, en trekken zijn armen achter de leuning. Alice bindt eerst Loeks polsen aan elkaar en wikkelt het touw dan nog een paar keer strak om zijn middel en de rugleuning voordat ze het stevig vastknoopt. Loek probeert op te staan en Yasmijn schiet te hulp met een tweede touw. Samen proberen ze Loeks enkels aan de stoelpoten vast te binden, maar dat valt nog niet mee. Alice weet nauwelijks te ontsnappen aan zijn wild schoppende voeten en terwijl Jurre Loek zo goed en zo kwaad als het gaat in bedwang houdt, helpt Joshua mee om zijn benen zo stil mogelijk te houden. Als Loek eindelijk goed zit vastgebonden, doen ze met het zweet op hun voorhoofd allemaal een stap terug.

'Jemig, wat heeft die gast gesnoven?' mompelt Joshua tegen niemand in het bijzonder.

Loek is echter niet van plan zich neer te leggen bij zijn tijdelijke gevangenschap. Hij tiert en vloekt alles bij elkaar en met zijn lijf kronkelt hij wild heen en weer in een poging zichzelf uit de touwen te bevrijden. Yasmijn laat hem even zijn gang gaan, maar dan is ze het zat. Ze loopt naar hem toe en slaat hem met haar platte hand hard tegen zijn wang. Het kletsende geluid is zo hard dat iedereen stilvalt. Loek stopt met draaien en knippert even verbaasd met zijn ogen.

'Je hebt me geslagen. Je hebt me gewoon geslagen, bitch!'

'Ja, en dat had ik al veel eerder moeten doen. Luister, je gaat je nu gedragen als een kalme, volwassen vent, want ik zal niet aarzelen om je nog een klap te verkopen. Ik heb het echt gehad met dat debiele gedrag van je. Ik heb hemel en aarde moeten bewegen om je mee te krijgen met deze trip, want ik was de enige die het een goed idee vond. Ik gunde het je en ik was ervan overtuigd dat het wel los zou lopen. Niet dus. Ik ben zwaar in je teleurgesteld. Het ging zo goed met je het afgelopen jaar, sinds je die nieuwe medicatie had. Wat is er gebeurd?'

Loek zwijgt en kijkt Yasmijn en de anderen uitdagend aan, en ineens beseft Alice wat er aan de hand is.

'Ben je soms gestopt met je medicijnen, Loek?' vraagt ze.

Loek grijnst, maar zegt nog altijd niks. Yasmijn kijkt Alice verbaasd aan. 'Wat zeg je?'

'Het zou een logische verklaring zijn,' antwoordt Alice.

Ze kijken allemaal weer naar Loek.

'Maar... waarom?' vraagt Yasmijn. 'Het werkte toch goed?'

Het is voor Alice niet helemaal duidelijk of Yasmijn de vraag specifiek aan Loek stelt, of dat ze zich gewoon in het algemeen iets afvraagt. Loek besluit dat het het eerste is.

'Omdat ik schijtziek werd van die zooi. Ik voelde niks meer, weet je, alles was grijs en vlak. Het was net alsof ik in een zwart-witwereld leefde, een fotonegatief. Elke dag hetzelfde. Dat is geen leven, Yassie, ik heb even een break nodig om weer mezelf te zijn.'

En dan begint hij ongecontroleerd te huilen. Van het ene op het andere moment verandert hij in een zielig hoopje mens en Alice zou bijna medelijden met hem krijgen, maar ze weet dat het ook allemaal theater kan zijn om hen te manipuleren. Yasmijn lijkt er ook niet gevoelig voor en gaat onverminderd verder met haar preek. Het is duidelijk dat ze al te vaak met dit bijltje heeft gehakt.

'Dat is nou juist het punt, Loek. Als je jezelf bent, dan ben je een gevaar voor jezelf en voor anderen. Waarom heb je precies déze week uitgekozen om je kont tegen de krib te gooien? Je weet hoe belangrijk dit is voor Ilse. Alles draait om haar deze week. Dat was de afspraak en dat wist je donders goed. Je hebt me beloofd dat je je zou gedragen en ik ben er weer in getrapt. Wat ik ook doe, wat ik ook probeer, telkens lieg je weer tegen me.'

Nu begint ook Yasmijn te huilen en Joshua loopt meteen naar haar toe en slaat beschermend een arm om haar heen.

Ze laat hem even begaan en wurmt zich dan uit zijn troostende greep. Ze gaat weer voor Loek staan, die nog steeds huilt. Zijn hoofd is gebogen en zijn kleren zijn nat van de tranen.

'Ik moet gewoon erkennen dat ik je niet kan helpen, dus vanaf nu moet je het zelf maar uitzoeken – ik trek mijn handen van je af. Dat je Ilses week hebt verpest is echt de druppel. Dat vergeef ik je nooit.'

Iedereen kijkt naar Ilse, die weggedoken in de schommelstoel zit. Ze heeft haar benen opgetrokken en houdt het schapendekentje beschermend voor haar borst. Haar ogen zijn groot van de schrik. Olga staat wat onbeholpen naast haar zusje, niet in staat om haar te beschermen tegen Loeks onvoorspelbare gedrag en agressie.

'Het spijt me dat je dit moet zien, Ilse,' gaat Yasmijn verder, 'en het spijt me dat ik de anderen heb overgehaald om Loek mee te nemen. Dat was onverantwoord van me.'

Loek zit nog steeds ineengekrompen op zijn stoel. Het was alsof elk woord hem als een stokslag raakte, maar nu kijkt hij eindelijk op, met grote betraande ogen waar de wanhoop uitspat.

'Ik zal mijn pillen weer gaan nemen, oké? Voor jou doe ik alles.' Zijn stem klinkt timide, als van een klein kind dat op zijn donder heeft gekregen. 'Geef me alsjeblieft nog een kans.'

'Nee, Loek. Je bent net een keer te vaak over de schreef gegaan. Die pillen moet je nemen voor jezelf en niet voor mij.'

'Als jij me in de steek laat, dan maak ik er een eind aan.'

'O nee, niet dat weer. Dat heb je al eerder geprobeerd, die emotionele chantage, en toen werkte het ook niet.'

Alice loopt naar Yasmijn toe. 'Laat mij maar even.'

Yasmijn doet een stap opzij en Alice buigt zich voorover,

zodat Loeks ogen en die van haar op gelijke hoogte zijn. Ze legt haar handen op zijn knieën en knijpt er een paar keer in om zijn aandacht te krijgen.

'Wanneer heb je je medicatie voor het laatst genomen, Loek?'

Heel even lijkt hij geen antwoord te willen geven, dan kijkt hij haar aan. 'Negen dagen geleden.' Er verschijnt een vals lachje op zijn gezicht. 'Misschien wel langer...'

'Dus je bent in de aanloop naar deze trip gestopt. Van het ene op het andere moment, zonder overleg met je arts?'

'Yep,' antwoordt hij. Het klinkt haast triomfantelijk.

'Tuurlijk, lekker slim,' sneert Yasmijn. De in de loop der jaren opgebouwde frustratie is haar duidelijk te veel geworden.

Alice gebaart dat ze zich koest moet houden, maar ze heeft er een hard hoofd in dat dat ook daadwerkelijk zal gebeuren.

'Heb je je pillen wel meegenomen naar Val Thorens?' vraagt ze dan weer aan Loek.

Hij knikt.

'Heb je je medicatie nu bij je?'

'Nee. Ligt in het appartement. Zijvakje van mijn tas.'

'Wie is je arts, Loek? Dan ga ik even bellen om te overleggen hoe we je het beste kunnen helpen.'

'In een dwangbuis met het eerste vliegtuig linea recta naar de gesloten afdeling van een kliniek.'

Yasmijn blijft olie op het vuur gooien en Alice snapt het helemaal, maar het is wel het laatste wat ze nu kan gebruiken. Ze seint naar Joshua dat hij zijn vriendin moet weghalen en gelukkig begrijpt hij haar meteen. Hij pakt Yasmijn bij de hand en trekt haar vriendelijk doch dwingend mee de kamer uit. Met het verdwijnen van de boze Yasmijn voelt Alice meteen de spanning in de kamer afnemen. Alsof het ermee samenhangt, worden ook het gerommel en de flitsen buiten minder. *Thank God.* Hopelijk betekent het dat ze snel aan de terugtocht naar Val Thorens kunnen beginnen. Over hoe ze Loek veilig op zijn ski's kunnen krijgen denkt ze nog maar even niet na.

'Wie is je arts, Loek?' vraagt ze nogmaals.

'De Punter.'

'Welk ziekenhuis?'

'UMC.'

'Weet je de namen van je medicijnen?'

'Ik ben niet debiel. Litarex en clozapine.'

'Oké, ik ga even bellen. Heb je een nummer van psychiatrie in je telefoon staan?'

'Als je me even losmaakt, zoek ik het op.'

'Leuk geprobeerd, Loek. Waar is je telefoon?'

Jurre heeft zich al die tijd afzijdig gehouden, maar grist nu Loeks rugzak van de vloer en begint erin te graaien totdat hij de telefoon heeft gevonden.

'Pincode?'

Zijn gezicht staat grimmig en dat wordt er niet beter op als Loek hem in eerste instantie geen antwoord geeft. Hij loopt naar Loek toe, grijpt hem bij zijn kaak en knijpt. 'Pincode, zei ik.'

Loek kreunt. Hij wil iets zeggen, maar dat lukt niet omdat Jurres hand zijn kaak in een stevige greep heeft.

'Jur, laat hem maar even los. Hij kan zo niet praten.' Alice legt haar hand op Jurres arm en met duidelijke tegenzin laat hij Loek los.

'Aaah, je hebt mijn kaak bijna gebroken, eikel.' Loek gaat een paar keer op en neer met zijn kaak en doet dan een poging om Jurre in zijn gezicht te spugen. Een dikke klodder speeksel belandt op de grond.

'Als je niet oppast, breek ik je benen ook nog. Pincode.'

Jurre doet dreigend een stap naar voren en dat is genoeg om Loek de cijfers voor de schermontgrendeling te laten opsommen. Jurre ontgrendelt het toestel en geeft het aan Alice. Ze opent het adresboek en scrolt door de contactenlijst totdat ze het gewenste nummer heeft gevonden. Ze zet het nummer in haar eigen telefoon en trekt zich terug in een hoek van de kamer, maar komt er dan achter dat ze geen bereik heeft. Ze probeert het nog een paar keer, maar de telefoon gaat niet eens over.

'Heeft iemand van jullie contact met Moeder Aarde?'

Ilse, Olga en Jurre checken hun toestel, maar ook zij hebben geen bereik. Het toestel van Loek zelf reageert ook niet.

'Ik vraag het Yasmijn en Joshua wel even.' Jurre sprint de kamer uit en stampt met een hoop kabaal de trap op. In een mum van tijd is hij weer terug. 'Ook niets. Dat onweer heeft de boel platgelegd denk ik.'

Ineens begint Loek te schreeuwen en geschrokken draait Alice zich naar hem om. Zijn gezicht is vertrokken van angst en zijn ogen rollen bijna uit zijn kassen. Hij probeert zichzelf uit alle macht los te maken, terwijl hij staart naar iets wat alleen hij lijkt te kunnen zien. 'Nee, nee, nee,' jammert hij. 'Help me, hij is hier.'

'Loek? Loek, wat is er?' Alice snelt op hem af en hurkt voor hem neer. De spieren in zijn borst zwellen op en even is ze bang dat de touwen het zullen begeven. Zijn gezicht is zo bleek dat je bijna door zijn huid heen kunt kijken.

'Hij is hier. Hij komt me halen. Help me, help me toch!'

Loek probeert met stoel en al achteruit te hoppen, weg bij datgene wat hem zoveel angst inboezemt.

'Wie is hier, Loek? Kijk me aan. Wie is hier?' Alice pakt zijn kin beet zodat hij gedwongen wordt haar aan te kijken, maar hij kijkt dwars door haar heen. Hij heeft haar echter wel gehoord, want hij fluistert een antwoord. Het is zo zacht dat Alice hem niet kan verstaan en ze buigt zich naar hem toe, zodat haar oor vlak bij zijn mond is.

'De duivel. De duivel. De duivel,' hoort ze hem zeggen.

Geschrokken deinst ze achteruit als ze het geluid van klappende kaken hoort en Jurre gooit de stoel met Loek erop achterover. Met een harde bonk valt hij op de grond, terwijl zij op haar billen eindigt.

'Wat doe jou nou?!' roept ze.

'Hij wilde je bijten. Hij had op een haar na je oorlel te pakken.'

Ze springt overeind en grijpt naar haar oor, terwijl Loek op zijn rug ligt met de stoel onder zich. 'Neeeee! Neeeee! Neeeeeeeeeeeee!' gilt hij. Zijn ogen zijn bloeddoorlopen.

Alice staat te trillen op haar benen. Ze moet even een paar keer diep ademen om haar zenuwen onder controle te krijgen. Loek blijft moord en brand schreeuwen en pas als Jurre uit wanhoop een fles water over zijn gezicht leeggooit is hij even stil. Net op dat moment komen Yasmijn en Joshua de kamer binnenrennen.

'Wat is hier aan de hand?'

'Het is Loek,' antwoordt Jurre. 'Hij heeft een of andere aanval. Net probeerde hij Alice haar oor af te bijten.'

'Hij had het erover dat iemand hem kwam halen,' zegt Olga. 'Ik kon alleen niet horen wie.'

'De duivel. Hij zei dat de duivel hem kwam halen.'

Vijf hoofden draaien tegelijk naar Alice toe en even zijn ze allemaal stil, op Loek na, die nog ligt te jammeren op de grond. Dan tikt Jurre met zijn vinger tegen zijn voorhoofd. 'Hij is nu echt compleet doorgedraaid.'

Yasmijn kijkt naar haar ex-vriend, die nu als een baby ligt te kermen terwijl het water van zijn gezicht druipt. 'Ik denk dat het een psychose is.'

'Dat vrees ik ook,' beaamt Alice, die haar kalmte weer

enigszins heeft hervonden. 'Is dit eerder gebeurd?'

Yasmijn knikt. 'De laatste keer heeft hij een paar maanden op een gesloten afdeling gezeten. En dat was mét medicatie, nu zit hij dus al meer dan een week zonder.'

'En was er toen ook sprake van hallucinaties of wanen?'

'Het ene moment zag hij de duivel, voor wie hij allemaal opdrachten moest uitvoeren, en het volgende moment dacht hij dat hij God was en de enige die de wereld kon redden.'

Alice vloekt binnensmonds. Hun situatie was al niet al te rooskleurig, maar is nu ineens heel veel ernstiger geworden. 'In deze toestand is hij niet in staat om met ons mee terug te skiën naar Val Thorens.'

'Maar... maar wat moeten we dan? We kunnen hem hier toch niet in zijn eentje achterlaten?' merkt Olga op.

'Nee, dat kan ook niet. Iemand van ons zal bij hem moeten blijven totdat we de hulpdiensten hebben kunnen inschakelen om hem veilig af te voeren.'

'Maar we hebben geen van allen mobiel bereik.'

'Dus zullen we naar een plek moeten waar we dat wel hebben.' Yasmijn steekt haar armen in de lucht alsof het een uitgemaakte zaak is.

'Oké, goed plan,' zegt Jurre. 'Let's do it.'

'Ho, wacht even. Laten we even rustig de balans opmaken,' probeert Alice de leiding te nemen. 'We zitten hier vast in een verlaten skihut om te schuilen voor hevig noodweer, met een psychotische man die dringend medicatie nodig heeft. Er zijn geen eten en drinken aanwezig in de hut, dus we moeten het doen met het restant van onze voorraad energierepen en flesjes water.'

'Waarvan mijn lieve echtgenoot net een hele fles heeft verspild aan Loeks gezicht,' merkt Olga droogjes op.

'Bedankt voor je support, Ootje. Ik deed tenminste wat.'

‘We hebben geen bereik met onze mobiele telefoons, dus we zijn op onszelf aangewezen,’ verheft Alice haar stem om te voorkomen dat Jurre en Olga een potje gaan staan kibbelen terwijl ze al genoeg problemen hebben. ‘Ilse, jij hebt je medicatie voor vanavond in je tas zitten, toch?’

‘Ja, heb ik.’

‘Mooi. Dan kom jij in elk geval niet in de problemen als we hier vannacht moeten blijven omdat we niet op tijd terug kunnen komen in Val Thorens.’

‘Misschien moeten we even inventariseren hoeveel repen en water we nog hebben?’ oppert Olga.

‘Goed idee,’ beaamt Alice.

Iedereen duikt zijn tas in en de opbrengst bestaat uiteindelijk uit tien energierepen en vijf flesjes water.

‘Hmm, dat valt een beetje tegen…’

‘Lekkere open deur, Ootje.’

Als blikken konden doden, was Jurre nu ter plekke tegen de vlakte gegaan.

‘Gebrek aan water kunnen we oplossen door sneeuw te smelten. Ik maak me meer zorgen om die repen,’ zegt Alice. ‘Anderhalve reep per persoon is niet genoeg om de terugtocht te doorstaan.’

‘Loek kan niet skiën, dus dat betekent iets meer voor ons,’ concludeert Jurre pragmatisch.

‘Ik blijf wel bij Loek, dus dan mogen jullie mijn portie ook hebben,’ biedt Joshua aan.

‘Jij blijft echt niet alleen achter met Loek, Josh, hij kan je wel vermoorden.’

‘Yasmijn, kijk nou naar hem. Hij kan geen kant op,’ sust Joshua zijn vriendin. ‘Jurre is een betere skiër dan ik, dus lijkt het me verstandig dat hij probeert om met jullie zo snel mogelijk terug te skiën naar Saint-Martin-de-Belleville om hulp te halen.’

'Misschien is het verstandig als ik ook blijf?' stelt Ilse voor. 'Jullie zijn sneller zonder mij. Ik ben behoorlijk moe van het stuk dat we vandaag hebben afgelegd en ik weet niet hoeveel kracht ik nog overheb. Niemand heeft er iets aan als ik de boel ook nog eens ophou. Ik wil geen blok aan jullie been zijn.'

'Je bent nooit een blok aan ons been,' spreekt Olga haar zus vermanend toe.

'Wat Olga zegt, Ilse. De enige die een blok aan ons been is, is Loek en daar wil ik me nogmaals uit de grond van mijn hart voor verontschuldigen,' zegt Yasmijn.

'Jij kunt hier niets aan doen, Yasmijn.' Er klinkt ergernis door in Joshua's stem. 'Hou nou toch eens op met je namens hem te verontschuldigen. Hij is verantwoordelijk voor zijn eigen daden, niet jij.'

'Hij is ontoerekeningsvatbaar, Josh. Hoe kun je hem dan verantwoordelijk houden voor zijn eigen daden?' Ze wuift in de richting van Loek, die nog steeds hulpeloos op de grond ligt, vastgebonden aan de stoel, armen op zijn rug.

'Inderdaad, hij is ziek,' zegt Alice om te voorkomen dat Yasmijn en Joshua elkaar ook nog in de haren vliegen, 'en hij heeft dringend hulp nodig die wij hem niet kunnen geven. Dus wat ik nu eerst wil doen, is naar buiten gaan om te kijken of mijn telefoon daar wél bereik heeft. Het ergste weer hebben we wel gehad en misschien heb ik geluk. Oké?'

Iedereen knikt haar zwijgend toe.

Alice pakt haar skipak – dat alweer aardig droog is – en trekt het met Yasmijns hulp aan. Dan stapt ze naar buiten.

Het sneeuwt nog steeds onafgebroken, maar minder hard dan daarstraks. Ze huivert als de wind haar met zijn ijzige adem vol in het gezicht blaast. Haar onbeschermde handen verstijven vrijwel meteen en het kost haar moeite om haar telefoon te bedienen. De eerste poging om Loeks psychiater te bellen mislukt. Ze loopt steeds verder bij het huis vandaan, in de hoop ergens een signaal op te pikken. Keer op keer faalt ze en na de tiende poging geeft ze het op. Ook hierbuiten is er geen bereik.

Ze kijkt naar de lucht en knippert om te voorkomen dat de sneeuwvlokken in haar ogen terechtkomen. Met haar hand als een afdakje tegen haar voorhoofd neemt ze het landschap in zich op. De sneeuw maakt het nog steeds moeilijk om ver te kijken, maar het zicht reikt intussen toch al zeker weer zo'n tweehonderd meter ver. Een heel ander verhaal dan toen ze hier aankwamen. Ze draait een rondje om haar as en dan valt haar oog op een rookpluim verderop. Omdat ze van richting is veranderd ruikt ze nu ook een vage brandlucht.

De luchtballon.

Door al het gedoe met Loek was ze het ding helemaal vergeten. Ze rent terug naar het huisje.

32

Hijgend stormt Alice de woonkamer van het chalet binnen. Loeks stoel is weer rechtop gezet en hij is inmiddels stil. De anderen staren allemaal voor zich uit en zijn duidelijk aan het bijkomen van de eerdere hectiek. Het doet Alice pijn dat ze de rust moet verstoren, maar ze heeft geen keuze. Ze vertrouwt die rookpluim niet en haar instinct zegt dat iemand in gevaar is.

'Heb je iemand te pakken gekregen?' vraagt Yasmijn.

'Nee, helaas, maar er is wel iets anders aan de hand. Toen ik daarstraks achter Loek aan ging om hem terug naar het huisje te brengen, zag ik een luchtballon die op drift leek door de wind.'

'Een luchtballon? Weet je dat zeker? Wie gaat er met dit weer in een luchtballon zitten? Doen ze dat hier sowieso wel?' vuurt Olga een vragenvuur op haar af.

'Ik heb gelezen dat er vanuit Courchevel ballonvaarten worden georganiseerd,' reageert Yasmijn voordat Alice iets kan zeggen. 'Leek me eigenlijk ook wel leuk om te doen.'

'Echt? Wat gaaf! Dat wil ik ook!' roept Ilse.

Yasmijn draait zich naar Ilse toe. 'Dan moeten we wel snel reserveren. Het schijnt heel erg populair te zijn.'

'Maar met dit weer?' blijft Olga stug volhouden. 'Ik denk toch dat Alice het niet goed heeft gezien, hoor.'

'Luister nou even naar me! Ik heb het wél goed gezien, het was een luchtballon en hij zat in de problemen. Die piloot is natuurlijk net zo verrast door dit noodweer als wij, want dit was vanochtend niet voorspeld. En jullie waren er allemaal bij: het weer sloeg heel abrupt om. Hoe dan ook, toen ik net buiten stond zag ik een paar honderd meter verderop een rookpluim opstijgen. Het leek of er iets in de fik stond en ik ben bang dat het die luchtballon is, dus ik wil voor de zekerheid even gaan kijken.'

Jurre trekt een moeilijk gezicht. 'We hebben het hier al over gehad, Alice. Ik vind het niet verstandig. We hebben al genoeg problemen om mee te dealen.' Hij werpt een subtiele blik op Loek.

'Dus jij stelt voor dat ik niet ga kijken en vergeet wat ik gezien heb? Ongeacht of er iemand in gevaar is?'

'Inderdaad.'

'Dat kan ik niet, Jurre. Als iemand mijn hulp nodig heeft, dan kan ik dat niet negeren. Ik ben nota bene dokter. Stel dat het om jou ging, dan wil je toch ook gered worden?'

'Ik zou het niet doen, Alice!' roept Loek ineens vanuit zijn stoel. 'Iemand redden die een ongeluk in de sneeuw heeft gehad is niet jouw sterkste kant.' Zijn ziekelijke lachje schalt weer door de kamer.

Elk woord dat hij uitspreekt voelt als een mokerslag, maar het ergste is dat de anderen zwijgen. De tranen springen haar in de ogen. Een duidelijker signaal hadden ze niet kunnen geven. Niemand neemt het voor haar op, ze zijn het allemaal met hem eens. Wat ze ook doet, ze zullen haar altijd Noahs dood blijven nadragen. Waarom zou ze dan nog proberen om met zichzelf in het reine te komen?

'Nee, ik heb Noah niet kunnen redden, en er gaat geen dag voorbij dat ik niet aan hem denk. Er gaat geen nacht voorbij waarin ik hem niet in die gletsjerspleet zie verdwijnen. Ik was gewoon niet sterk genoeg. Ik hield hem niet. Ik liet hem los. Allemaal mijn schuld, maar moet ik daar mijn hele leven voor boeten? Jullie hebben geen idee hoe ik heb geleden en nog steeds lijd. Ik zal jullie laten zien dat ik heus wel in staat ben om iemand te redden, verdomme.'

Ze draait zich om en als ze de deurklink al in haar hand heeft, hoort ze Ilses stem.

'Ali, niemand hier houdt jou verantwoordelijk voor Noahs dood. Heb je dat nou nog niet door? We willen jou allemaal supporten.'

Wat een vreemde manier van mij supporten hebben jullie dan.

Ze grist de EHBO-koffer die op tafel staat mee en stopt hem terug in haar rugzak, samen met een flesje water. Dan loopt ze boos de kamer uit en niemand houdt haar tegen. Althans... daar lijkt het op, totdat ze buiten staat en ze Jurre haar naam hoort roepen.

'Ali, doe nou niet zo eigenwijs. Er kan nooit iets goeds uit voortkomen als je met zo'n kwaaie kop vertrekt.'

'Sodemieter op, Jur. Ik ga. Als er iets met me gebeurt, dan zijn jullie mooi van me af, toch?'

'Klets geen onzin.'

'Onzin? Ilse was de enige die het net voor me opnam. De rest, jij ook, was akelig stil. Hoe moet ik dat dán opvatten?'

'Dat we Loeks opmerking zo onzinnig vonden dat het de energie niet waard was om er woorden aan te verspillen.'

'Leuk geprobeerd, maar zo kwam het niet op mij over. Het leek er verdacht veel op dat Loek uitsprak wat jullie allemaal, op Ilse na dan, dachten. Maar als je het niet erg vindt, vertrek ik nu. Er is daarbuiten misschien iemand die me wél nodig heeft.'

'Je laat het je niet uit je kop praten, hè?'

'Dat heb je goed begrepen.'

'Oké, dan ga ik met je mee. Het is onverantwoord als je in

je eentje op pad gaat. Bovendien weet je niet wat je daar aantreft en of je het in je eentje afkunt.'

Alice wil een opmerking maken over hun beider reddingscapaciteiten, maar slikt die in. Wat gebeurd is, is gebeurd. En wie weet biedt dit haar én Jurre de kans om eens en voor altijd af te rekenen met het drama in hun verleden. 'Oké, ga maar mee dan,' geeft ze schoorvoetend toe.

'Ik pak even mijn jas. Wil je lopen of skiën?'

'Skiën is sneller, maar lopend zijn we beter in staat om een gewond iemand te vervoeren.'

'Ja, dat ben ik wel met je eens. Lopend dan maar. Ik ben over twee seconden terug.'

Jurre verdwijnt het huis in en is inderdaad snel terug. Alice ziet dat Olga meeloopt tot aan de deuropening en hem op zijn mond kust. Ze omhelzen elkaar en Alice begint vast te lopen. Als Jurre met haar mee wil zal hij op moeten schieten, voor dat getut is nu geen tijd. Wanneer ze achteromkijkt om te zien waar hij blijft, ziet ze hem met grote passen op haar afkomen. Olga kijkt hen met een ondoorgrondelijk gezicht na.

'Waar is die rookpluim?' vraagt Jurre als hij naast haar loopt.

'Daar.' Alice wijst naar een punt in de verte, waar een kronkelend zwart spoor vanaf de grond omhoogtrekt. Jurre knijpt zijn ogen tot spleetjes om beter te kunnen focussen.

'Het lijkt wel of ik iets van kleuren zie. Rood, geel, oranje misschien. Dat zou van een luchtballon kunnen zijn.'

'Ik denk dat de kans uiterst klein is dat iemand op die plek een kampvuur stookt...'

'Nou, misschien heb je dan toch gelijk.'

'Denk je?' is haar cynische antwoord.

'Oké, dat verdiende ik. Je had gelijk. Net zo goed als dat je gelijk had om een kijkje te gaan nemen. Het was stom en egoïstisch van me dat ik zei dat je iemand aan zijn lot moest overlaten. Het werd me gewoon allemaal even te veel en ik wilde ons niet opzadelen met nog meer problemen. Sorry, dus.'

'Oké.'

'Dat gedoe met Loek is me niet in de koude kleren gaan zitten. Niemand, trouwens.'

'Ja, dat was best heftig. Het werd me maar weer eens duidelijk dat ik meer een dokter voor de fysieke mens ben. Lichamelijke problemen kan ik begrijpen en vaak oplossen of verminderen, maar dat ongrijpbare van psychische problemen en dat onberekenbare gedrag, dat vind ik lastig. Niet mijn ding, zoals dat zo mooi heet.'

'Loek is gewoon knettergek en ik heb dat niet goed ingeschat, anders hadden we hem nooit meegenomen. Ik ben afgegaan op wat Yasmijn ons heeft verteld en mijn eigen sporadische ervaringen met hem. Laat ik het zo zeggen: hij is er in de loop van de tijd niet op vooruitgegaan.'

'Volgens Yasmijn ging het anders best goed met hem door die nieuwe medicatie. Het probleem zit hem erin dat hij ineens helemaal is gestopt met zijn pillen zonder met zijn arts te overleggen. Dan krijg je dus dit.'

'Ik begrijp niet waarom hij überhaupt is gestopt als het zo goed ging.'

'Hij heeft wel een punt: dat spul vlakt je enorm af. Het is ontzettende troep, met veel bijwerkingen. Waarschijnlijk wilde hij deze week gebruiken om een weekje "vakantie van zichzelf te nemen" door net te doen alsof er niets aan de hand is. Als een gewoon iemand die ongedwongen lol kan maken met zijn vrienden, emoties kan voelen, et cetera. Hij moet gedacht hebben dat even stoppen met zijn medicatie wel los zou lopen, maar de consequenties heeft hij ernstig onderschat. Een dokter had hem dit allemaal kunnen vertellen en die had het nooit goedgevonden dat hij zou stoppen met zijn medicatie.'

'Ik denk ook dat hij daarom niet met zijn psychiater heeft overlegd. Volgens mij is hij gestopt omdat hij Yasmijn deze week wilde terugwinnen. Hij moet gedacht hebben dat ze hem leuker zou vinden zonder medicatie, omdat hij dan meer zichzelf is. Hij heeft haar nooit los kunnen laten en Yasmijn hem trouwens ook niet. Als ik Joshua was, zou ik gek worden.'

Alice blijft even hijgend met haar handen in haar zij stilstaan om op adem te komen. Een gesprek voeren terwijl ze door een verse laag sneeuw ploeteren waar ze diep in wegzakken, kost veel energie. Peinzend staart ze voor zich uit voordat ze weer begint te praten.

'Weet je, Jur, Loek mag dan wel knettergek zijn, hij zei één ding dat me niet helemaal lekker zit. Misschien zoek ik er te veel achter en ben ik door die bloemen van de laatste maanden overdreven achterdochtig geworden...'

Jurre fronst zijn wenkbrauwen. 'Wat heeft hij dan precies gezegd? In mijn ogen heeft hij wel meer dan één uitspraak gedaan waar je aanstoot aan zou kunnen nemen.'

'Nou, hij zei op een gegeven moment dat het voelde alsof hij in een zwart-witwereld leefde, dat hij zich een fotonegatief voelde. Ik kon er niets aan doen, maar toen hij dat zei moest ik aan het manuscript denken dat Olga aan het lezen is. *Dagboek van een fotograaf*, fotonegatief... Zou het kunnen dat Loek mijn stalker is?'

'Loek?' Jurre begint keihard te lachen. 'Loek geobsedeerd door jou? Hilarisch!'

'Is dat zo ondenkbaar dan, dat een man een oogje op me heeft?' vraagt Alice een beetje beledigd.

Jurre kijkt haar even doordringend aan. 'Nee, zeker niet. Ik acht Loek alleen niet in staat om zulke literaire teksten te schrijven, laat staan een heel plan op te zetten met die bloemen en die anonieme kaartjes. Ik denk echt dat je fantasie nu met je op de loop gaat, Ali.'

'Mensen kunnen tijdens een psychose soms tot heel artistieke of creatieve dingen komen, dus ik zou niet direct willen uitsluiten dat Loek die teksten geschreven heeft.'

'Loek is altijd smoor geweest op Yasmijn en ik weet niet beter dan dat hij dat nog steeds is.'

'Misschien gebruikt hij Yasmijn als bliksemafleider?'

Jurre schudt vastberaden zijn hoofd. 'Nee, daar geloof ik helemaal niets van. Jij en Loek?' Hij stoot een hoog lachje uit. 'Jullie passen totaal niet bij elkaar.'

'Ik had op jou en Olga destijds ook geen geld gezet als koppel, maar voilà. Soms blijken wonderlijke combinaties toch heel goed te werken.'

Jurre humt wat.

'Weet je, ergens zou het wel een opluchting zijn als het Loek was. Dan weet ik eindelijk waar ik mee deal en kan ik het misschien oplossen zonder naar de politie te stappen. Dan kan ik hem uitleggen dat dit niet de manier is om een vrouw voor zich te winnen en het ook aankaarten bij zijn psychiater, zodat die ermee aan de slag kan.'

'Ben je dat nog steeds van plan, naar de politie stappen?'

'Ja, natuurlijk. Het moet ophouden, Jurre. Ik heb het lang genoeg genegeerd in de hoop dat het zou stoppen, maar van de overeenkomsten tussen dat manuscript en de kaartjes die ik heb gekregen krijg ik echt de kriebels.'

'Tenzij het een bekende blijkt te zijn, dus?'

'Dat maakt het niet minder creepy, maar op de een of andere manier wel beter te hanteren. Alsof ik dan weer een beetje controle terug kan pakken.'

'Dat is belangrijk voor je, hè, controle hebben? Zelf aan de touwtjes trekken?'

‘Ja, daar voel ik me prettig bij.’

‘Niet alles is te sturen, Ali. Soms moet je dingen ook gewoon spontaan laten gebeuren. Je laten verrassen door dingen die je overkomen en die je vooraf niet had voorzien.’

‘Je bedoelt zoals met jou en Olga?’

‘Dat was inderdaad niet voorzien.’

‘Sinds de spontane val van Noah en het verrassende einde ervan, weet ik liever zo veel mogelijk van tevoren waar ik aan toe ben.’

‘Dat is niet helemaal waar. Je bent nu toch ook met mij onderweg naar de plek van een mogelijke luchtballoncrash? Wat je daar aantreft is ook een verrassing en niet per se een leuke.’

‘Misschien moeten we wat minder kletsen en onze adem gebruiken om nog wat harder te lopen. Als daar iemand echt in nood is, moeten we opschieten.’

Alice duikt wat verder weg in haar kraag. Haar wimpers plakken aan elkaar door de kleverige sneeuwvlokken die in haar gezicht slaan en ze knippert een paar keer met haar ogen. Ze zijn inmiddels dicht genoeg genaderd om te zien dat op de plek waar de rook vandaan komt inderdaad een gecrashte luchtballon ligt. Het lijkt erop dat de mand in brand staat. Alice verzamelt al haar energie en dwingt haar benen tot een drafje. Jurre blijft even achter, maar zet dan ook aan en zij aan zij rennen ze naar de plek des onheils. De rook slaat meteen op haar longen en ze begint te hoesten. Jurre houdt zijn mouw voor zijn neus en mond om zijn luchtwegen te beschermen tegen de rook en ze volgt zijn voorbeeld. Samen naderen ze de mand zo dicht mogelijk. De hitte die van het vuur af komt, schroeit hun gezicht. In een reflex springt ze achteruit, maar als ze ziet dat Jurre dapper doorzet verbijt ze de pijn.

'Er zit niemand in!' schreeuwt Jurre en ze slaakt een zucht van verlichting.

Ze lopen beiden een stuk van het vuur vandaan. De koude lucht koelt hun schrijnende gezichtshuid en voor het eerst die dag is Alice blij met de wind. Ze pakt een hand sneeuw en draait er een bal van die ze om en om tegen haar wangen houdt. Jurre rolt een eigen bal om zijn wangen mee te koelen.

'Goed, niemand in de mand, maar waar zijn de inzittenden gebleven?'

Samen turen ze de omgeving af, maar zo ver ze kunnen kijken is er niets te zien wat op een mens lijkt. Jurre loopt naar de ballon en inspecteert de nylon stof. Nu pas ziet Alice dat er een leeuwenkop op staat afgedrukt, omringd door stroken in de kleuren rood, roze, geel en oranje.

'Til jij het aan de andere kant eens op,' schreeuwt Jurre boven de wind uit. 'Dan slaan we het zo ver mogelijk terug.'

Alice ziet er het nut niet zo van in, maar de fluitende wind maakt het bijna onmogelijk om te communiceren. Ze vertrouwt er dus maar op dat Jurre weet wat hij doet en stelt verder geen vragen. Ze rent om de ballon heen tot ze aan de andere kant recht tegenover Jurre staat. Samen beginnen ze aan het stugge nylon te sjorren en weten ze een behoorlijke flap om te slaan. Ze gilt en laat het nylon los als ze ziet dat op de sneeuw eronder het lichaam van een man ligt. Zijn ogen zijn gesloten en zijn lippen en huid zijn bleekblauw. Zijn beide benen liggen in een rare houding. Hij ligt stil, veel te stil.

'Wat ik al dacht!' hoort ze Jurre roepen.

Haar dokterstraining neemt het over en ze laat zich op haar knieën naast het slachtoffer zakken.

'Ik voel een pols, zwak, maar hij leeft nog,' laat ze Jurre weten, die is omgelopen en op zijn knieën aan de andere kant van het lichaam is gaan zitten. 'We moeten hem hier zo snel mogelijk weghalen, voordat hij volledig onderkoeld raakt.'

'We moeten hier allemaal zo snel mogelijk weg. Toen ik net in die mand keek, zag ik een paar gasflessen. Ze zaten in beschermhoezen, maar de hele boel kan elk moment de lucht in gaan.'

'Ik check even of hij veilig vervoerd kan worden.'

Zo snel als ze kan loopt ze het lichaam van de man na. Zijn beide benen zijn gebroken en hij heeft brandwonden, maar er is geen indicatie dat hij zijn nek of rug heeft gebroken. 'Oké, we kunnen, maar hoe krijgen we hem hier weg? We zijn niet sterk genoeg om hem dat hele stuk te dragen. Bovendien heeft hij zijn beide benen gebroken, dus we kunnen hem daar niet vastpakken.'

'Ik heb een idee.'

Jurre trekt een Zwitsers zakmes uit zijn zak en klapt het mes open. Hij begint in de ballonstof te snijden tot hij een lap van ongeveer vier bij vier meter heeft. De gekleurde stof wappert als een gek in de wind en hij heeft moeite om hem niet uit zijn handen te laten glippen. 'Heb je dat veiligheidstouw nog in je rugzak zitten?'

'Ja. Twee stuks zelfs.'

'Perfect. Ik heb er ook nog eentje bij me. Dit is wat we gaan doen: we wikkelen hem in dit doek als een baby en binden er een touw omheen om alles op zijn plek te houden. Maar eerst binden we de andere touwen aan elkaar en wikkelen die hoog om zijn borstkas, en dan steken we de uiteinden onder zijn oksels door en daarmee kunnen we hem verslepen. Jij een stuk touw, ik een stuk touw en dan ploegen als een os.'

Alice knikt. 'Ik denk wel dat dat kan werken, ja.'

'Het zal erop aankomen hoe lang wij het volhouden om

hem achter ons aan te trekken door die dikke laag sneeuw. Als we het niet tot het huisje redden, moeten we hem achterlaten en hulp gaan halen. Met elkaar moeten we hem wel binnen krijgen.'

'Echt een survivaloplossing, had ik niet achter jou gezocht.'

'Ex-padvindertje, hè.'

'Serieus?' Alice grinnikt.

'Er is zoveel dat je nog niet van me weet, Ali. Acht jaar geen contact is lang, hoor.' Jurres gezicht staat serieus.

'Als we hier veilig vandaan komen, ga ik het allemaal goed maken met je, oké? Met jou en met Ootje en...'

'We moeten aan de slag voordat de boel ontploft. Als jij nou eens op de stof gaat liggen zodat die niet wegwaait, dan til ik hem erop. Wanneer ik hem goed heb gepositioneerd, kun je opstaan en pakken we hem samen in.'

Jurre doet een poging om het zeil op de grond te leggen, maar het waait alweer op voordat Alice erop kan gaan liggen.

'Wacht!' schreeuwt ze. 'Ik heb een idee. Leg één punt van het stuk stof op de grond en ga erop staan.'

Jurre doet wat ze van hem vraagt. Als een bezetene begint ze sneeuw te verzamelen en gooit het over de punt heen totdat die geen kant meer op gaat. Met hulp van Jurre voert ze hetzelfde kunstje bij de andere punten uit. Tevreden kijkt ze naar het stuk stof, dat in elk geval op de grond blijft liggen nu de hoeken bedolven zijn onder een laag sneeuw.

'Dat gaat geen kant meer op. Kom, dan tillen we hem er samen op.'

Jurre pakt de bewusteloze man bij zijn schouders en Alice pakt hem bij zijn heupen. Onhandig, maar ze moet zijn benen sparen.

'Op drie!' schreeuwt Jurre. 'Eén, twee, drie.'

Met vereende krachten weten ze de man van de grond te tillen. Hij geeft voor geen millimeter mee en het voelt alsof ze met een dood paard aan het zeulen zijn. Stapje voor stapje komen ze echter vooruit en uiteindelijk weten ze de man in het midden van het stuk ballondoek neer te leggen. Ze schrapen de berg sneeuw van de punt af en vouwen hem naar binnen. Daarna trekken ze de man wat omhoog, zodat hij met zijn schouders ter hoogte van de vouwrand komt te liggen. Alice ontdoet de zijkant van het doek van sneeuw terwijl Jurre de veiligheidstouwen verbindt die zo meteen als trekkoord moeten fungeren. Ze slaan het verlengde touw een paar keer om de torso van de man en knopen het dan goed vast onder zijn oksels. Hoe Jurre het voor elkaar heeft gekregen weet ze niet, maar het is hem ook nog gelukt om voor hen beiden een ruim trekkoord te creëren.

Wanneer Jurre de koorden langs het hoofd van de man omhoog heeft gelegd, vouwt Alice de zijkant van het doek om de rechterarm van de man. Jurre neemt het daarna van haar over en stopt de punt van het doek strak in onder zijn rug. Ze herhalen hetzelfde ritueel aan de andere kant en rollen de man uiteindelijk voorzichtig op zijn zij zodat ze het doek helemaal onder hem door kunnen vouwen. Vervolgens wikkelen ze het derde veiligheidstouw een paar keer om hem heen en knopen het stevig vast op zijn buik.

Jurre inspecteert het compacte pakket en knikt tevreden. 'Ben je er klaar voor?'

Alice knikt, pakt het stuk veiligheidstouw met twee handen vast en slaat het over haar schouder. Jurre doet hetzelfde en begint te tellen. 'Eén, twee, drie!'

Ze gooien hun gewicht gelijktijdig naar voren. Alice spant de spieren in haar bovenbenen aan om zo veel mogelijk kracht te genereren. De eerste stappen zijn zwaar, maar wanneer ze uiteindelijk hun ritme en een gelijkmatig tempo gevonden hebben, begint het pakket dat ze met zich meeslepen eindelijk minder weerstand te bieden en glijdt het redelijk soepel mee over de sneeuw.

Alice moet al haar krachten gebruiken om vooruit te blijven komen. Het harde bonken van haar hart komt boven de fluitende wind uit en haar hele lijf doet pijn. Haar spieren voelen alsof ze elk moment kunnen scheuren. Koud zweet loopt in onafgebroken straaltjes langs haar rug. Het liefst zou ze even stoppen om te controleren of de man nog leeft – misschien is hij wel bij bewustzijn gekomen – maar ze weet dat als ze nu stopt, ze nooit meer vooruitkomt. Ze duwt de gedachte weg en gaat door.

Eén... twee... drie... vier... Eén...twee... drie... vier...

Ze zet haar passen terwijl haar ogen zich focussen op haar laarzen, die bij elke stap wegzakken in de sneeuw.

Eén... twee... drie... vier...

33

'Ik... kan... niet... meer.' Alice komt nauwelijks meer uit haar woorden. Haar longen steken en haar tussenribspieren gillen het uit bij elke diepe ademteug die ze neemt.

'Nog een paar meter,' hijgt Jurre optimistisch met schorre stem. Ook hij heeft duidelijk geleden onder de zware inspanning.

Alice kijkt op en ziet inderdaad het chalet op vijftig meter afstand liggen. Nu ze de hut ruikt, sprokkelt ze het laatste restje energie dat nog in haar lijf zit bij elkaar. Bij elke moeizame stap die zij en Jurre zetten, kijkt ze naar het chalet en niet meer naar de grond. Ze kan geen sneeuw meer zien! Ineens zwaait de deur van de hut open en komen Joshua, Yasmijn en Olga naar buiten rennen. Joshua werpt een blik op de ingebakerde gewonde man, neemt het touw van Alice over en overbrugt samen met Jurre het laatste stukje. Alice laat zich plompverloren in de sneeuw vallen zodra ze bevrijd is van haar zware last. Ze kan niet meer. Puffend ligt ze daar, met gesloten ogen. De kou, de sneeuw, het kan haar allemaal even niets meer schelen, zolang ze maar niet hoeft op te staan.

'Kom, ik help je overeind.' Ze voelt een hand op haar schouder en ziet door de spleetjes van haar ogen dat het Olga is.

Nee, ik wil niet.

'Kom, Ali. Binnen is het een stuk warmer.'

Met tegenzin laat ze zich overeind hijsen.
'Hoe is het binnen?' vraagt ze, doelend op de situatie met Loek.
Olga begrijpt het meteen. Ze trekt een moeilijk gezicht voordat ze antwoordt geeft. 'Hij heeft dringend hulp nodig, laten we het daar maar op houden.'
'En Ilse? Houdt die het nog een beetje vol?'
'Ik heb haar boven op bed gelegd onder alle dekens die ik kon vinden en ze is gelukkig als een blok in slaap gevallen. Ze is echt helemaal stuk en ik weet niet hoe lang ze nodig heeft om te herstellen voordat ze weer verder kan. Ergens kwam dat noodweer als een geschenk uit de hemel. Het dwong ons om de tocht af te breken. Ilse was anders doorgegaan tot het gaatje, puur op karakter.'
'Inderdaad, en dat was niet verantwoord geweest,' beaamt Alice.
'Wat mankeert die kerel die jullie hebben meegebracht? Is het een man, trouwens?'
'Ja. Het is de piloot van die luchtballon en hij heeft in elk geval twee gebroken benen. Hij was buiten bewustzijn toen we hem vonden.'
'Je had het dus toch goed gezien van die luchtballon.'
'Er valt een hoop op me aan te merken,' zegt Alice grinnikend, die eindelijk het gevoel heeft dat ze weer een beetje op adem begint te komen, 'maar met mijn ogen is niks mis.'
'Laten we dan een beetje zuinig op die ogen zijn en je snel naar binnen brengen, voordat je wimpers aan elkaar vastvriezen.'
Olga klopt de sneeuw van Alice' rug en trekt haar mee naar de deur van het chalet, waar Jurre en Joshua net doorheen zijn gestapt met de gewonde ballonvaarder. Yasmijn staat al in de gang en sluit de deur zodra ze over de drempel zijn, om de kou zo veel mogelijk buiten te houden. Als Alice

de woonkamer in stapt, ziet ze dat Jurre en Joshua de man midden in de kamer hebben neergelegd, op veilige afstand van Loek, die nog steeds in zijn stoel zit en apathisch voor zich uit staart. De haard brandt fel en Alice' huid begint meteen te tintelen als haar doorbloeding weer wat op gang komt. Jurre is al bezig om het slachtoffer uit te pakken en Alice knielt naast zijn hoofd neer. Hij is nog steeds buiten bewustzijn.

'Kan een van jullie misschien een matras van boven halen? We moeten zorgen dat hij zo snel mogelijk weer op temperatuur komt en die koude vloer helpt niet.'

'Komt voor elkaar. Josh, kun jij even helpen?'

Joshua staat meteen klaar.

'Doen jullie een beetje zachtjes zodat Ilse niet wakker wordt?' geeft Olga hun nog mee.

Jurre steekt zijn duim op en algauw klinkt er zacht gestommel op de trap. Alice is dan al samen met Olga en Yasmijn bezig met het verder losmaken van de veiligheidstouwen. Als ze alle knopen hebben losgepeuterd, beginnen ze voorzichtig met het bevrijden van de man uit de ballonstof. Voorzichtig rollen ze hem op zijn zij om de stof onder zijn rug vandaan te trekken en hij begint zachtjes te kreunen.

'Oké, leg hem maar weer terug op zijn rug. Maar rustig aan, ik denk dat hij bijkomt.' Alice ondersteunt het hoofd van de man terwijl Olga en Yasmijn hem heel langzaam weer recht leggen.

'Yasmijn, geef het zaklampje uit mijn rugzak eens aan.'

Ze heeft het in no time te pakken, en Alice opent met haar duim en wijsvinger de nog altijd gesloten oogleden en schijnt met haar lampje in zijn ogen. 'Zijn pupillen reageren op licht, dat is goed,' constateert ze verheugd.

Er klinkt weer gekreun, harder deze keer. Daarna maakt de man smakkende geluidjes met zijn mond.

'Water, Ootje.'

Olga snelt naar een halfgevuld flesje dat op tafel staat en geeft het aan haar. Alice maakt haar wijsvinger nat en wrijft er voorzichtig mee over de lippen van de man. Eerst voelt ze zijn lippen bewegen onder haar vingertoppen en daarna probeert hij met het puntje van zijn tong wanhopig wat vocht binnen te krijgen. Alice giet heel gedoseerd een paar druppels water tussen zijn lippen. De man smakt gretig om meer.

'Rustig aan, het is allemaal voor jou als je wilt,' sust Alice, zonder dat ze weet of de man haar verstaat. Zachtjes streelt ze zijn gezicht. Eerst zijn wangen en dan de ruwe stoppels op zijn kaak. De man slaakt een harde kreet van pijn en geschrokken trekt ze haar hand terug. Zijn ogen springen open, ze zijn zo groot als schoteltjes. Met een verwilderde blik kijkt hij om zich heen en probeert overeind te komen. Alice probeert hem met haar stem te kalmeren terwijl ze hem zachtjes terugduwt in zijn liggende positie.

'*Où suis-je? Qu'est-il arrivé?*'

'Spreekt er hier iemand een goed woordje Frans?' vraagt Alice.

'Ik kan me wel aardig redden,' zegt Jurre, die samen met Joshua de kamer binnenkomt met een matras. Olga houdt de deur open.

'Misschien moet je hem eerst even uitleggen wat er is gebeurd voordat we hem op dat matras tillen?' stelt Alice aan Jurre voor.

Jurre neemt Alice' plek naast de man in en begint op gedempte toon te vertellen wat er vermoedelijk is gebeurd. De man stelt af en toe korte vragen, terwijl zijn gezicht vertrokken is van de pijn. Het zweet staat hem op het voorhoofd.

'Zijn naam is Cédric Roussillon en hij is met zijn luchtballon opgestegen vanuit Courchevel. Hij is in het dagelijks leven piloot op een reddingshelikopter die hier in het gebied gecrashte skiërs in veiligheid brengt.'

Ineens begint Loek hysterisch te lachen. Doordat iedereen gefocust was op de gewonde ballonvaarder, was hij eigenlijk een beetje vergeten. Zes paar ogen schieten zijn kant op.

'En nou is hij zelf gecrasht! Nou moet hij zichzelf gaan redden!'

Loek ligt helemaal dubbel. Hij giert het uit, met lange uithalen die eindigen in een hoog gepiep, waarna hij diep inademt en het weer van voren af aan begint. Er lijkt geen einde aan te komen.

'Er is er daar weer eentje wakker geworden,' verzucht Yasmijn.

'We zouden hem eigenlijk een verdovingsmiddel moeten geven,' reageert Alice. 'Voor zijn eigen bestwil, maar ook voor die van ons.' Ze kijkt bezorgd naar de gewonde man op de grond, wiens angstige ogen zenuwachtig heen en weer schieten.

'Wacht maar, ik weet wel hoe ik hem stil kan krijgen.' Jurre pakt twee zakdoeken uit zijn rugtas en trekt een sjaal mee die over een stoel hangt. Wanneer Loek zijn mond weer wijd openzet voor een nieuw lachsalvo, propt Jurre de twee zakdoeken er zonder pardon in. Loek probeert hem te bijten, maar hij is niet snel genoeg. Met zijn tong probeert hij de zakdoeken naar buiten te duwen, maar Jurre is sneller en bindt de sjaal rond zijn mond.

'Zo, die horen we voorlopig niet meer.'

Loek probeert weer verwoed los te breken. Zijn lijf kronkelt woedend heen en weer op de stoel, waarop Joshua en Jurre de stoel naar de verste hoek van de kamer slepen en hem met de voorkant tegen de muur zetten, zodat hij niet met stoel en al door de kamer kan wandelen.

Alice gaat weer op haar hurken naast de gewonde Cédric zitten. Tot haar genoegen ziet ze dat zijn huid minder grauw is dan bij binnenkomst en dat hij op zijn wangen lichte blosjes begint te vertonen door de warmte die het haardvuur geeft. Cédric kijkt haar aan en het valt haar nu pas op hoe blauw zijn ogen zijn. Ze glimlacht naar hem. '*C'est bien*,' zegt ze zachtjes.

'*Mon ange*,' mompelt hij zachtjes, terwijl hij haar diep in haar ogen kijkt. Ze wordt er een beetje zenuwachtig van. Aangezien ze geen idee heeft wat zijn woorden betekenen, lacht ze nog maar eens terwijl ze aan Jurre vraagt om een vertaling.

'Mijn engel,' antwoordt hij.

Alice kijkt weer in de opvallend blauwe ogen van de gewonde man. Ze heeft het gevoel dat... Ineens schiet haar iets te binnen. 'Jur, die reddingshelikopter die ons acht jaar geleden heeft opgepikt nadat Noah was, eh... Heette die piloot niet ook Cédric?'

'Gut, dat weet ik niet meer, ik had toen echt wel andere dingen aan mijn hoofd.'

'Vraag het hem eens, dan kijk ik ondertussen in de EHBO-koffer of ik hem wat tegen de pijn kan geven. Het zal niet veel zijn, maar iets is beter dan niets.' Ze haalt het koffertje uit haar tas en vindt al snel een strip paracetamol.

'Heb je hier misschien iets aan?' Olga staat met een paar tabletten ibuprofen naast haar. 'Ik gebruik het tegen de hoofdpijn, maar hij heeft het nu harder nodig dan ik.'

'Ja, dat is perfect. In combinatie met de paracetamol hebben we een redelijk krachtige pijnstiller.'

Ze drukt de benodigde hoeveelheid pillen uit in de kom van haar hand en loopt ermee naar de patiënt. Samen met Jurre houdt ze zijn bovenlichaam iets overeind. Cédric slikt de eerste pil die ze in zijn mond heeft gestopt moeizaam door met behulp van het water dat ze in zijn mond heeft laten lopen. Bij pil twee en drie lijkt hij de slag iets beter te pakken te hebben.

'Oké, voor we iets anders doen, wil ik dat we hem nu eerst op dat matras leggen. Hoe wakkerder hij wordt, hoe meer pijn hij zal krijgen en die koude, harde vloer maakt het alleen maar erger. Vertel jij hem even wat we gaan doen, Jur?'

Jurre verspilt er niet te veel woorden aan en samen met Joshua tilt hij Cédric een stukje van de vloer, terwijl Alice zijn gebroken benen zo goed en zo kwaad als het gaat ondersteunt. Cédric houdt zijn adem in en spant al zijn spieren aan om de pijn op te vangen. Het is niet voldoende, zijn gil gaat door merg en been. Vlug schuiven Olga en Yasmijn het matras onder zijn gebroken lichaam en Cédric moet een paar minuten hijgend bijkomen als Jurre en Joshua hem voorzichtig hebben laten zakken. Hij sluit zijn ogen en ziet zo bleek dat Alice bang is dat hij het bewustzijn opnieuw verliest. Ze pakt zijn hand en knijpt er bemoedigend in. Hij gunt haar een glimp tussen zijn wimpers en opgelucht ziet ze dat zijn ogen niet troebel zijn. Langzaam ontspant zijn gezicht weer een beetje en het krampachtige knarsen met zijn kiezen stopt. Ze strijkt automatisch een natte lok haar van zijn voorhoofd terwijl ze zijn hand vast blijft houden. Het simpele gebaar voelt intiemer aan dan ze lange tijd met een man is geweest en ze bloost als Cédric haar blijft aankijken.

'Hij is al zo'n tien jaar actief als piloot op de reddingshelikopter, dus het is mogelijk dat we hem acht jaar geleden hebben ontmoet,' onderbreekt Jurre het moment.

'*Parlez vous anglais? Do you speak English?*' vraagt Alice.

'*Yes, I speak English.*'

'*Great!*'

Jurre maakt geen enkele aanstalten om zich terug te trekken.

'Oké, Jurre, dan redden wij het verder wel. Als je me een beetje ruimte zou willen geven...' spoort Alice hem aan.

'Kom op, Jur, wegwezen.' Olga pakt haar echtgenoot bij de hand en trekt hem mee. 'Wij gaan samen even wat emmers sneeuw verzamelen, want we zijn zo goed als door ons water heen en ik heb verschrikkelijke dorst. Als Joshua die kookpot een beetje opstookt, dan kunnen we het smelten en onze flesjes ermee vullen.'

'Thee zonder zakje,' zegt Yasmijn lachend, terwijl Jurre met duidelijke tegenzin zijn natte jas weer aantrekt om met Olga naar buiten te gaan.

Alice concentreert zich weer op Cédric. Ze vraagt hem of hij zich kan herinneren wat er precies is gebeurd en waar hij allemaal pijn heeft. Hij bevestigt dat hij een ballonvaart vanuit Courchevel heeft gemaakt en is overvallen door het plotseling omslaande weer. Toen de hevige thermiek grip kreeg op zijn ballon, werd hij een speelbal van de wind en raakte hij de volledige controle kwijt. Zijn ballon stortte naar beneden en op het laatste moment was hij eruit geslingerd.

'Ik dacht echt dat mijn laatste uur geslagen had. En toen werd alles zwart.'

'We hebben je bewusteloos gevonden onder de ballonstof door de oplettendheid van Jurre. Je hebt je leven aan hem te danken. Als hij niet zo slim was geweest, was je waarschijnlijk doodgevroren voordat iemand je had gevonden.'

Hij knikt voorzichtig. 'Dat denk ik ook. Mijn radio was uitgevallen en ik was het contact met mijn volgwagen dus kwijt. Een noodoproep kon ik ook niet meer doen.'

'Je hebt echt gelukt gehad dat ik je ballon toevallig opmerkte in de lucht. Later zag ik die rookpluim en toen zijn we poolshoogte gaan nemen. De rest is je bekend. Ik vrees wel dat we je ballon in stukken hebben moeten snijden.' Ter illustratie houdt ze een stuk van het nylon omhoog waar ze Cédric in vervoerd hebben.

'Er zijn ergere dingen. Voorlopig ben ik wel even klaar met ballonvaren.'

'Inderdaad, het zal nog wel een tijdje duren voordat je je benen weer kunt gebruiken. Luister, Cédric, ik ben arts en ik zou je graag willen onderzoeken om de schade op te nemen. Vind je dat goed?'

'Als het moet.' Hij gaat iets verliggen en zijn gezicht vertrekt wederom van de pijn. Hij kijkt haar gespannen aan en blaast een paar keer puffend uit door zijn mond.

'Ha, dat ziet eruit als een man die mee is geweest naar de zwangerschapsgymnastiek van zijn vrouw,' grapt Alice om de sfeer een beetje losjes te houden.

Er trekt een donkere sluier over Cédrics gezicht.

'Heb ik iets verkeerds gezegd?' vraagt ze geschrokken.

'Je kon het niet weten. Ik ben inderdaad mee geweest naar de zwangerschapsgym van mijn vrouw. Inmiddels exvrouw. Ons dochtertje is gestorven aan wiegendood, vandaag precies acht jaar geleden.'

'O, wat erg. Sorry voor mijn lompe opmerking.'

'Nogmaals, dat kon je niet weten. Ik maak elk jaar op haar sterfdag een ballonvaart om haar te herdenken. Als ik zo hoog langs de hemel vaar, heb ik het idee dat ik een beetje dichter bij haar ben. Misschien een beetje raar, maar...'

Hij zwijgt en staart in gedachten verzonken voor zich uit. Alice voelt tranen opkomen. In zijn ogen herkent ze het verdriet dat ze altijd bij zichzelf ziet als ze in de spiegel kijkt. Aan de oppervlakte lijkt alles dik in orde, maar daaronder ligt de rauwe pijn die alleen te zien is voor de oplettende waarnemer. Zou hij haar leed ook opmerken?

'Acht jaar geleden ben ik mijn vriend kwijtgeraakt bij het offpiste skiën. Hij is in een gletsjerspleet gevallen op de Glacier de Gebroulaz en ik heb hem niet kunnen redden. Samen met Jurre ben ik toen met een reddingshelikopter afgevoerd na het ongeluk.'

Ze weet niet waarom ze dit vertelt aan deze wildvreemde man, maar iets in Cédrics gezicht zegt haar dat het oké is. Dat hij haar zal begrijpen. Hij kijkt haar doordringend aan en op dat moment klikt er iets tussen hen wat zo krachtig is dat Alice bang is dat het geluid letterlijk hoorbaar is. Er lijkt een puzzelstukje op zijn plek te vallen dat ze allebei al heel lang kwijt waren.

'Kan het zijn dat jij de piloot was van die reddingshelikopter destijds?' vraagt ze hem. 'Je naam komt me zo bekend voor en ik herken ook iets in je gezicht.'

'Jurre stelde me die vraag ook al. Het zou zeker kunnen, maar ik zal het moeten terugzoeken in de logboeken. Ik heb zoveel mensen in mijn helikopter gehad.'

'Dus ik heb niet veel indruk op je gemaakt? Fraai is dat,' zegt ze grinnikend.

'Sorry.'

'Maakt niet uit. Goed, laten we ons dan nu eerst maar eens concentreren op jouw lichamelijke toestand. Zullen we het allemaal even rustig nalopen?'

'Ja, dokter.'

Rustig begint Alice de patiënt te onderzoeken. Ze werkt van boven naar beneden, beginnend bij zijn schedel, die enkele schrammen en schaafwonden vertoont. De sneden zijn niet diep genoeg om te moeten worden gehecht, maar de wonden moeten wel schoongemaakt en verzorgd worden om te voorkomen dat ze gaan infecteren. Ze maakt een notitie in haar hoofd en gaat verder met haar onderzoek. Voorzichtig loopt ze zijn gewrichten een voor een na. Als ze zijn armen test op beweeglijkheid, krimpt hij kreunend in elkaar.

'Mijn ribben. Niet te doen. Bij elke beweging die ik maak, verga ik van de pijn.'

Wanneer ze voorzichtig zijn ribben onderzoekt, moet ze concluderen dat ze bijna allemaal gekneusd zijn. 'Je hebt mazzel dat ze niet gebroken zijn, want dan was de kans op een klaplong groot geweest en als dat was gebeurd, had je er een stuk minder fris bij gelegen.'

'Dus je vindt dat ik er nu wél fris bij lig? Het voelt alsof er een vrachtwagen over me heen is gereden.'

Ze glimlacht. 'Geloof me, het kan nog veel erger.'

Geconcentreerd gaat ze verder met haar onderzoek en uiteindelijk komt ze bij zijn benen. Met een schaar uit de EHBO-koffer knipt ze vakkundig de broekspijpen open en hoewel ze een vermoeden had van wat ze zou aantreffen, schrikt ze toch. Beide benen hebben een gecompliceerde open botbreuk. Een operatie is absoluut noodzakelijk, en snel ook.

'En, dokter… is het slecht nieuws?' vraagt Cédric. 'Of zijn mijn benen ook alleen maar gekneusd, net als mijn ribben?'

Alice lacht niet. 'Beide benen vertonen een gecompliceerde open botbreuk. Ik ben bang dat je niet onder een operatie uit komt en dat je daarna nog een pittig revalidatietraject tegemoet kunt zien.'

Cédrics gezicht betrekt. '*Merde*.'

'Ik zou willen dat ik beter nieuws voor je had.'

'Dat gaat me financieel een hoop gedoe opleveren. Misschien ontslaan ze me wel.'

'Laten we niet te ver op de zaken vooruitlopen. Stap één is dat we je naar een ziekenhuis in de buurt weten te krijgen.'

'En daar hebben we een helikopter voor nodig.'

'Ja, en jij bent niet de enige die per helikopter afgevoerd

moet worden.' Alice werpt een schuine blik op Loek. 'Onze vriend daar is in een behoorlijk agressieve psychose geschoten en helaas moesten we hem voor onze eigen veiligheid vastbinden. Hij heeft dringend medicatie en een psychiater nodig.'

'Als je mijn telefoon even uit de binnenzak van mijn jas haalt, dan bel ik mijn collega's bij de reddingsdienst om te zeggen dat ze een helikopter sturen.'

'Was het maar zo simpel. We hebben hier geen van allen bereik met onze mobiel. Ik denk dat het netwerk eruit ligt door die hevige onweersbui. Maar ik zal je telefoon pakken, misschien heb jij wel bereik omdat je een Franse provider hebt.' Alice zoekt alle zakken in Cédrics jas af en geeft hem het toestel. De hoop in zijn ogen verdwijnt algauw als er ook bij hem geen netwerk wordt gevonden.

'Ik kan het buiten nog even proberen, maar bij onze toestellen leverde dat geen enkel resultaat op.'

Cédric knikt, typt het nummer van de nooddienst alvast in en geeft haar zijn toestel. Alice verdwijnt ermee naar buiten.

Het duister is inmiddels ingevallen en hoewel het noodweer voorbij is, is de gevoelstemperatuur nog een paar graden verder gezakt. Terwijl Alice probeert Cédrics telefoon aan de praat te krijgen, hoort ze Olga en Jurre verderop praten. Ze kan niet verstaan wat ze zeggen, maar het klinkt alsof ze aan het kibbelen zijn. Ze probeert er geen acht op te slaan en focust zich op de telefoon, maar al haar pogingen om contact met de buitenwereld te krijgen mislukken. En ineens daalt het besef in dat ze hier volledig afgesloten zijn van de buitenwereld, met een zwaargewonde patiënt en een ernstig geesteszieke man. Zij is de enige met praktische medische kennis en die verantwoordelijkheid drukt zwaar op haar schouders. Ze heeft steeds geprobeerd om rust uit te stralen naar de groep toe, maar na een dag vol stress begint het haar nu op te breken. Haar maag knort van de honger en ze heeft ontzettende dorst. Ze voelt zich diep ellendig en zou het liefst in een hoekje een potje gaan zitten janken, maar ze weet ook dat ze daar niets mee opschiet. Ze moet overeind blijven totdat iedereen in veiligheid is gebracht. Pas dan kan ze instorten. Ze recht haar schouders en haalt diep adem.

Oké, laten we alles eens op een rijtje zetten.

En hoe het kan weet ze niet, maar in de daaropvolgende minuten is ze rustiger dan ze de hele dag is geweest. Kalm laat ze alle feiten de revue passeren en wanneer ze hun situatie vanuit alle hoeken heeft beoordeeld, neemt ze een besluit. Ze loopt om het chalet heen naar de plek waar ze vermoedt dat Jurre en Olga zijn en ziet Jurre nog net wat laatste handen sneeuw in de emmer gooien.

'Kan ik ergens mee helpen?' vraagt ze.

'Hé,' begroet Olga haar, terwijl Jurre de emmer in de lucht houdt. 'We zijn net klaar.'

'Ik denk dat we hier wel even mee vooruit kunnen,' voegt Jurre daaraan toe.

'Mooi, dan gaan we naar binnen, want ik wil even iets met jullie bespreken.'

Gedrieën lopen ze om naar de ingang van het chalet. Alice slikt als ze de warmte voelt die het haardvuur nog steeds afgeeft. Ze beseft dat de voorraad hout niet oneindig is. Als ze erdoorheen zijn zal het heel erg koud worden in het huisje en Ilse en Cédric zijn te kwetsbaar om zo'n hevige kou te doorstaan. Daarom moet ze haar plan uitvoeren, en wel zo snel mogelijk.

Het plan is simpel: waterflessen vullen, ski's aantrekken en hulp gaan halen. En zij moet het doen. Bij de gedachte dat de veiligheid van de groep van haar afhangt omdat ze de beste skiër is, voelt ze een onaangename druk op haar borst die steeds zwaarder wordt. Als ze faalt, kan dat ernstige gevolgen hebben. Noahs lachende gezicht verschijnt op haar netvlies. Ze hoort hem weer voor de laatste keer haar naam noemen… en dan die stilte. Die oorverdovende, definitieve stilte omdat ze niet in staat was haar geliefde te redden. Ineens lijkt het heel belachelijk dat juist zij nu de held wil gaan uithangen. Ze heeft destijds gefaald, waarom zou ze nu wel slagen? Maagzuur komt opzetten en ze balt haar handen tot vuisten. Ze knijpt zo hard en krampachtig dat haar nagels rode halvemaantjes achterlaten in de huid van haar handpalm. Ze heeft het niet eens in de gaten.

'Hé, hallo.' Olga zwaait met haar hand voor Alice' gezicht in een poging om contact met haar te krijgen. 'Ben je er nog? Voel je je wel goed?'

Alice knippert met haar ogen. 'Ja, ja, prima.' Het klinkt niet overtuigend.

Ze volgt Olga naar de woonkamer, waar Jurre en Joshua zich al bekommeren om het smelten van de sneeuw. Cédric kijkt haar met zijn grote blauwe ogen aan en ze haat het dat ze de verwachting die ze daarin leest moet temperen. Ze schudt 'nee' zodat hij begrijpt dat het haar niet is gelukt om het belangrijke telefoontje te plegen. Zijn gezicht ziet nog grauwer dan daarnet en het is duidelijk dat hij helse pijnen lijdt, ondanks de pijnstillers. Door de aanblik van de gewonde Cédric realiseert ze zich des te meer hoe belangrijk het is dat ze haar hoofd erbij houdt. Ze mag zich simpelweg niet laten meeslepen door emoties die worden ingegeven door haar trauma. Ze schraapt haar keel.

'Jongens, ik wil even iets met jullie bespreken.'

Ze wacht tot iedereen zich naar haar heeft omgedraaid. Stuk voor stuk kijken ze haar verwachtingsvol aan, met uitzondering van Loek. Zijn ogen glinsteren donker en kwaadaardig en van achter zijn sjaal klinken rare keelgeluiden. Ze is blij dat Jurre hem de mond heeft gesnoerd.

'De situatie is als volgt,' gaat ze verder. 'Ik vrees dat we genoodzaakt zijn om de nacht hier door te brengen. Hoewel het weer behoorlijk is opgeknapt, zie ik geen mogelijkheden om hier op eigen kracht met z'n allen weg te komen. Cédric moet zo snel mogelijk geopereerd worden en heeft medisch vervoer nodig, en Loek is evenmin in staat om te skiën. Ilse kan wel skiën. maar is daar op dit moment te uitgeput voor. Ze moet wél uiterlijk om elf uur morgenochtend haar medicatie hebben. Medicatie die in Val Thorens ligt... Ik heb net nogmaals geprobeerd om een telefoontje te plegen, maar er is nog steeds geen netwerk. Al met al zit er dus maar één ding op: als we hier weg willen komen, zullen we hulp moeten halen in de dichtstbijzijnde plaats. Dat is Méribel.'

'Oké, dan ga ik me aankleden,' reageert Olga meteen kordaat. Ze kijkt naar Jurre om hem aan te sporen hetzelfde te doen.

'Nee, ik ga en ik ga alleen,' zegt Alice. 'Ik ben de beste skiër en ik heb de route zo goed bestudeerd, dat ik hem wel kan dromen. Jullie moeten op Cédric, Loek en Ilse passen. We kunnen ze niet achterlaten zonder hulp, alleen al omdat iemand het vuur moet aanhouden en ervoor moet zorgen dat Cédric regelmatig wat te drinken krijgt. Met z'n vieren kunnen jullie afwisselend slapen en de wacht houden. Bovendien is met een groepje skiën in het donker niet te doen, de kans dat we elkaar dan kwijtraken is levensgroot. Dus ik ga alleen.' Ze zet vastbesloten haar handen in haar zij, waardoor ze zelfverzekerder lijkt dan ze zich voelt.

'Dus je wilt dat we ons lot in jouw handen leggen?' vraagt Olga.

'Ik denk dat jullie weinig keus hebben.'

'En dat heb jij zo bepaald?'

‘Ik heb alle opties bestudeerd en dit is de meest kansrijke.’

‘Er is ook een andere optie. Ik kan met je meegaan,’ brengt Jurre in.

‘Ik heb net toch uitgelegd waarom het beter is als ik alleen ga?’ Alice kan haar ergernis nauwelijks verbergen.

‘Ik laat je niet alleen gaan, Ali. Dat is veel te gevaarlijk.’

‘Ik ben het met Jurre eens,’ zegt Yasmijn en iedereen kijkt haar kant op. Ze zit diep weggedoken in de schommelstoel waar Ilse zat totdat ze naar bed ging. ‘Met zijn tweeën bereik je meer dan in je eentje.’

‘Nou, dat weet ik zo net nog niet. Alice is veel sneller dan Jurre.’ Olga zet nu ook haar handen in haar zij. ‘Het voelt voor mij veiliger als Jurre hier blijft. Niet dat ik jou niet vertrouw, Josh, maar twee mannen in de buurt vind ik een prettiger idee, alleen al voor de verzorging van Cédric en het in bedwang houden van Loek. Yasmijn en ik zijn niet in staat om Cédric op een comfortabele wijze te verplaatsen, mocht dat nodig zijn. En wat nou als hij moet plassen?’

‘Dan haal je hem uit zijn broek en hou je er een glas onder,’ antwoordt Jurre geërgerd. ‘Zo moeilijk is dat niet.’ Hij is het duidelijk niet met zijn vrouw eens.

‘Jur…’ zegt Olga smekend.

‘Ik ga met Alice mee. Einde discussie.’

‘Dus je kiest voor haar en niet voor mij?’ Olga kijkt hem fel aan.

‘Ho, ho, ho,’ bemoeit Alice zich er nu ook mee. ‘Dit lijkt me niet het moment voor een echtelijke ruzie. Jurre probeert te doen wat in zijn ogen het beste is gezien de situatie, dat heeft niets te maken met dat hij voor mij in plaats van voor jou kiest. Dat is sowieso totaal niet aan de orde, dus ik begrijp eerlijk gezegd niet hoe je dat kunt denken.’

Ze ziet dat Cédric het gesprek met zijn ogen volgt. Hij

verstaat geen woord van de hele discussie, maar heeft duidelijk wel in de gaten dat het allemaal niet bepaald vredig verloopt. Alice heeft ontzettend met hem te doen en schaamt zich ook een beetje. Die man ligt daar compleet hulpeloos, overgeleverd aan een groepje mensen dat een potje gaat staan bekvechten. Ze kan zich voorstellen dat dit niet bepaald vertrouwen wekt in een goede afloop.

Olga heeft haar strijdbare houding inmiddels laten varen en staat er ingezakt bij. 'Doe wat je niet laten kunt, Jur.' Ze keert zich met tranen in haar ogen van hem af.

Alice loopt naar haar toe en slaat een arm om haar heen. Tot haar verbazing laat Olga het toe zonder haar af te weren. 'Hé, het komt goed, Ootje, dat beloof ik je. Ik ga gewoon in mijn eentje en Jurre blijft bij jou.'

'Doe geen beloftes die je niet kunt waarmaken,' mompelt Olga.

Het is Alice niet duidelijk of haar vriendin doelt op haar toezegging dat alles goed komt of op de bewering dat ze alleen op pad gaat. 'Heb een beetje vertrouwen, Ootje. Ik weet dat ik het niet verdiend heb en dat ik misschien te veel van je vraag, maar geef me alsjeblieft het voordeel van de twijfel.'

'Ik heb er gewoon een heel slecht gevoel over. Ik kan er niets aan doen.'

'Het is de enige mogelijkheid om hier zo snel mogelijk weg te komen. We hebben geen eten, de houtvoorraad slinkt snel. Zonder die kachel wordt het hier ijs- en ijskoud. Jij weet net zo goed als ik dat Ilse dat niet aankan. Bovendien heeft ze haar medicatie nodig. Je weet welke risico's ze loopt als ze haar medicijnen niet op tijd slikt.'

Olga knikt verdrietig. 'Dat weet ik maar al te goed.'

Jurre voegt zich bij hen. 'Ik laat me niet van mijn plan afbrengen. Ik ga met Ali mee. Het zou ontzettend dom zijn om zo'n tocht zonder buddy te maken. Als Alice op de een of andere manier strandt voordat ze in Méribel is, dan kan ik door. We moeten de hulpdiensten zo snel mogelijk inschakelen. Deze mannen hebben dringend medische hulp nodig en Ilse moet op tijd terug zijn in Val Thorens voor haar medicatie. Wat je ook zegt of vindt, Ootje, daar is geen speld tussen te krijgen.'

'Maak maar dat jullie wegkomen dan,' verzucht ze. 'Maar waag het niet om niet thuis te komen. Ik kan niet nog een keer zo'n drama aan in mijn leven.'

'Jurre en ik hebben Cédric samen al een keer weten te redden, we kunnen dat kunstje best nog een keer flikken.' Alice hoopt dat haar woorden Olga enige geruststelling bieden. Ze heeft haar verzet tegen Jurres gezelschap opgegeven en hij knikt haar met een triomfantelijke glimlach toe.

'Wat hebben we nog over aan energierepen?' roept hij door de kamer. 'Alice en ik hebben wat brandstof nodig voor onze tocht.'

Rug- en jaszakken worden grondig doorzocht en ze vinden slechts twee armzalige repen. Ze besluiten er eentje te delen en er een in het chalet achter te laten. Terwijl Joshua een paar waterflesjes voor onderweg vult, steekt Alice een hap in haar mond. Ze kauwt en kauwt, en denkt terug aan de situatie van acht jaar geleden. In haar maag vormt zich een ijzige klomp. Nu zal ze moeten laten zien wat ze waard is, en de angst dat ze zal falen werkt bijna verlammend. Ze probeert zichzelf af te leiden door in de praktische modus te gaan. Hardop controleert ze haar uitrusting en ze stopt nog wat extra veiligheidstouwen in haar rugzak. Ze draagt Jurre op hetzelfde te doen. Daarna checken ze of het radiosysteem in hun helmen nog steeds werkt. Mochten ze elkaar toch kwijtraken, dan kunnen ze in elk geval contact blijven houden en elkaar op die manier hopelijk weer terugvinden.

'Oké, ik ben er klaar voor.'

Alice omhelst Yasmijn en Joshua en hurkt dan neer bij Cédric om hem te vertellen wat ze gaat doen. Hij heeft zijn ogen gesloten en ziet zo grauw dat ze even bang is dat hij ertussenuit is gepiept. Voorzichtig legt ze haar hand op de zijne en ze kan een opgeluchte zucht niet onderdrukken als hij haar met die intens blauwe ogen aankijkt. 'Nog even volhouden, Cédric. Ik ga samen met Jurre hulp halen en voor je het weet lig je in een warm, veilig ziekenhuisbed.'

'Op een harde operatietafel zul je bedoelen.'

Hij probeert dapper te lachen, maar krimpt ineen van de pijn. Ze laat hem in haar hand knijpen totdat de pijn weer enigszins draaglijk is. Met haar sjaal dept ze het koude zweet van zijn voorhoofd.

'Joshua, Yasmijn en Olga zorgen dat je de komende uren voldoende water binnenkrijgt. Je bent in goede handen bij hen. Olga's zus Ilse ligt boven te slapen. Haar gezondheid is broos. Ze heeft twee jaar geleden een harttransplantatie ondergaan en is uitgeput van de skitocht die we gemaakt hebben. Ik verwacht niet dat ze de komende uren naar beneden zal komen, maar mocht je een vreemd gezicht zien, dan is zij het dus. Ik hou van haar als van mijn eigen zusje.'

Cédric hoort de emotie in haar stem als ze over Ilse praat en knijpt zachtjes in haar hand. 'Zo te horen is Ilse een bijzondere dame, die ik graag wil ontmoeten.'

'Ze is de liefste. Wat betreft Loek, die kan geen kant op, dus daar hoef je niet bang voor te zijn. Ik zal verder wat paracetamol voor je achterlaten bij Olga. Je mag er om de zes uur twee innemen. Als de pijn te erg is, mag het ook best een uurtje eerder, maar probeer je zo veel mogelijk aan de tijden te houden. Sla in elk geval geen dosis over, want voor het beste effect moet je een spiegel opbouwen in je bloed en dat gaat alleen maar als je geen enkele dosis overslaat.'

'Komt voor elkaar, dokter,' antwoordt Olga, die op een afstandje heeft staan meeluisteren. 'Zuster Olga zal om de zes uur een wekker in haar telefoon zetten en er zorg voor dragen dat de patiënt zijn medicatie krijgt.'

Cédric heeft Alice' hand nog steeds vast en brengt hem met een van pijn vertrokken gezicht naar zijn mond. Hij geeft er een kus op. Ondanks alle angst en stress voelt Alice haar huid tintelen als zijn lippen haar huid raken.

'Als we hier goed uit komen, dan trakteer ik je op een etentje om het te vieren. Ik heb altijd al eens met een dokter aan tafel willen zitten.'

'Wat toevallig. Ik met een helikopterpiloot die ballonvaren als hobby heeft.' Alice geeft hem een knipoog en maakt haar hand met tegenzin los uit de zijne als ze Jurre ongeduldig achter zich hoort snuiven.

'Vandaag nog?' vraagt hij. De ergernis druipt ervan af.

'Dag Cédric.' Alice zwaait nog even voordat ze met Jurre naar de gang loopt. Als ze langs Joshua komt, drukt ze hem op het hart om het vuur zo lang mogelijk aan de praat te houden. Yasmijn legt haar hand in het voorbijgaan nog even op Alice' schouder.

'*Good luck*, Ali. Je kunt dit.'

Wanneer Alice de gang in loopt, staat Olga in een innige omhelzing met Jurre. Ze zoent hem alsof het de laatste keer zal zijn. Met een subtiel kuchje kondigt Alice haar aanwezigheid aan en Olga laat Jurre los. Haar gezichtsuitdrukking is in zichzelf gekeerd en haar ogen zijn nat van de tranen. 'Breng hem veilig thuis, Ali. Doe voorzichtig.'

Alice omhelst haar vriendin stevig. 'Natuurlijk breng ik hem veilig thuis.' Ze probeert haar stem zo luchtig mogelijk te laten klinken om Olga, maar ook zichzelf te overtuigen.

34

De bijna volle maan reflecteert feller dan verwacht op de witte wereld om Alice en Jurre heen. Omdat de storm is gaan liggen en er alleen nog wat lichte sneeuw omlaagdwarrelt, is het zicht beter dan ze hadden verwacht. De stilte en de verlatenheid van het landschap geven Alice het gevoel dat zij en Jurre de enige twee overlevenden zijn na de apocalyps. Het vriest dat het kraakt en de ijslaag onder de verse sneeuw die overdag is gevallen bemoeilijkt hun tocht. Regelmatig klappen ze op onzichtbare hobbels die hen uit hun evenwicht brengen. Het vergt opperste concentratie om overeind te blijven en dat maakt praten onmogelijk.

Ondanks alles weten ze er een behoorlijk tempo in te houden. Het lukt hun om dicht bij elkaar te blijven skiën, met de ene keer Alice voorop en de andere keer Jurre. Alice probeert het geknor van haar maag te negeren. De halve reep heeft nauwelijks zoden aan de dijk gezet en geeft lang niet voldoende brandstof voor de inspanning die nog gaat komen. De adrenaline houdt haar tot nog toe op de been en ze bidt dat een hongerklop uitblijft totdat ze in bewoond gebied zijn. Ze kauwt op een stuk kauwgom dat ze voor vertrek nog vlug in haar mond heeft gestoken om een droge mond tegen te gaan. Het moment om te stoppen om iets te drinken moeten ze zo lang mogelijk uitstellen. Meters maken, dat moeten ze!

Hoewel ze weet dat het beter is om te focussen op het zware parcours, schieten haar gedachten alle kanten op. Ze denkt aan het gepijnigde gezicht van Cédric die dringend hulp nodig heeft, daarna flitst het blije gezicht van Ilse voorbij, gevolgd door Olga met haar betraande ogen en als laatste de vastgebonden Loek. Alleen over Yasmijn en Joshua maakt ze zich geen zorgen. Die twee redden het wel. Ze hebben elkaar en meer lijken ze in elk geval de komende vierentwintig uur niet nodig te hebben. Alice is blij voor Yasmijn dat ze zo'n lieve, leuke vent aan de haak heeft geslagen na de hel die ze heeft moeten doorstaan met Loek. Ze bewondert Joshua om het geduld dat hij heeft met Yasmijns ex en de vrijheid die hij haar geeft om nog steeds een oogje in het zeil te houden, ook al is het haar verantwoordelijkheid niet meer. *Niet veel mannen zullen hem dat nadoen*, denkt ze.

Ze verbaast zich erover hoe ze in de loop der jaren allemaal veranderd zijn, maar toch ook weer niet. Onder de laag levenservaring die ze de afgelopen acht jaar hebben opgedaan, ligt nog steeds de basis van hun karakter van toen. Het luchtige van Yasmijn, het zorgelijke van Olga, het optimisme van Ilse, het eigenwijze en stellige van Jurre. Alleen Loek lijkt zichzelf volledig kwijt te zijn geraakt en Alice heeft grote twijfels of hij – zelfs met behulp van de juiste medicatie – ooit een normaal leven zal kunnen leiden. Zijn dwarse karakter en zijn gebrek aan discipline zullen therapie waarschijnlijk altijd in de weg blijven staan. Dat betekent óf levenslange supervisie, óf een leven met regelmatige opnames in een kliniek om zijn terugvallen weer de baas te worden. Geen vrolijk vooruitzicht. Hoe hard Yasmijns woorden ook klonken toen ze Loek kansloos noemde, Alice vreest dat er een grote kern van waarheid in zit. Yasmijn lijkt dat zelf ook eindelijk in te zien. De problemen met

Loek zullen nooit stoppen en uit zelfbescherming zal ze afstand van hem moeten nemen. Maar niet alleen voor zichzelf, ook voor Joshua. Als ze hun relatie tot bloei wil laten komen, zal ze de verantwoordelijkheid voor Loek moeten overdragen aan iemand anders, zijn ouders bijvoorbeeld. Pas dan hebben zij en Joshua een eerlijke kans om een toekomst op te bouwen. Yasmijn zal moeten kiezen en Alice hoopt van harte dat haar vriendin dat vanavond ook daadwerkelijk heeft gedaan toen ze zei dat ze niks meer met Loek te maken wilde hebben.

Alice' gedachten gaan naar Cédric. Ze ziet weer zijn mooie blauwe ogen toen hij haar zijn levensverhaal vertelde. Voor het eerst sinds Noahs ongeluk had ze het gevoel dat iemand haar echt begreep. Haar eigen pijn leek te versmelten met die van hem op een manier die haar kracht gaf in plaats van haar verder de duisternis in te trekken. Ze had eindelijk het gevoel dat ze de bodem had bereikt en dat er vanaf dat punt alleen nog maar een weg omhoog mogelijk was. Misschien liet ze zich meeslepen door de situatie waarin ze zaten en haalde ze zich dingen in het hoofd die er helemaal niet waren, maar zeker weten doet ze dat niet. Het is een van de dingen die ze met de Fransman wil bespreken tijdens dat etentje dat hij haar heeft beloofd.

Ze concentreert zich weer volledig op de eindeloze witte vlakte die ze moeten overbruggen en stelt zich voor dat het restaurant waar Cédric op haar zit te wachten aan het einde daarvan ligt. Het motiveert haar om nog harder te skiën. Een nieuwe adrenalinestoot dient zich aan en ze versnelt weer, terwijl ze dacht dat ze al aan haar taks zat. Ze vliegt Jurre voorbij, die net het voortouw heeft genomen.

'Wow,' hijgt zijn stem in haar helm. 'Heb een beetje medelijden met deze arme man.'

Ze grinnikt, maar remt niet af. 'Je wilde toch zo nodig mee omdat je dacht dat ik het niet in mijn eentje zou redden? Laat dan ook maar eens zien wat je in huis hebt.'

Ze zijn al een eind op weg als het toch weer harder begint te sneeuwen. Ook de wind steekt weer de kop op en blaast hen vol in het gezicht. Het bemoeilijkt hun ademhaling en noodgedwongen moeten ze hun tempo naar beneden bijstellen om voldoende zuurstof binnen te krijgen. De maan verdwijnt steeds vaker achter een dikke wolk en Alice heeft soms moeite om Jurre te onderscheiden.

'Als het goed is, komen we zo langs een stuk waar wat bomen staan. Hopelijk bieden die wat beschutting,' laat ze hem weten.

'Oké!' schreeuwt hij harder dan noodzakelijk. Haar oor tuit van zijn scherpe stem.

'Denk je een beetje aan mijn trommelvliezen?' kaatst ze terug.

'Sorry!' Het klinkt niet veel zachter.

Alice komt omhoog uit haar gebogen houding om haar getergde rugspieren wat te strekken. Met haar bovenarmen maakt ze subtiele draaibewegingen om haar schouders los te gooien, en daarna neemt ze weer een aerodynamische houding aan. Haar enkels, knieën en heupen buigt ze goed, zodat de druk gelijkmatig over haar ski's wordt verdeeld. Ze merkt meteen dat het resultaat heeft en ze meer grip krijgt. Hoewel ze het niet aan zichzelf wil toegeven, beginnen uitputting en honger haar steeds meer parten te spelen. Misschien moeten ze zo toch even stoppen om wat te drinken? Als ze haar maag een beetje vult met de gesmolten sneeuw, stopt het knagen misschien. Maar dan denkt ze weer aan Cédric en hoe dringend hij hulp nodig heeft.

Kom op, Alice, een uurtje. Wat is nou een uurtje op een mensenleven? Je kunt het echt nog wel zestig minuten volhouden. Hoe harder je skiet, hoe eerder je wat kunt eten.

Met hernieuwde moed maakt ze weer tempo. De maan piept achter een wolk vandaan en geeft goed zicht op de omgeving. In de verte ziet ze de bomen die ze zich nog kan herinneren van de omgevingskaart. Jurre heeft de kopppositie weer overgenomen en skiet slingerend voor haar uit. Ze ziet dat ook hij tekenen van vermoeidheid begint te vertonen. Hij lijkt er steeds meer moeite mee te hebben om een zo recht mogelijke lijn aan te houden en zijn bewegingen zijn wat ongecontroleerd.

'Jur, wil je even stoppen?' vraagt ze bezorgd. In eerste instantie hoort ze alleen gekraak in haar helm, maar dan komt er toch een antwoord.

'Hoe lang moeten we nog?'

'Niet lang meer, en een gedeelte is langs de bomen die je daar in de verte al ziet.'

'Laten we dan maar even op onze tanden bijten en doorgaan,' hijgt hij. 'Weer op gang komen nadat we hebben stilgestaan is zwaarder dan het gas erop houden.'

'Ja, dat denk ik ook. Probeer te blijven focussen. Draai niet te ver door met je bovenlichaam als je een bocht neemt en hou druk op je dalski zodat je de controle niet verliest. Het scheelt heel veel kracht als je je houdt aan die paar technische foefjes.'

Jurres houding verandert. Hij blijft naar voren hangen, maar draait zijn bovenlichaam wat meer naar het dal, precies zoals ze hem gezegd heeft. Ogenschijnlijk gecontroleerd suist hij in de richting van de bomen en Alice focust zich gerustgesteld weer op haar eigen techniek. Ze stuurt geconcentreerd in op de haarscherpe bocht die ze nog moeten nemen voordat ze tussen de bomen verdwijnen.

Jurre loopt echter op haar uit. Het lijkt wel of hij steeds harder gaat skiën.

'Die bocht is scherp, Jur! Beetje rustig aan!' waarschuwt ze hem.

Hij reageert niet en suist verder. Sneeuw spat aan weerszijden langs hem op terwijl hij doordendert. Nu pas ziet Alice dat de sparren vlak langs een ravijn staan. Ze schroeft haar eigen tempo onmiddellijk drastisch terug als ze krassend over een ijsplaat gaat en haar ski's onder zich voelt slippen.

'Jur, langzamer!' schreeuwt ze als ze ziet dat hij nog steeds als een speer over de sneeuw vliegt. In dit tempo zal hij die bocht nooit halen en in het ravijn storten.

Eindelijk lijkt hij naar haar te luisteren. Ze ziet dat hij probeert te remmen en in eerste instantie lijkt dat ook goed te gaan, maar dan schiet hij plots over een hobbel die verborgen is onder een laagje sneeuw en wordt gelanceerd. Zijn ski's schieten los en vliegen door de lucht en Jurre zelf botst met een misselijkmakende klap tegen een spar. De boom remt zijn val, maar kan niet voorkomen dat hij doorglijdt in de richting van het ravijn. Aan het klauwen van zijn handen, die houvast zoeken in de sneeuw, ziet ze dat hij bij bewustzijn is. Alice gaat vol in de remmen en weet wonderbaarlijk snel stil te staan. Haar ski's klikt ze in een reflex uit en dan begint ze te rennen. Bij elke stap die ze zet bonkt haar rugzak tegen haar rug. Ze merkt het niet eens. Ze ziet alleen nog Jurre en de afstand tussen hem en het ravijn die in rap tempo kleiner wordt. Ze moet naar hem toe, ze moet hem redden.

Natuurlijk breng ik hem veilig thuis, hoort ze zichzelf weer tegen Olga zeggen.

Alice rent zoals ze nog nooit heeft gerend. Ze is er bijna. In een reflex maakt ze een snoekduik om Jurres uitgestoken hand te pakken, maar op het moment dat ze languit op haar buik in de sneeuw klapt, realiseert ze zich dat ze een armlengte tekortkomt.

Voor haar ogen glijdt Jurre over de rand het ravijn in.

35

Alice ligt op haar buik in de sneeuw en kan zich niet bewegen. De shock heeft haar lichaam verlamd. Haar mond is opengevallen, er dwarrelt sneeuw in. Haar ogen staren zielloos naar de plek waar ze Jurre voor het laatst heeft gezien. Er gaan alarmbellen af, maar ze wil er geen gehoor aan geven. Ze wil hier gewoon eeuwig blijven liggen, eindeloos bevriezen en ontdooien tot de natuur zich over haar ontfermt en een einde maakt aan haar mislukte leven.

Voor de tweede keer in haar leven verongelukt er voor haar ogen iemand die haar dierbaar is. Ze is niet in staat geweest om Jurre te redden.

Ik heb weer gefaald.

En ineens staat Noah voor haar. Hij roept haar naam en wenkt haar met zijn hand. Als ze een beetje moeite doet, kan ze hem grijpen. Die hand die ze acht jaar geleden heeft losgelaten. Ze concentreert zich op haar vingers en het lukt haar uiteindelijk om ze voorzichtig te bewegen. Ze moet naar Noah, ze heeft hem zo gemist! Ondanks de kou wordt haar hart warm bij de gedachte dat ze hem zo kan vasthouden. Hij blijft haar naam maar roepen. *Ali! Ali! Ali!* Steeds harder, tot het uitmondt in een door merg en been gaand gekrijs.

'Ali, help!'

Het beeld van Noah spat voor haar ogen uiteen en ze ziet alleen nog leegte. De stem is echter niet verdwenen.

'Noah!' schreeuwt ze. 'Kom terug!'

Op de een of andere manier weet ze zichzelf op haar knieen te werken en naar de plek te kruipen waar Noah net nog stond. 'Waar ben je, Noah?' kermt ze. 'Laat me nou niet weer in de steek. Het is niet eerlijk.'

'Ali, ik hou het bijna niet meer!'

Ze kruipt verder naar de rand van het ravijn. 'Noah? Je bent toch niet weer gevallen? Waarom ontglip je me steeds?'

'Ali, verdomme! Kappen nou met die onzin, trek me omhoog!' gilt een stem die niet van Noah is. Maar als het Noah niet is...

Jurre!

De mist in haar hoofd trekt op en alles om haar heen wordt weer scherper. Jurre is in het ravijn gevallen en heeft haar hulp nodig. Vliegensvlug kruipt ze naar de rand en kijkt naar beneden. Twee meter onder haar bungelt hij. Zijn handen omklemmen krampachtig een uitstekende rotspunt. Zijn armen trillen van de inspanning en het is duidelijk dat hij het niet lang meer volhoudt. Ze zal snel moeten handelen om te voorkomen dat hij in de afgrond valt. Hij kijkt haar opgelucht aan als ze oogcontact met hem zoekt.

'Eindelijk. Ik voel mijn benen niet, dus het lukt me niet om zelf omhoog te klimmen. Ali, je moet me helpen. Je bent de enige die mij kan helpen.'

Alice voelt een zware last op haar schouders neerdalen die een verlammende werking heeft, alsof de bergen zelf haar in een houdgreep houden.

'Nee, nee... ik kan je niet helpen. Ik kan het niet...'

'Natuurlijk kun je het wel,' moedigt Jurre haar hijgend aan.

'Nee! Je weet dat ik het niet kan!' Ze schreeuwt het en ze hoort haar woorden echoën, alsof het ravijn het met haar eens is. 'Ik zal je laten vallen, net als ik toen Noah heb laten vallen.'

'Ali, please, je moet me redden, anders is alles voor niets geweest.'

'Nee, je moet… Wat bedoel je?'

'Dat komt later. Je moet me echt helpen.' Jurres gezicht wordt steeds roder en aan zijn gehijg te horen nadert hij het einde van zijn krachten.

'Ik ben niet sterk genoeg, Jur, dat was ik toen ook niet. Dit kun je niet aan mij vragen. Als ik je laat vallen, dan is het wéér mijn schuld. Net als toen. Net als acht jaar geleden.'

'Het was jouw schuld helemaal niet, Ali. Het kwam door mij.' Zijn stem klinkt ineens anders, haast timide. 'Jíj hebt hem niet laten vallen, ík heb hem geduwd.'

Wat zei hij? Had ze het goed gehoord?

'Wat zei je?'

'Ik heb Noah geduwd. Voor ons. Ik heb het gedaan voor ons, Ali, omdat ik van je hou. Wij horen bij elkaar.'

Verward kijkt ze hem aan, ze voelt haar maag ineenkrimpen als de waarheid tot haar doordringt. *Niet haar schuld.* Jurre heeft Noahs dood op zijn geweten en het was geen ongeluk. Acht jaar lang heeft ze geleefd met de gedachte dat zij verantwoordelijk was voor Noahs dood. Acht jaar lang kon ze zichzelf niet aankijken in de spiegel, heeft ze zichzelf gehaat om de verkeerde redenen. Acht jaar van haar leven heeft ze vergooid. En Noah had gered kunnen worden. Jurre heeft haar en Noah hun toekomst ontnomen. Ze hadden nu getrouwd kunnen zijn, kinderen kunnen hebben.

Ze begint te kokhalzen en spuugt het laatste restje gal uit haar lege maag.

'Ali, ik hou van je.' Het klinkt nu smekend. 'Haal me hieruit en dan komt alles goed, dat beloof ik je.'

Ze komt overeind en loopt wankelend bij het ravijn vandaan. *Nee! Nee! Nee!* gilt een stem in haar hoofd. *Dit kán niet waar zijn! Dit mág niet waar zijn!* Ze wil doorlopen, doorlopen en nooit meer stoppen. O, hoe verleidelijk is het om van deze plek weg te lopen en dat monster aan zijn lot over te laten. Maar door die duistere emoties heen is er plotseling het besef dat ze dan net zo erg is als hij. Erger nog, want het zou voortkomen uit wraakgevoelens. Is dat wat ze wil? Ze is toch geen dokter geworden om bewust een leven te verspillen? Om te moorden? En ineens verschijnt Noahs gezicht in haar gedachten. Hij lacht en knikt haar goedkeurend toe, alsof hij wil zeggen dat hij allang vrede heeft met wat er is gebeurd en dat hij niet wil dat zij zijn wraakengel wordt.

'Ali, laat me niet in de steeeeeeek!'

Jurres angstkreet is het laatste zetje dat ze nodig heeft om tot actie over te gaan. Er is al veel te veel tijd verloren gegaan. Ze rent naar haar rugzak en haalt de veiligheidstouwen eruit. Ze klikt ze allemaal aan elkaar en bindt het verlengde touw stevig rond de boom die het dichtst bij het ravijn staat. Daarna loopt ze met het uiteinde naar de rand en werpt het Jurre toe. Hij grabbelt er met een hand naar en wikkelt het vervolgens een aantal keer om zijn pols voordat hij de rots loslaat en het touw met zijn andere hand vastgrijpt. Hij bungelt nu boven het gapende gat. Alice torent boven hem uit en kijkt hem aan met niets anders dan walging in haar blik. Daarna pakt ze het touw en begint te trekken.

36

Centimeter voor centimeter komt Jurre omhoog. Alice heeft haar handschoenen uitgedaan om meer grip te krijgen op het strakgespannen touw. Ze gooit haar volle gewicht naar achteren en zet zich schrap. Jurre op zijn beurt probeert op armkracht naar boven te klimmen door het touw steeds een stukje hoger vast te pakken. Zijn lichaam slingert heen en weer en Alice hoort een paar keer een doffe klap als hij de rotswand raakt. Lucht om met elkaar te communiceren hebben ze geen van beiden meer.

Alice probeert al haar woede en al haar pijn om te zetten in kracht, en het lijkt effect te hebben, want ineens ziet ze Jurres helm een stukje boven de rand uit piepen. Een oerkreet welt op uit haar keel als ze alles op alles zet om hem met haar laatste krachten verder omhoog te helpen. Het geeft hem net dat beetje extra hulp dat hij nodig heeft om zijn bovenlichaam zo ver op te trekken dat hij voldoende houvast vindt om zichzelf in veiligheid te brengen. Uitgeput valt hij op zijn buik in de sneeuw. Zijn benen bungelen nog over de rand. Ze laat het touw los en trekt hem aan zijn schouders verder bij het ravijn vandaan. Als ook zijn benen op vaste grond liggen, laat ze zich een stuk bij hem vandaan in de sneeuw vallen. Terwijl ze op adem probeert te komen van de immense inspanning, wisselen de gezichten van Noah en Jurre zich in razend tempo voor haar geestesoog af. Het geluid van Jurres bekentenis zwelt aan in haar hoofd en wordt zo onverdraaglijk hard dat ze een kreet slaakt om het te overstemmen. *Ik heb Noah geduwd. Voor ons, Ali, omdat ik van je hou.* Ze beweegt haar hoofd wild heen en weer om de woorden van zich af te schudden.

Jurre kreunt en ze weet dat ze naar hem toe moet om te checken hoe ernstig zijn verwondingen zijn. Plichtsgetrouw staat ze op en knielt bij hem neer.

'Ik... krijg... geen... lucht. Draai... me... om.'

Ze steekt haar handen in de kraag van zijn jas en controleert zijn nekwervels op breuken voordat ze aan zijn verzoek voldoet. Zijn logge lijf geeft voor geen meter mee en het lukt haar slechts met heel veel moeite om hem te keren. Zodra hij op zijn rug ligt, probeert hij haar blik te vangen. Ze draait haar gezicht de andere kant op, kan hem niet aankijken zonder hem verrot te willen slaan.

'Ik voel mijn benen niet, Ali,' jammert hij.

Ze vermant zich en controleert zijn kniepeesreflexen. Ze buigt eerst zijn linkerbeen en geeft met de zijkant van haar hand een tik tegen de pees net onder zijn knieschijf. Er volgt geen enkele reactie. Ook het andere been blijft zwaar in haar arm hangen. Uiterst voorzichtig legt ze beide benen weer terug in een rechte positie.

'Wat is er met me aan de hand?'

'Stil blijven liggen,' bijt ze hem toe. 'Knijp eens in mijn hand.'

Gretig pakt hij haar hand aan en hij trekt haar zo hard naar zich toe dat ze bijna boven op hem valt. Ze probeert zich tevergeefs los te rukken uit zijn ijzeren greep.

'Ik zei knijpen, niet breken,' sist ze.

'Ik laat je nooit meer los, Ali, en als je heel eerlijk bent, wil je dat ook niet.' Hij kijkt haar vastberaden aan en er verschijnt een glimlach op zijn gezicht. 'Je hebt me niet voor niks gered. Zelfs nu je het weet van Noah heb je me niet laten barsten.'

Hij schraapt zijn keel. '"Want weet je, lief, de dag dat we elkaar gaan ontmoeten komt steeds dichterbij. Ik verheug me erop, jij ook? Of, wacht... misschien hebben we elkaar al ontmoet. Jij zag mij niet, maar ik jou wel..." Nu zie je me, hè, Ali, eindelijk zie je me.'

Alice voelt haar hart in een ijsklomp veranderen. Ze wil hem terugduwen in het ravijn, hem het liefst zijn ogen uitkrabben zodat hij haar nooit meer kan zien. 'Jij? Jij zat achter dat idiote manuscript, die bloemen... Hoe lang volg je me al?'

'Ik volg je al vanaf het allereerste begin. Sinds de dag dat ik je voor het eerst zag, ben je nooit meer uit mijn gedachten geweest. Maar altijd zag jij alleen maar Noah. Altijd stond hij tussen ons in, en zelfs nu hij dood is drijft hij een wig tussen ons. Toen ik net in dat ravijn hing, schreeuwde je zijn naam. Niet de mijne, maar die van hem. Terwijl hij al acht jaar geleden is verongelukt.'

'Het was geen ongeluk. Het was moord.'

'Ik deed het voor ons, Ali, dat begrijp je toch wel? Jij en ik zijn voor elkaar gemaakt en hij stond dat in de weg. Zolang hij in je buurt bleef, maakte ik geen kans. En toen hij daar zo hing en jij even niet goed oplette, besefte ik dat we eens en voor altijd van hem af konden komen.'

'Je hebt hem geduwd.'

'Het gebeurde in een opwelling. Als hij er niet meer was, dan zou je eindelijk oog voor mij krijgen. Ik ben al verliefd op je sinds ik je voor de eerste keer in dat restaurant zag. Maar jij zag alleen Noah. Noah, altijd maar Noah. Hij kreeg altijd alles voor elkaar. Hij was altijd overal beter in, kreeg de leukste meisjes. Hij won altijd, tot dat ene moment.'

Ze heeft moeite Jurres bekentenissen te verwerken. Hoe

is het mogelijk? Al die jaren, en ze heeft niks gemerkt. Ze kan het niet bevatten, ze had geen idee. En Olga, arme Olga…

'Je bent met Olga getrouwd,' stamelt ze. 'Jullie houden van elkaar…'

'Olga doet er niet toe, dat snap je toch wel? Ik had haar nodig om dichter bij jou te komen toen je je na Noahs ongeluk van ons afzonderde. Zij was je beste vriendin en ik wist dat je als eerste contact met haar zou zoeken als je weer uit je cocon zou kruipen. Als haar man zou ik daar automatisch ook bij betrokken worden en weer contact met je krijgen. Dan zou ik je steunen in je verdriet om Noah. Ik was de enige die erbij was, de enige die begreep wat je doormaakte, en dat zou ons dichter bij elkaar brengen. Je zou eindelijk gaan inzien dat ik de ware voor je was. Dat ik dat al die tijd ben geweest. Noah was slechts een passant die even in de weg stond. Er is leven na Noah, Ali. Leven met mij.'

Alice kijkt hem verbijsterd aan. Op zijn gezicht verschijnt een triomfantelijke glimlach en ze rukt haar hand los. 'Je bent gek. Je bent gek en je bent een moordenaar. Ik heb nooit van je gehouden en dat zal ook nooit gebeuren.'

Ze loopt bij hem vandaan, haalt het veiligheidstouw van de boom en klikt het los van het gedeelte dat nog om Jurre heen zit. Daarna begint ze gehaast haar rugzak in te pakken en zich klaar te maken voor het laatste stuk van haar tocht naar Méribel. Hoezeer ze Jurre ook haat, hij heeft hulp nodig, net als Cédric en Loek. Ze klikt haar ski's onder, pakt haar stokken en zet af.

'Je kunt me zo niet achterlaten, Ali. Mijn benen. Wat is er met mijn benen?' schreeuwt hij haar na.

Ze stopt en draait zich om. 'Vermoedelijk een dwarslaesie. Ik denk niet dat je ooit nog zult kunnen lopen.' Ze voelt geen enkel medelijden als ze de woorden uitspreekt.

'Wat? Ik geloof je niet. Ali, waarom zou je zoiets zeggen?'

'Daar kom je vanzelf achter.'

'Ik ga niet de rest van mijn leven in een rolstoel doorbrengen.'

Ze wijst naar het ravijn. 'Je weet waar je terechtkunt voor een snel einde, ik zal geen traan om je laten. Ik ga nu naar Méribel om hulp te halen en ik zie wel of je er nog bent als ik terugkom. De politie is vast geïnteresseerd in mijn verhaal.'

'Je kunt niks bewijzen! Ik ontken alles. Je hebt geen getuigen.'

'Er zijn vele wegen die naar Rome leiden, Jurre. En één ding weet ik in elk geval zeker: je zult nooit meer achter me aan lopen.' Ze werpt een blik op zijn benen. Nu is zij het die triomfantelijk kijkt.

'Heeft Noah ooit een boek voor je geschreven? Is Noah ooit zo toegewijd geweest dat hij je elke week bloemen stuurde? Aliiiiiii.'

Alice negeert alles wat hij haar blijft toeschreeuwen en skiet bij hem vandaan. Elke meter verder weg van de plek waar hij ligt, voelt als een bevrijding. Pas als ze zijn stem niet meer hoort, kan ze opgelucht ademhalen.

Epiloog

Alice komt met een rood hoofd van de kou haar appartement binnenvallen. Maart heeft zijn staart flink geroerd en ook april heeft nog een paar extreem koude uitschieters. Olga zit op de bank in een bord spaghetti carbonara te prikken terwijl ze doelloos naar de televisie staart. In eerste instantie heeft ze niet eens in de gaten dat Alice thuis is gekomen. Pas als ze haar neus snuit, die druipt door de overgang van koud naar warm, draait Olga zich om.

'O, hoi.' Haar stem klinkt mat en krachteloos.

Alice ploft naast haar vriendin op de bank en slaat een arm om haar heen. 'Heb je de krabbel gezet?'

'Yep. Ik ben nu officieel dakloos.'

'Hé, kijk eens omhoog. Ik zie een plafond. Hebben dakloze mensen niet.'

'Ik ga echt zo snel mogelijk iets voor mezelf zoeken, ik wil je niet tot last zijn.'

'Je bent me nooit tot last, Ootje. Je mag hier zo lang blijven als je wilt. Sterker nog, ik vind het hartstikke gezellig dat je er bent. We hebben heel wat in te halen samen.' Ze pikt een sliert spaghetti van Olga's bord en kauwt er genoeglijk op. 'Heb je voor mij ook een portie van die goddelijke slierten?'

'In de pan, je hoeft het alleen maar op te warmen. Schaaltje geraspte kaas staat in de koelkast.'

'Zalig, je hebt weer aan alles gedacht.'

'Speaking of, voor ik het vergeet, Yasmijn belde nog. Je krijgt een dikke zoen van haar en Joshua.'

'Hoe bevalt hun nieuwe huis?'

'Uitstekend. We zijn komende zaterdag uitgenodigd om te komen eten.'

'Gezellig. Zei Yasmijn nog hoe het met Loek is?'

'Hij zit nog steeds op die gesloten afdeling. Ze belt af en toe met zijn ouders, maar gaat niet bij hem op bezoek en is dat ook niet van plan. Joshua krijgt haar volledige aandacht. Ze klonk echt heel gelukkig,' zegt Olga met weemoed in haar stem.

'Dat komt voor jou ook weer, Ootje, je bent veel te leuk om alleen te blijven.'

Alice pakt de afstandsbediening en zet de tv uit. Haar oog valt op de kale plek aan de muur waar de ingelijste filmposter van *Intouchables* voorheen hing. Die was altijd een mooie herinnering aan Noah geweest, maar sinds Jurre alles opgebiecht had en in een rolstoel was beland, deed het haar te veel aan hem denken. En aan Jurre denken was het laatste wat ze wilde. Wat die niet allemaal verwoest had door zijn obsessie voor haar...

Nadat hij door de hulpdiensten was opgehaald en veilig naar een ziekenhuis was gebracht, was het balletje gaan rollen. De bekentenis die hij haar had gedaan over de moord op Noah – want een ander woord had ze er niet voor – had ze meteen met de Franse politie gedeeld. Die had echter niet meer kunnen doen dan een gesprekje met Jurre voeren, waarin hij natuurlijk alles ontkende. Het 'ongeluk' was acht jaar geleden gebeurd en Noahs lichaam was nooit geborgen. Het was haar woord tegen het zijne. Haar verhaal dat Jurre haar stalkte hadden ze slechts ter kennisgeving aangenomen. 'Doe maar aangifte in Nederland,' was het enige advies dat ze haar hadden meegegeven voordat ze de zaak lieten rusten.

Het moeilijkst had Alice het gevonden om Olga onder ogen te komen. Ze was haar belofte niet nagekomen, ze had haar man niet veilig thuisgebracht. Sterker nog, ze had Olga's leven volledig ontwricht met het verhaal van Jurres betrokkenheid bij Noahs dood. Toen ze ook nog moest vertellen dat Jurre niet alleen haar stalker, maar ook de auteur van het manuscript was, en dat hij altijd van Alice had gehouden en niet van haar, was Olga gebroken. Haar hele leven met Jurre, alles wat ze dacht met hem te hebben opgebouwd, was één grote leugen geweest. Maar het gekke was dat ze Alice wel meteen had geloofd.

'Waarom heb je hem niet terug dat ravijn in gesodemieterd? Hij verdiende het niet om gered te worden,' waren de eerste woorden die ze na een kwartier hartverscheurend huilen uitbracht. 'Ik heb altijd geweten dat er iets niet klopte, dat hij niet voor mij ging zoals ik voor hem. Maar ik heb mezelf wijsgemaakt dat ik me vergiste, dat ik in werkelijkheid de perfecte relatie had. Ik wilde het zo graag, Ali. Iemand helemaal voor mezelf. Iemand die voor míj zorgde.'

Olga's leven met Ilse was de afgelopen jaren erg zwaar geweest. Natuurlijk ging alle aandacht naar haar zusje uit, daar was ook niets vreemds aan, maar voor Olga was het vaak erg eenzaam geweest. Niemand die haar eens vroeg hoe het met háár ging, niemand die haar het idee gaf dat zij óók belangrijk was, dat ze bestond. En Jurre had haar zwakke plek gevonden.

'Hij heeft me gewoon zo gemanipuleerd dat ik alles van hem pikte, zolang hij me maar die aandacht bleef geven. Daarom was ik ook zo bitcherig naar jou. Jullie werden steeds closer en ik was zo jaloers. Als jullie samen waren, dan voelde ik me buitengesloten en ontzettend onzeker. Ik zag je als een bedreiging, terwijl de echte bedreiging al die tijd mijn eigen echtgenoot was.' Ze had de woorden bijna uitgespuugd en was daarna weer in snikken uitgebarsten.

Alice had haar vriendin vastgehouden. Toen ze weer een beetje gekalmeerd was, had ze gevraagd: 'Wil je dat ik in Nederland aangifte doe wegens stalking?'

Olga had haar schouders opgehaald. 'Ik vraag me af of dat veel zin heeft. Je zult met bewijslast moeten komen en dat is bij die dingen altijd heel lastig.'

'Dat ben ik met je eens,' had Alice geantwoord. 'Eerlijk gezegd denk ik dat Jurre genoeg is gestraft door het skiongeluk. Als hij echt zijn rug heeft gebroken, zal hij niet veel kunnen uitrichten en zijn revalidatie zal de komende jaren al zijn aandacht vergen.'

Alice had gehoopt dat de ontmaskering van Jurre het dieptepunt voor Olga markeerde, dat het na Val Thorens alleen maar beter kon worden. Ze had het mis gehad. Jurres mancave in de kelder van hun huis, waar zijn echtgenote nog nooit binnen was geweest – omdat ze hem vertrouwde en zijn privacy respecteerde – en waarvan hij angstvallig de sleutel bewaarde, bleek van boven tot onder vol te hangen met foto's van Alice. Een achtjarig beeldverslag van haar leven. De fulltimebaan die Jurre had, bleek in werkelijkheid parttime te zijn; drie dagen in plaats van vijf. Terwijl Olga dacht dat hij op kantoor was, had hij jarenlang zijn donderdagen en vrijdagen besteed aan het volgen en fotograferen van Alice. Omdat Olga en Jurre allebei een eigen bankrekening hadden naast hun gezamenlijke rekening en Jurre elke maand keurig zijn aandeel voor de vaste lasten stortte, was er voor Olga nooit twijfel geweest over zijn inkomsten.

Maar zelfs dát bleek nog niet het ergste te zijn wat hij haar had aangedaan. Tijdens het enige gesprek dat Olga nog met Jurre had gehad sinds de gebeurtenissen in Frankrijk – over de scheiding en de verkoop van hun huis – had hij haar een laatste gruwelijke bekentenis gedaan, louter en alleen om haar nog meer te kwetsen. Jurre bleek zich, zonder dat Olga het wist, in het prille begin van hun relatie te hebben laten steriliseren, zodat hij zeker wist dat hij geen kind bij haar zou verwekken. Ongetwijfeld had hij gedacht dat hij de boel weer kon laten herstellen zodra hij Alice voor zich had gewonnen. Al die jaren had hij een loopje genomen met haar diepe kinderwens en haar doen geloven dat het aan háár lag dat ze niet zwanger werd, wat haar zelfvertrouwen een enorme knauw had gegeven. Waarom hij altijd zo stellig had geweigerd om zich te laten testen en een medisch traject in te gaan, was daarmee ook meteen duidelijk geworden. Het had niks te maken gehad met zijn zogenaamde aversie tegen 'gekunstelde zwangerschappen', maar was onderdeel geweest van een uitgekookte strategie. Een vruchtbaarheidsarts zou bij het eerste onderzoek al doorhebben hoe het zat en dat moest hij te allen tijde voorkomen.

'Dit kun je toch niet verzinnen?' was Olga's reactie geweest toen ze Jurres laatste ontboezeming met Alice had gedeeld. 'Als ik mijn eigen levensverhaal in een manuscript had teruggelezen, dan had ik tegen de auteur gezegd dat hij uit de bocht was gevlogen en nog wel wat moest schaven aan de geloofwaardigheid van de plot.'

'De werkelijkheid overtreft soms elke fantasie.' Alice was niet verder gekomen dan dit cliché, want wat moest je in godsnaam voor zinnigs zeggen op zoveel gekte en misdadigheid?

Niet alleen Olga's, maar ook haar eigen geloof in de mensheid had een deuk opgelopen. Olga's baas had op dat front onverwacht voor een lichtpuntje gezorgd. Nadat hij op de hoogte was gebracht van het verhaal achter *Dagboek van een fotograaf*, had hij besloten om het contract te annuleren en het boek niet uit te geven. Alice vond het hoopgevend dat er nog mensen waren die commercie niet altijd lieten prevaleren boven al het andere. Dit betekende natuurlijk wel dat Olga's zoektocht naar een nieuwe bestseller weer zeer urgent was geworden en dit zou haar ongetwijfeld opnieuw veel stress opleveren, maar het bood ook een welkome afleiding van de thriller die haar eigen leven was geworden.

Het tikkende geluid dat Olga veroorzaakt met haar geprik in haar bord eten, haalt Alice uit haar gedachten. 'Kom, we gaan even aan tafel eten. Steek ik wat kaarsjes aan, trek ik een wijntje open en dan vertel jij me hoe het vandaag allemaal is gegaan. Als je dat wilt, tenminste.'

Olga staat op van de bank en sloft met haar bord naar de tafel, terwijl Alice haar eten snel opwarmt en een flesje wit opentrekt. Olga grijpt meteen naar de fles, giet haar glas vol en neemt een grote slok.

'Aaah, dat had ik even nodig,' verzucht ze.

Alice neemt een bescheiden slokje uit haar glas en begint de spaghetti om de tanden van haar vork te rollen. De kaars die ze net heeft aangestoken flakkert en verspreidt een zoetige bloemengeur die doet verlangen naar de lente. De vele vragen die op haar lippen branden, slikt ze door met de al dente gekookte pasta. Het is niet goed om haar vriendin te pushen. Ze moet haar de ruimte geven om haar verhaal te doen wanneer ze er klaar voor is. Geen seconde eerder.

Olga neemt nog een slok wijn, schraapt dan haar keel en begint te vertellen. 'Ik ben vanochtend eerst met de notaris naar De Hoogstraat Revalidatie gegaan om Jurre het verkoopcontract te laten tekenen. Daarna zijn we doorgereden naar haar kantoor om de rest van de formaliteiten met de nieuwe eigenaren af te handelen. Ik heb zelfs een glaasje bubbels meegedronken om de blijdschap van die mensen niet te vergallen.' Olga knippert met haar ogen om de opkomende tranen terug te dringen.

'Maar je voelde je natuurlijk superellendig.' Alice legt haar hand troostend op die van Olga. 'Hoe was het om Jurre weer te zien?'

'Afschuwelijk, maar het was nu gelukkig voor het laatst. Ik hoef hem nooit meer te zien of te spreken. Hij is echt de duivel en ik heb het nooit doorgehad, wat misschien meer over mij zegt dan over hem.'

'Wees niet te hard voor jezelf, hij heeft iedereen om de tuin geleid. Ilse en ik zijn er ook in getrapt. Psychopaten zijn ontzettend gewiekst en weten de boel heel lang zo te draaien en te manipuleren dat ze zelf buiten schot blijven.'

'Maar waarom zijn we erin getrapt?'

'Omdat we te goedgelovig waren. Omdat hij precies wist wat we wilden horen en waar onze zwakke plekken zaten.'

'Ik hoop dat hij wegrot in die revalidatiekliniek. Ik ben achtentwintig en moet weer helemaal opnieuw beginnen. Ik ben weer vrijgezel, ik ben mijn huis kwijt en ik ben nog steeds kinderloos.'

'Het goede nieuws is dat al die dingen opgelost kunnen worden. Mijn huis is het jouwe totdat je de boel weer op de rit hebt, en het is nog lang niet te laat om moeder te worden. Je zit nog midden in je vruchtbare periode.'

'Maar daar heb je wel een man voor nodig… En ik moet er niet aan denken dat ik weer de kroeg in moet of een onlinedatingprofiel moet aanmaken.'

'We leven in moderne tijden, Ootje. Tegenwoordig is het hebben van een partner niet meer een vereiste om een kind te krijgen.'

'Je bedoelt de bank met de S? Een donor?'

'Waarom niet? Voor je zus heeft een donor goed uitgepakt,' zegt Alice grinnikend.

'Vind jij niet dat een kind een vader en een moeder nodig heeft?'

'Niet per se. Ik vind dat een kind in de basis liefde en een stabiele thuissituatie nodig heeft en of die nou gegeven worden door een traditioneel gezin, een samengesteld gezin, een eenoudergezin of door ouders van hetzelfde geslacht, dat maakt wat mij betreft niet uit. Een huwelijk van man en vrouw is echt niet zaligmakend.'

'Nee, vertel mij wat. Eerlijk gezegd heb ik het nog nooit zo bekeken. Ik zat erg vast in het traditionele rollenpatroon. Zo ben ik ook opgevoed.'

'Dat hoef je ook niet los te laten, maar mocht je dat wel willen, dan ben je in de goede tijd geboren en ligt er een wereld aan mogelijkheden voor je open.'

'Over een wereld aan mogelijkheden gesproken, heb je Cédric vandaag nog aan de lijn gehad?' Voor het eerst verschijnt er een lach op Olga's gezicht. 'Ik wil alle dirty details horen.'

'Niet naar de bekende weg vragen. Je weet dat we elkaar elke dag bellen.'

'Hoe verloopt zijn revalidatie?'

'Het is pittig, maar hij komt er wel. In tegenstelling tot Jurre zal hij op termijn wél weer normaal kunnen lopen. Cédrics doorzettingsvermogen is echt bewonderenswaardig.'

'Volgens mij heeft hij nog wel meer goede eigenschappen.'

'Geef eens een voorbeeld.'

'Nou, bijvoorbeeld dat hij mijn vriendin kan laten blozen.'

Alice grijpt naar haar wangen, die inderdaad warm aanvoelen. 'Het is de wijn,' mompelt ze.

Olga knipoogt. 'Tuurlijk. Wanneer ging je ook alweer naar hem toe?'

'Over anderhalve week.'

'Dan vind ik dat we daarop moeten drinken.' Als Olga haar glas in de lucht steekt, gaat de bel. 'O, daar zul je Ilse hebben, die komt een paar boeken ophalen die net zijn verschenen bij de uitgeverij. Ik doe wel even open.'

Even later staat Ilse in de woonkamer met in haar ene hand een fles alcoholvrije bubbels en in haar andere hand een fles prosecco. Als ze haar zus en Alice geknuffeld heeft, laten ze de kurken knallen.

'Waar drinken we op, zus?' vraagt Olga.

'Op een tweede kans.'

'Prima, schenk maar vol dat glas.'

Terwijl Ilse inschenkt, laat Alice de woorden op zich inwerken. Een tweede kans. Het leven zit er vol mee, met tweede kansen, maar je moet ze niet alleen zien, je moet ze ook nog durven te pakken. Zij en Olga hebben veel te lang met oogkleppen op geleefd en nu is het moment aangebroken om die af te doen en onbevangen naar de toekomst te kijken. Het is nog niet te laat voor Olga's kinderwens en ook niet voor haar eigen kans op liefde. Ze zal Noah nooit vergeten, hij zit voor altijd in haar hart, maar haar hart is groot genoeg voor Cédric om zich er ook te vestigen. Ze hoeft hem alleen maar eerlijk te vertellen wat ze voor hem voelt en dat is precies wat ze gaat doen als ze hem morgen weer spreekt.

Samen met Ilse en Olga heft Alice haar glas. 'Op tweede kansen, Ilse, want we weten allemaal hoe goed die uit kunnen pakken. Jij bent daar het beste voorbeeld van.'